봄은 매화나무에 걸리고

저자가 사법연수원을 졸업하고 3년간의 해군 법무관을 거쳐 서울민사지방법원 판사로 처음 임용된 게 40년 전인 1983. 9. 1.이다. 초임 판사 시절에는 앞가림하기도 벅찼고, 그 후에도 늘 재판 일정에 쫓겨 학술논문 외에는 다른 글을 쓸 엄두를 못 냈다.

그러다 청주지방법원 충주지원장으로 부임(1994. 7. 28.)하여 1년여가 지난 1995. 9.부터 우리나라 금수강산의 산과 들을 거니면서 보고 듣고 느낀 것을 정리한 산행기(여행기 포함)를 쓰기 시작하였고, 그렇게 쓴 글들 2000. 3. 27.에 개설한 인터넷 개인 홈페이지 "산따라 길따라"(http://www.mymins.comm)에 차례로 올렸다. 그리고 2015. 8. 그 산행기를 모아 책으로 펴냈고(초판. 비매품), 2021. 9. 개정판을 냈다(총 4권. 비매품).

한편 1997. 2. 27. 사법연수원 교수로 부임하면서 법원 일선에서 잠시 물러나 후학 양성을 위한 강의만 하고 있을 때, 법률신문사로부터 원고청탁이 들어와 법의 창(窓)에 비친 세상의 모습을 그린 글을 처음 쓰기 시작했다. 그게 1998. 5. 28.의 일이다.

먼저 쓰기 시작한 산행기와 마찬가지로 처음에는 그냥 PC에 문서의 형태로 보관하였다가, 홈페이지 "산따라 길따라"를 개설함에 따라 그곳에 '법창에 기대어'란을 만들어 정리하여 올렸고, 그 이후로는 글을 쓸 때마다 차례로 같은 곳에 올렸다. 이 책은 위 글들을 다시 정리하여 엮은 것이다. 다만 중간에 홈페이지를 개편하는 과정에서 자료가 일부 유실되어 글의 작성 시기가 다소 부정확해진 것들이 있다.

막상 책으로 내려고 정리하다 보니 분량이 제법 많아 두 권으로 분책하였다. 제1권은 저자가 대법관직에서 퇴임한 2015. 9. 16.까지 법관으로 재직하는 동안에 쓴 글들을 실었고, 제2권은 그 후 야인(野人)이 되어 2023. 8.까지 지내온 8년 동안 쓴 글들을 실었다.

다 같이 "법창에 기대어" 바라본 세상 풍경을 쓴 글들이지만, 현직 법관의 신분에서 쓴 글들(제1권)은 아무래도 내용이 조심스러울 수밖에 없다. 그리고 17년이라는 긴 기간 동안 두서없이 띄엄띄엄 쓴 글들이라 다소 산만하다.

그에 비하면 법관직을 떠난 후의 글들(제2권)은 내용이 비교적 자유로우면서도 전하는 메시지가 일정하다. 이는 이 책을 두 권으로 분책한 또 하나의 이유이기도 하다. 또한 그런 이유로 글을 쓸 때의 아호가 제1권은 범의거사(凡衣居士)였고, 제2권은 우민거사(又民居士)이다.

제2권의 첫 글에서 밝혔듯이 두 아호 모두 저자에게 처음 서예를 지도해 주셨던 소석(素石) 정재현 선생님이 지어주신 것인데, 범의(凡衣)에는 '현재는 비록 법복을 입고 있으나, 마음가짐만은 평범한 옷을 입은 사람의 평상심을 유지하라'는 뜻이 담겨 있고, 우민(又民)에는 '공직에서 벗어나 다시 평범한 백성으로 돌아간다'는 뜻이 담겨 있다.

범의에서 우민으로 변신한 이래 이제껏 저자는 특별한 일이 없는 한 주말을 경기도 여주 금당천변에 있는 우거(寓居. 저자의 생가이다)에서 보낸다. 집 밖에는 산과 내와 들이 있고, 집 안에는 작은 뜨락이 있다. 이곳에서 새벽에는 금당천의 뚝방길을 산책하고, 낮에는 채소를 키우고 화초를 가꾼다. 그리고 틈나는 대로 고전을 읽고 문방사우(文房四友)를 벗 삼아 붓글씨를 쓴다. 신문과 TV는 의도적으로 멀리한다. 적어도 이곳에서만큼은 그냥 자연인으로 지낸다. 저자가 즐겨 부르는 판소리 단가 '강상풍월' 중에 나오는 그대로

"나물 먹고 물 마시고 팔 베고 누웠으니 대장부 살림살이가
이만하면 넉넉할거나"

의 생활이다.

그렇게 지내면서 한 달에 한 번 정도 법창(法窓)에 비친 바깥세상의 모습

을 글로 그려낸다. 김삿갓의 시(詩)처럼 "나날이 날은 가고 쉼 없이 오고(日日日來不盡來. 일일일래부진래), 해마다 해는 가고 끝없이 가는데(年年年去無窮去. 연년년거무궁거)", 법창에 비치는 세상 모습은 늘 변하는 게 경이롭다. 이 책 제2권은 그렇게 변하는 세상 모습을 담은 글들로 대부분 채워졌다. 그 주제를 한마디로 말해 '자연과 법'이라고 한다면 너무 거창하려나. 그냥 자연 속 촌부의 소박한 소망인 국태민안(國泰民安)을 담아보려 했을 뿐이다.

기존에 저자가 펴낸 책 "산따라 길따라"가 앞에서 언급한 것처럼 법정 밖의 산과 들에서 보낸 이야기를 적은 산행기라면, 이 책은 법의 창에 비친 세상의 모습, 법의 창을 통해서 바라본 세상의 모습을 그린 책이다. 두 책 모두 저자의 법조인으로서의 삶의 기록인 셈인데, 성격상 전자보다는 후자의 이 책이 전반적으로 더 법적인 분위기를 풍길 수밖에 없다. 다만, 이 책에 그려진 세상 풍경은 저자가 어디까지나 주관적으로 바라본, 그것도 법창이라는 프리즘을 통해 바라본 모습인 만큼, 객관적인 진실에 부합하지 않는 면이 있을 수 있다. 이 점 독자들의 혜량을 구한다.

이 책을 내면서 저자의 40년에 걸친 법조생활 동안 앞에서 끌어주고 뒤에서 밀어준 선배, 동료, 후배분들께 새삼 감사를 드린다. 법조인으로서의 저자가 오롯이 설 수 있었던 것은 이분들의 격려와 배려 덕분이다.

아울러 이 책의 발간을 위하여 노고를 아끼지 않고 멋진 작품을 만들어 주신 미디어북의 관계자 여러분께도 깊이 감사드린다.

2023. 9. 가을의 문턱에
금당천변 우거에서
우민거사 씀

목 차

법창에 기대어 ❶

목 차

제2부 만물은 유전한다(?) ・83

목·차

제4부 왕복표를 팔지 않는다 ·231

목 차

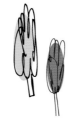

제1부

천리 밖을 내다보려면

(1998.05.~2001.12.)

작은 배려로 큰 성과를

민사법정을 나서면서 당사자가 하는 소리,

"1시간 걸려 출석하여 2시간 동안 기다리다 겨우 '연기' 소리 하나 듣고 가네"

민사재판을 하다 보면 법무사들이 민원인(民願人)들로부터 각종 소장(訴狀)이나 신청서 등의 작성을 위임받은 경우에 그 소장, 신청서, 상소장 등에 원고나 신청인 등 위임인의 전화번호(팩스가 있는 경우에는 팩스번호 포함)를 기재하여 주었으면 좋겠다는 생각을 할 때가 많다. 원고나 신청인에 대한 변론기일 전의 구석명이나 증명 촉구를 전화로 신속하고 간이하게 할 수 있기 때문이다.

또한 원고 등에 대한 변론기일소환장이 송달불능으로 되는 경우에는 전화로 변론기일을 알려주고, 반대로 피고나 피신청인에 대한 송달이 불가능하여 지정된 기일에 재판이 이루어질 수 없는 경우에는 미리 원고 등에게 기일에 출석할 필요가 없다는 뜻과 상대방 주소의 보정명령을 전화로 알려 줄 수 있기 때문이다. 그렇게 되면 기일이 공전되는 것을 피할 수 있고, 아울러 법정에 출석하였다가 그냥 되돌아가는 헛수고를 덜어 줄 수 있다.

요사이 변호사를 선임하지 아니한 민원인들이 법정에 출석하여 오랜 시간 대기하였다가 "상대방에 대한 송달 불능으로 기일 연기"의 통지만을 받고 돌아가는 경우에 법원에 대하여 상당한 불만을 토로하고 있다고 한다.

재판을 신속하게 한다고 충분한 주장, 증명의 기회를 박탈한 채 심리를 종결할 수는 없다. 그래서도 안 된다. 그러나 불필요한 시간낭비와 헛수고는 줄여야 한다. 이 바쁜 세상에 서둘러 오전 10시 전에 법정에 나와 이제나 저제나 하고 목을 빼고 기다리다 12시가 넘어서야, "상대방에 대하여 송달이 안 되어 재판을 할 수 없으니 그냥 돌아가라"는 말을 듣고 법정 문을 나서는 민원인들의 심정을 역지사지(易地思之)의 입장에서 다시 한 번 생각하여 보자.

"당신이 상대방의 주소를 잘못 적어 냈기 때문이니 어디까지나 당신 탓이요"라고만 할 것인가. 소장 기타 법원에 내는 서류에 연락할 전화번호를 적는 일은 그야말로 사소하고 쉬운 일이지만, 그것이 가져오는 효과는 기대 이상일 수 있다. 법무사는 전화번호를 적고, 법원 직원은 그 번호로 친절하게 안내를 하여 줄 때, 법원 나아가 법조계에 대한 국민의 불만이 다소나마 줄어들지 않을는지….

마침 바람직한 재판관행의 정립을 위한 송무예규가 개정되면서 법원의 접수창구에서 제출자의 전화번호를 확인하여 기재하게 한다는 내용이 반영된다고 한다. 국민 앞으로 한 발씩 다가가려고 하는 노력의 일환이리라. 반가운 일이 아닐 수 없다. 비록 사소한 듯하지만 이런 작은 하나 하나의 노력이 집적되면서, 국민들의 법조계에 대한 불신이 없어지고, 더 나아가서는 신뢰가 구축되는 것이 아닐까.

(1998.05.28.)

어느 구조조정

"양심에 따라 숨김과 보탬이 없이 사실 그대로 말하고 만일 거짓말이 있으면 위증의 벌을 받기로 '맹세'합니다"(민사소송법 제292조 2항).

"양심에 따라 숨김과 보탬이 없이 사실 그대로 말하고 만일 거짓말이 있으면 위증의 벌을 받기로 '맹서'합니다"(형사소송법 제157조 2항).

"거짓말이 있으면"은 "거짓말을 하면"으로 바꿔야 어법(語法)에 맞을 것 같다. 그러나 문제는 그게 아니다. 맹세의 어원(語源)이 맹서(盟誓)인지, 아니면 맹세의 사투리가 맹서인지는 모르겠으나, 어째서 민사소송의 증인으로 나온 사람은 "맹세"를 하는 데 비하여, 형사소송의 증인으로 나온 사람은 "맹서"를 하여야 하는 것일까?

법은 우선 상식에 부합해야 설득력이 있다. 법은 법률가들의 말장난을 위하여 존재하는 것이 아니다. 그런데 밤낮으로 재판만 하는 판사들조차도 사무분담만 바뀌면 민사재판과 형사재판의 차이 때문에 한동안 헷갈린다. 위에서 들은 예는 그야말로 아주 사소한 것에 불과하다.

좀 더 예를 들어보자.

판사가 심증형성을 위하여 똑같은 현장검증을 하였는데도, 이를 민사판결에서 증거로 쓰려면 "검증결과"라고 하고, 형사판결에서는 "검증조서의 기재"라고 한다(둘 다 알기 쉽게 "현장검증에 의하면"이라고 해서 안 될 게 무언가).

판사가 자기에게 부족한 전문지식의 보충을 위하여 똑같은 사람에게 감정을 시켜 감정서를 제출 받아 놓고는, 이를 증거로 쓸 때 민사판결에서는 "감정결과"라고 하고, 형사판결에서는 "감정서의 기재"라고 한다(둘 다 "감정인 아무개의 감정에 의하면"이라고 하면 얼마나 알기 쉬운가).

민사재판의 변론 갱신 전에 한 증언은 여전히 "증언" 그 자체가 증거로 되는데, 형사재판의 공판절차 갱신 전에 한 증언은 그것을 기재한 "공판조서의 기재"가 증거로 된다(재판을 하는 판사나 받는 당사자나 모두 아무개의 증언을 증거로 삼는다고 생각할 뿐이다). 영미식의 배심재판을 하는 것이 아니라 직업법관이 재판을 하는데도 전문법칙(傳聞法則)은 형사재판의 금과옥조이다. 그런데 같은 법관이 하는 민사재판에서는 그런 법칙이 있는지 조차 모른다(직업법관에게는 오히려 증거의 증명력 판단이 가장 중요한 화두가 아닐는지).

증거를 적시할 때 민사판결에서는 "서증"을 먼저 앞세우고 다음에 "증언"을 쓰는 데 비하여, 형사판결에서는 거꾸로 "증언"을 먼저 쓰고 "서증"은 그 다음에 내세운다(어느 것을 앞세우든 그게 무슨 대수인가?). 게다가 똑같은 증인의 말인데도 민사판결에서는 "증언"이라고 표시하고, 형사판결에서는 "진술"이라고 표시한다.

판결을 써놓고 틀린 곳이 있어 고치려고 하면, 민사판결에서는 그냥 해당 부분을 수정하고 정정인만 찍으면 된다. 그런데 형사판결에서는 해당 부분을 수정하고 정정인을 찍는 외에 다시 줄 밖에다 "삭3자, 가2자" 식으로 써넣어야 한다(이야말로 그 구별 근거를 설명할 적당한 말을 찾기 어렵다).

항소심에서 제1심판결을 고치려면, 민사항소심에서는 "원판결"을 "취소"하는 데 비하여, 형사항소심에서는 "원심판결"을 "파기"한다[아무리 제1심 판결이 마음에 안들기로서니 '찢어서(破) 버린다(棄)'는 살벌한 표현을 꼭 써야 할까, '원판결'과 '원심판결'의 구별은 또 무엇인가].

그 밖에도 예를 들자면 한이 없다.

소송법학자들과 그들로부터 대학에서 이론을 배운 판사들은 거창하게 직접주의다, 증거법칙이다, 운운하며 어려운 말을 동원하여 민사재판과 형사재판이 차이가 나는 이유를 설명하려 들지만, 재판을 받는 당사자의 입장에서 보면 도대체 무엇이 다른지 알 길이 없다.

뉴욕에서 사용하는 1달러 지폐는 로스앤젤레스에서도 그대로 1달러 지폐인데, 뉴욕의 법률은 로스앤젤레스에서는 휴지조각에 불과하다는 우스개 소리가 있다. 이쯤 되면 도대체 법은 국민을 위하여 존재하는 것인가, 아니면 법률가를 위하여 존재하는 것인가(For whom does the law exist? For the people, or for the lawyers?) 하는 항의성 소리가 미국에서 나올 만하고, 그것이 반드시 남의 나라 일만은 아닐 것이다.

정말로 달라야 할 것은 달라야 하고 그것을 억지로 같게 할 수는 없다. 그러나 다르지 않아도 되는 것을 군이 다르게, 그럼으로써 어렵게 하는 것은 소수 식자층의 횡포일 뿐이다. 툭하면 법률을 뜯어고치는데, 이왕이면 민사소송법과 형사소송법을 하나하나 대조하여 쓸 데 없이 다르게 되어 있는 부분들을 통일하는 작업을 하여 보는 것은 어떨까? 요새 유행하는 구조조정을 법률가들도 한 번 해 볼 수는 없을까?

(1998.06.25.)

봄, 그 어느 토요일 오후

내 마음에도 봄이 왔느냐와는 상관없이 창 밖은 봄이다. 그 봄의 나른함이 온 몸을 휘감는 토요일 오후다. 늘 북적거리는 사법연수원도 토요일 오후만큼은 고요가 깃든다. 그 적막함이 좋아서 나는 특별한 일이 없는 한 토요일 오후를 교수실에서 혼자 보낸다. 미뤄 두었던 일들을 하기도 하지만, 계절이 오고가는 창 밖을 내다보며 상념에 젖기도 한다.

상념, 그 하나---판사들은 다 똑같네요

매년 3월이 되면 사법연수원은 새로운 얼굴들로 붐빈다. 금년에는 700여 명의 연수생이 새로 입소하였기 때문에 강의실마다 복도마다 더더욱 북적거린다. 사법연수원 교수를 한다고 해서 그 700여 명을 다 알 수는 없는 노릇이고, 고작해야 자기가 강의를 맡은 한 반 60여 명의 얼굴을 아는 정도에 불과하다. 그리고 그 60여 명을 다시 3분하여 20명 내외로 지도교수가 정해지면, 이 지도교수와 그 지도반원들 사이에서 비로소 말 그대로 선생과 제자의 관계가 생기게 된다.

연수원 교수의 본분이야 두 말할 것도 없이 강의하는 것이지만, 지도교수의 자격으로 3월에 우선적으로 하여야 하는 일 중의 하나는, 지도반원들을 개별적으로 면담하고 그들의 신상을 파악하는 것이다. 지도교수가 지도반원들의 신상을 파악하려 애쓰는 만큼이나, 지도반원들은 지도교수의 신상이나 성향을 파악하려고 애를 쓴다. 그런데, 교수는 2년차 이상만 되면 이미 연수생들에게 공개되어 있는 것이나 다름없기 때문에, 연수생들은 교수가 그들을 파악하는 것보다 훨씬 빨리, 그리고 정확하게 교수를 꿰뚫고 있다.

겨우 두 번의 강의를 마치고 난 3월 중순의 어느 날, 작년에 대학을 졸업하고 올 해 연수원에 들어온 한 연수생과의 면담시간에 나온 이야기 중 한 토막.

"자네는 자기소개서에 연수원을 졸업하면 판사가 되고 싶다고 썼더군."
"예, 그런데 사실 그것은 막연한 이야기고요, 솔직히 말하면 자신이 없어요?"
"왜?"
"제가 법대를 다닐 때 민법을 가르치신 교수님이 본래 판사 출신이시거든요. 강의실과 연구실 사이에서만 개미 쳇바퀴 돌 듯하고, 식당에 가실 때 보면 뒷짐 지고 꾸부정하게 허리를 구부린 채 늘 혼자서 다니세요."
"그런데?"
"연수원에 들어와서 교수님을 뵈니까 그 민법 교수님 생각이 나고, 판사들은 역시 다 똑같구나 하는 생각이 들어요."
"……"
"도대체 무슨 재미로 사세요? 저는 그렇게는 못 살 것 같아요."
"그런 소리 마라. 나도 여러 가지 취미생활을 즐긴다."
"예를 들면요?"
"서예도 하지, 단소도 불지, 게다가 등산, 수영도 좋아한다."
"역시 그렇군요."
"역시라니?"
"다 혼자서 즐기는 것이지 다른 사람들과 어울려 부대끼는 것이 아니잖아요"
"……"

상념, 그 둘---진실은 신(神)만이 안다

　재판이 사람의 이성과 능력을 넘어선 사실의 확정을 필요로 하는 일임을 단적으로 표현하는 것으로 "진실은 신(神)만이 안다"는 말이 있다. 얼핏 지나친 과장으로 들릴 수도 있지만, 현실적으로 많은 판사들이 재판을 거듭할수록 진실 발견이 어렵다고 고충을 토로한다.

　진실을 가장 잘 아는 사람은 당사자들 본인이고, 증인들, 소송대리인들이 그 다음이며, 판사는 진실을 알 수 있는 위치로서는 가장 멀리 떨어져 있다. 그런데도 최종 판단은 판사의 몫이다. 신(神)만이 아는 진실을 인간인 판사가 밝히려 하는 한, 오판의 가능성이 태생적으로 뒤따를 수밖에 없다. 가슴을 죄어오는 이야기 한 토막,

　『변호사는 누구든 자기가 맡은 형사사건이나 민사사건의 판결이 있기 전날이면 내일 판결이 어이 될 것인가 하고 초조한 마음이 적지 않게 든다. … 이러한 판결 전야의 변호사의 초조감은 국가고시 합격 발표 전야의 응시자의 심정과도 다를 바 없다. 그런데…100% 승소할 것으로 믿었던 사건이 너무나 뜻밖에도 패소판결이 되고 말았을 경우에는, 수임변호사로서는 닭 쫓던 개 지붕 쳐다보듯 허탈과 실망의 헛웃음을 해보기도 하거니와…그 이상 의심의 여지도 없을 만큼 주장을 철저히 하였던 것인데도 너무나 수긍할 수 없고, 도저히 승복할 수 없는…판결이 되었다고 여겨지는 경우에는 어느 성급한 변호사는 자기 변호사 사무실 간판을 떼어 내동댕이쳐 버렸다고 하지만, 그런 정도까지는 하지 않는다 하더라도 변호사직에 대한 적지 않은 회의를 느끼게 되는 것은 사실이고….』
　(김일두 변호사님의 칼럼 "判決前夜"〈법률신문 1999. 3. 18. 자〉 중에서)

『저는 1965. 11.에 판사로 임명되어 법복을 입은 이래 오늘에 이르기까지 34년 동안, 진실과 거짓, 선과 위선이 교차하고 인간의 애환이 담긴 수많은 사건을 담당하면서, 저의 능력과 식견의 부족함을, 그 중에서도 인간의 삶에 대한 통찰과 이해가 부족함을 항상 절감하면서도, 제 나름대로는 옳은 판단을 하고자 미력이나마 정성을 다하였다고 생각합니다. 그러나 법관의 막중한 책무를 생각하면서 지난 일을 되돌아볼 때, 제가 관여한 수많은 판단 중에서 잘못된 것은 없었는지 두려운 마음을 금할 수 없으며, 저의 그릇된 판단 때문에 고통을 받은 이가 있다면 부디 용서하여 주실 것을 청하고 싶습니다.』
(천경송 대법관님의 1998. 2. 26.자 퇴임사 중에서)

상념, 그 셋---"소화(昭和)"니 "평성(平成)"이니

「쌍끌이 조업」으로 대변되는 한·일 간의 추가 어업협상 내용을 전하는 언론보도는 하나같이 '치욕', '굴욕', '구걸' 등의 표현을 사용하고, 어민들의 분노의 함성이 하늘에 닿았건만, 정작 주무부서의 장관은 일본으로 떠날 때부터 일본 해당 부서의 장관과는 '형님', '동생' 하는 사이라 문제가 없다고 엉뚱한 소리를 하더니, 돌아와서도 어민들의 분통만 터지게 하는 자화자찬의 소리를 늘어놓았다. 어느 신문의 사설은 아예 "어물전 망신시킨 꼴뚜기"라고 극언할 정도였다.

우리에게 일본은 과연 어떤 존재인가? 꼬리를 물고 이어지는 상념이 지난 연말에 某대학교수의 회갑기념논문으로 썼던 "가집행선고부 가처분취소 판결의 효력"이라는 글로 거슬러 올라간다. 그 글의 맺는 말 중 한 토막,

『각주에서 보듯이 일본의 법률이나 판례나 문헌에 눈 한 번 주지 않고 이 글을 작성하였다는 점을 부기하고 싶다. 각 분야에서 우리의 법률과 우리의

판례와 우리의 문헌만으로 글을 쓸 수 있는 때, 제 나라의 "단기(檀紀)"라는 연호는 망각의 창고에 처박아 둔 채 "소화(昭和)"니 "평성(平成)"이니 하는 그야말로 세계화에 역행하는 시대착오적인 남의 나라 연호를 아무 생각 없이 마구 사용하는 글이 깨끗이 자취를 감추는 때, 그런 때가 하루 빨리 오기를 간절히 바란다면 환상일까? 언필칭 문호개방의 시대에 무슨 헛소리이냐고 할 수도 있겠지만, 우리에게 전혀 도움이 되지 않는 불필요한 것들마저 무분별하게 추종하는 것은 예속을 의미할 뿐이다. 일본의 법률문화가 우리보다 더 발달하였음을 부인할 수는 없으므로, 그네들의 것을 참고하는 것이야 구미(歐美)의 선진적 제도를 참고하는 것만큼이나 당연하다. 그러나 그렇다고 그네들의 연호까지 사용할 이유는 없다. 일왕은 어디까지나 일본인들의 왕일 뿐이다. 도대체 이 지구상에 일본인이 아니면서 일본의 연호를 사용하는 사람들이 이 나라의 법률가들 말고 또 있을는지….

더구나, 이제 막 법조계에 발을 들여놓은 젊디젊은 사람들마저 무의식적으로 일본의 연호를 사용하는 것을 보노라면 경악스럽기 짝이 없다.』

위 글의 초고를 작성한 후, 평소 글을 쓸 때마다 늘 그러했듯이 존경하는 털보선사님께 감수를 부탁하였고, 당신께서는 다음과 같은 의견을 보내 주셨다. 그 자상하심에 늘 감사할 따름이다.

『마지막 내용은 평소에 하고 싶은 말일 터인데, 법률 논문의 본문 내용에 포함시키는 것은 원칙적으로 적당하지 않다고 봅니다. 나의 의견으로는 그 내용에 대하여는 찬동하지만, 형식으로는 본문의 끝에 '후기' 또는 '추기'라고 하여 본문보다 작은 글씨로 적는 것은? 또 그 내용과 더불어 외국의 기관(예, 일본 최고재판소, 동경지방재판소, 미국 연방최고재판소, 미국 department of state)을 표현할 때에 그에 해당하는 우리 나라의 기관 이름(예, 일본 대법원, 동경지방법원, 미국 대법원, 미국 국무성이 아니라 미국 외무부)으로 표현하여야 하고, 또 일본의 문헌을 인용하는 경우에 그 연도를 표기하여야 할 때에는 서기 연도로 바꾸어 기재하도록 하자고 추가하고 싶지는 않은가요?(이 부분은 내가 이미 시행하고 있는 부분입니다)』

　법률 논문의 내용과는 어울리지 않는다는 선사(禪師)님의 고견에 따라 당시 위 논문에서는 위 부분을 삭제하였다. 그 대신 언제고 다른 기회에 이 문제를 한 번 다루어 보리라고 생각했다. 그것이 해가 바뀌고 계절이 바뀌어 오늘의 상념으로 이어진다. 일본 인간백정들에 의해 무참히 시해된 명성황후의 혼령이 '조선이여 일어나라'고 외치는 장면(오페라 「명성황후」)에서 예술의 전당을 가득 메운 청중들이 흐느끼던 모습이 거기에 겹쳐진다.

(1999.04.15.)

나는 행복합니까?

| 다시 한번 생각해 보는 시 |

나는 행복합니다

-배영희-

나는 행복합니다
아무 것도 가진 것 없고
아무 것도 아는 것 없고
건강조차 없는 작은 몸이지만
나는 행복합니다.
세상에서 지을 수 있는 죄악
피해갈 수 있도록
이 몸 묶어주시고
외롭지 않도록
당신 느낌 주시니
말할 수 있고 들을 수 있고
생각할 수 있는 세 가지
남은 것은 천상을 위해서만
쓰여질 것입니다
그래도 소담스레 웃을 수 있는 여유는

그런 사랑에 쓰여진 때문입니다
나는 행복합니다
나는 행복합니다

　19살에 뇌막염을 앓은 후 장님에 전신마비가 되어 누워서만 생활하는 37살의 여인, 그녀가 할 수 있는 것이라고는 오직 "말할 수 있고, 들을 수 있고, 생각할 수 있는" 세 가지 뿐인 여인, 그러나 그녀의 얼굴은 천사의 그것인 여인. 그녀의 너무나 해맑게 웃는 얼굴을 보았을 때, 그리고 그녀가 낭송하는 이 시를 들었을 때 필자는 띵해진 머리로 인간의 삶이 과연 무엇일까 하는 생각을 하여 보았다.

　얻어먹을 수 있는 힘만 있어도 은총을 받은 것이라고 생각하는 사람들이 모여 사는 곳, 음성 꽃동네에서 본 이 여인의 모습이 영구히 뇌리를 떠나지 않을 것 같다.

　4월 20일 장애인의 날을 맞아 올해도 예외없이 갖가지 행사들이 곳곳에서 펼쳐졌다. 심지어 일본의 한 장애인을 불러다 놓고 온 매스컴이 호들갑을 떨었다. 필경 적지 않은 돈이 들었으리라.
　그러나 그런 일과성, 전시성 행사나 벌리면서 자기 혼자 장애인을 위합네 하는 그들이야말로 정신적 장애인이 아닐까? 차라리 회비가 월 1,000원밖에 안 되는 꽃동네 회원이 되라고 권하고 싶다.

　천병상 시인의 말처럼 그래도 세상은 아름다운 것인가?

(1999.04.29.)

스승의 날을 맞아

촌지문제가 불거지는 것이 무서워 올해는 스승의 날에 초등학교가 일제히 문을 닫고 아이들을 학교에 얼씬도 못하게 하는 희한한 일이 벌어졌다. '구더기 무서워 장 못 담근다'는 말이 헛말이 아님을 실감케 한다.

이쯤 되면 스승의 날을 아예 없애느니만 못하다. 도대체 어린 아이들에게 그들이 왜 학교에 안 가는지, 아니 못 가는지를 어떻게 설명할 것인가. 20세기를 마감하는 마지막 해에 이 나라에서는 어찌타 이런 비참한 사태가 벌어지고 있단 말인가. 이러고도 문명국가 운운(云云) 할 수 있을까. 하긴 서울대학교가, 법과대학이 존재하는 까닭에 입시과열문제가 생긴다며 아예 서울대학교를, 법과대학을 없애려는 나라에서 무슨 일은 안 생기겠는가.

그러거나 말거나, 연수원 교수도 명색이 훈장이라고, 올해도 예외 없이 꽃다발과 선물을 받았다. 벌써 3년째이다. 그것을 보고 초등학교 6학년의 작은 아들놈이 "아빠, 이건 촌지 아냐?" 한다. 순간 할 말을 잊었다. 도대체 우리의 교육현장을 무어라고 설명하여야 할까.

연수원 교수는 과연 진정한 의미의 '훈장'일까? 3년이 지나도록 답을 얻지 못하고 있는 의문이다. 연수원 교수와 연수생은 분명 가르치고 배우는 관계이니 '사제지간'이라고 할 수 있겠지만, 그보다는 법조계의 선후배 사이라고 하는 편이 더 정확하지 않을까 하는 생각이 늘 머릿속을 떠나지 않는다. 먼저 발을 들여놓은 사람들이 나중에 입문하는 사람들한테 길 안내하는 것이 바로 연수원 교육의 요체가 아닐까. 그렇다면 연수원 교수는 "선생"이 아니라 "선배"로 자리매김하는 것이 옳지 않을까.

초등학교, 중·고등학교, 대학교에서 가르침을 주신 은사님들은 우리가 죽을 때까지 '선생님'이라고 부른다. 그러니 말 그대로 그분들은 스승이다. 그에 비하여, 연수원에서 가르침을 받은 사람들은 그 후 연수원을 졸업한 후에는(졸업 직후부터는 아니더라도 적어도 일정 기간이 지난 후에는) 자기를 가르쳤던 분을 계속하여 교수나 선생님이라고 부르지는 않는다. 그렇다면….

오늘도 스승의 날 노래를 들었다.
"참 되거라, 바르거라, 가르쳐 주신…"
과연 내가 연수생들에게 그렇게 가르쳐 왔나 자문(自問)해보면 자신이 없다. 놀 땐 열심히 놀고 공부할 땐 열심히 공부하라고, 그나마 후자에 중점을 두어 잔소리한 것밖에는 기억나는 것이 없다. 무엇이 참된 것인지, 어느 길이 바른 길인지 우선 나 자신이 잘 모르는데 무엇을 가르친단 말인가.

"언제 법과대학에서 가르쳐서 고시 붙었고, 언제 연수원에서 가르쳐서 판사 되었나? 말이 좋아 인성교육 운운하며 입바른 소리들 하지만, 연수원은 전문직업인 양성기관이지 국민윤리 가르치는 곳이 아닐세. 초등학교에서부터 대학교에 이르기까지 못한 도덕교육을 평균연령이 30세가 넘는 사람들을 모아 놓은 곳에서 뒤늦게 하라는 것은 어불성설이네. 정말로 요구되는 것은 기초적인 실무교육이나마 제대로 하는 것이네. 봉창 뜯는 학자들보다 동서남북을 모르는 실무가가 끼치는 해독이 국민에게 더 직접적이란 것을 명심하게"

연수원 교수로 발령 받은 얼마 후, 평소 늘 과분한 사랑을 베풀어주시는 대학시절 은사님을 찾아뵈었을 때 나에게 들려주신 말씀이다. 그 말씀을 좇아 열심히 가르친다고 나름대로 애를 써왔지만, 솔직히 자신이 없다. 시간이 지날수록 더욱 그러하다. 연수생들이 과연 나의 가르침을 어떻게 받아들였고, 받아들이고 있을까?

존경받는 스승은 애초부터 불가능한 일이고, 가까이 하고픈 선배 정도만 될 수 있어도 연수원 교수로서의 보람일 것이다. 문제는 그러한 최소한의 바램조차 결코 쉬운 일이 아니라는 것이다. 차라리 '순악질 교수' 혹은 '껄끄러운 존재'로 백안시(白眼視)되지나 않기를 바라는 것이 보다 소박하리라.

올해는 20세기를 마감하는 해인 동시에 나에게는 연수원 교수를 마감하는 해이다. 이 해가 다 가고 3년간의 연수원 교수 생활을 마감할 때, 그 동안 보람있었노라고 큰 소리로 말할 수 있을까? 자신이 없다.

훈장의 자격도 없으면서 받은 꽃다발이 거실에 가지런히 놓여 있다. 잠이 오지 않는 밤이다.

(1999.05.15)

강제집행법 강의를 마치고 나서

오늘(6/1)로 30기생을 대상으로 한 강제집행법 강의를 끝냈다. 강제집행법에 관한 연수원에서의 마지막 강의이기도 하다.

작년까지 내려오던 것을 대폭 손질(특히 부동산집행부분은 입찰을 중심으로 전면개정)하는 바람에 354 페이지에 달하는 교재(교정을 보지 못하여 오탈자가 너무 많아 송구스럽다)를 7회만에 강의한다는 것이 처음부터 무리였지만, 어떻든 무사히 마쳤다는 생각에 안도의 숨을 내쉰다.

나는 비록 7,8반만 강의했지만, 그 많은 양의 강의를 기꺼이 맡아주신 다른 교수님들(소주제조기 중지대사, 여자들을 피해 연못에 숨은 담은선생, 마음은 언제나 붕어 곁의 수향처사, 오늘도 자라는 삼봉사도, 안수부동의 용덕소방주———집행담당 교수들의 이름을 다 외우거나 교재의 발간처를 알면 평가에서 보너스 점수를 줄 것이라는 소문은 낭설임을 분명히 밝힌다)과 끝까지 강의를 경청해준 다른 모든 연수생들에게 집행총괄교수의 입장에서 감사를 드리지 않을 수 없다.

아울러, 그 어느 반에서도 오줌보가 터진 사람이 한 명도 나오지 않았다는 것을 천만다행으로 생각한다. 이로써 김○○ 연수생의 엄살과 전○○ 연수생의 부화뇌동이 거짓(?)임이 판명된 셈이다. 역시 사람의 인내심에는 한계가 없다는 것을 새삼 깨닫는다. 그러한 놀라운 인내심에 비추어볼 때, 작년과는 달리 이번에는 평가시간에 졸도하는 연수생이 전무(全無)할 것으로 믿는다. 만일 졸도하는 사람이 나오면 정작 내가 졸도할 것이다. 그러므로 교수가 불쌍하다는 생각이 들면 절대로 졸도하지 마시라!!!

집행법(보전소송 포함)은 집행법 자체로 끝나는 것이 아니라, 연수원에서는 민사재판실무 및 민사변호사실무와 직결되고, 연수원을 떠나 실무계로 나가면 당장 발등의 불로 닥쳐오는 분야이다.

그런데 불행하게도 학계는 말할 것도 없고 실무계에서조차 외면 당한 채 연구의 사각지대에 놓여있는 것이 현실이다. 30기 연수생들 중에서 집행법에 흥미를 느끼고 꾸준히 관심을 기울이는 사람들이 단 몇 명이라도 나오기를 기대한다. 그것이 연수원에서의 집행법 마지막 강의를 마친 나의 소박한 바램이다.

연수생 여러분의 건투를 빈다.

1999. 6. 1.

귀여운 터프가이(29기의 어느 향기 나는 연수생이 지어준 별명이다)
범의거사

(1999.06.01)

29기 강의를 끝내며
(正人說邪法....)

　창문을 적시는 가을비가 공연히 사람의 마음을 우수에 잠기게 합니다. 이럴 때는 만사 제쳐놓고 그 비를 맞으며 고궁의 오솔길을 하염없이 걷고 싶어진다면 그것이 저만의 쓸쓸한 낭만일까요?

　20년 전 제가 여러분처럼 연수생이었던 시절, 가을비가 부슬부슬 내리는 날이면 그 비를 맞으며 덕수궁의 뒷뜰을 혼자 거닐던 기억이 새롭습니다.

　오늘의 강의로 적어도 7반 강의실을 매개로 한 여러분과의 공식적인 만남은 끝을 맺게 되었습니다. 작년 3월 2일 이 자리에서 처음 여러분을 대한 후 오늘로서 1년 6개월 20일이라는 짧지 않은 시간이 흘렀습니다.

　처음 만났을 때의 서먹함이 강의실에서, MT장에서, 운동장에서, 산에서, 스키장에서 같이 뒹구는 동안 점차 친근함으로 변해갔습니다. 그러면서 하나 둘 인연의 깊이를 더해 가는 일들이 차곡차곡 쌓여 갔던 것 같습니다. 특히 외줄 사다리에 매달려 바위산을 오르다 앞서 가던 여연수생의 엉덩이에 받혀 전치 2주의 두부타박상을 입었던 일, 삼겹살 안주로 폭탄주를 마신 후 모 연수생이 느닷없이 대성통곡를 하는 바람에 당황했던 일, 빛고을 최고의 미녀가 완산벌 최고의 미남과 맺어지게 된 일 등은 앞으로도 오래도록 기억될 즐거운 추억으로 남을 것입니다.

그러나 세상사라는 것이 맑게 갠 날만 있을 수는 없듯이, 돌이켜 보면 지난 기간에 애증이 교차할 때도 많았던 것 같습니다. 가르치는 사람의 입장에서 제가 여러분을 생각하는 것과 배우는 입장에서 여러분이 저를 생각하는 것이 똑같을 수는 없는 것이기에, 이러한 애증의 교차는 피할 수 없는 일이었는지도 모릅니다.

　때문에 여러분의 뇌리에 즐거운 추억은 없고, 오직 마지막 판결서에까지 빨간 싸인펜을 휘두른 지겨운 잔소리꾼의 한 사람으로만 제가 기억된다 해도 어쩔 수 없는 노릇입니다. 그것도 다 훈장으로서의 제가 쌓은 업(業)이니까요. 그래도 저는 즐거웠던 추억만을 간직하겠다고 다짐해봅니다.

　이제 20일 후면 졸업시험이 시작되고, 그 시험이 끝나면 여러분의 연수원 생활도 사실상 막을 내리게 됩니다. 그와 동시에 여러분은 연수원의 문을 벗어나 사회로 나가고, 저는 연수원을 떠나 일선 법원으로 복귀합니다. 그 순간 이제까지의 가르치고 배우던 관계는 법조계의 선후배 내지 동료 관계로 일대전환을 하게 될 것입니다. 이를 계기로 그 간에 여러분과 저 사이를 가로질렀던 높은 벽이 그 한 모퉁이나마 허물어지기를 바라는 마음 간절합니다.

　사실 어찌 보면 그간의 가르치고 배운다는 관계는 일시적인 방편에 불과했는지도 모릅니다. 제가 여러분을 가르쳤다고 거창하게 표현하긴 했지만, 그 실질은 여러분보다 법조계에 단지 한 발 먼저 몸을 담갔다는 이유만으로 일천하기 짝이 없는 얕은 경험을 전달하였던 것에 불과하기 때문입니다. 따라서 저와 여러분의 관계가 훈장과 연수생에서 선후배 내지 동료 사이로 바뀐다 해서 하등 이상할 것이 없고, 오히려 당연히 그렇게 되어야 할 것이 그렇게 되는 것에 지나지 않습니다.

그러기에 훗날 어느 자리에서 다시 만나건 연수원 시절의 즐거웠던 이야기로 꽃을 피울 수 있게 되기를 소망하면서, 마지막으로 옛날의 어느 성현께서 남기신 다음의 한 말씀을 여러분께 전하고자 합니다.

바른 사람이 사악한 법을 말하면 사악한 법도 바르게 되고,
사악한 사람이 바른 법을 말하면 바른 법도 사악하게 된다.
(正人說邪法 邪法亦隨正, 邪人說正法 正法亦隨邪)

잘못된 법도 올바르게 쓰면 바른 법이 될 수 있지만, 잘된 법도 바르지 않게 쓰면 나쁜 법으로 되고 맙니다. 장차 여러분이 어느 직역으로 진출하든 법조인으로 활동하는 이상 법을 올바르게 쓰는 법률가가 되시기 바랍니다.

7반을 매개로 하여 저와 인연을 맺었던 여러분들이 졸업시험까지의 남은 기간 동안 끝까지 최선을 다함으로써 유종의 미를 거두는 것을 보는 것이 훈장이기에 앞서 한 인간인 이 사람의 소박한 바램입니다.

그 동안 참으로 감사했습니다.
변덕스런 날씨에 건강에 유의하시고, 한가위 명절을 즐겁게 보내십시오.

범의

(1999.09.21)

떠나시는
가재환 사법연수원장님

사법연수원장을 5년 동안 역임하시고 떠나시는 가재환 원장님을 전송하고 시 두 편을 지어보았다.

送人(송인)

送皇十月研修院(원장님을 떠나 보내는 연수원의 시월)
天邊一望斷人腸(마당에서 하늘가를 바라보니 간장이 끊어집니다)
莫愁前路無知己(앞으로 당신 알아볼 이 없을까 걱정하지 마옵소서)
天下誰人不識君(천하의 그 누구가 님을 몰라 뵈오리까)

惜別(석별)

賈長乘車將欲行(원장님이 차에 올라 떠나시려 하는데)
忽聞院內落淚聲(홀연히 연수원에서 눈물소리 들립니다)
天池淵水深千尺(천지의 연못물이 천길이나 깊다 한들)
不及弟子送汝情(제자들이 전송하는 깊은 정에 미치리까)

(1999.10.)

부드럽고 싶었던
남자의 변(辯)

1997. 3. 2. 설레는 마음으로 처음 이 자리에 섰던 이후 어느 덧 3년 가까운 세월이 흘러 오늘 마지막 강의를 하게 되었습니다.

맹자는 천하의 영재를 모아 가르치는 것을 군자의 세 번째 즐거움(得天下英才而教育之君子之三樂)으로 꼽았지만, 저는 이야말로 인생의 첫 번째 즐거움이라고 말하고 싶습니다. 그리고 지난 3년은 바로 그 즐거운 나날의 계속이었습니다.

이제 그 즐거운 날의 끝에 서서 돌이켜 보니, 본업이 판사인 제가 강단에 섰었다는 것이 참으로 분에 넘치는 짓이 아니었나 하는 생각이 앞섭니다. 얼마 되지도 않는 얄팍한 지식을 내세워 여러분을 야단치고, 때로는 혼냈던 순간이 주마등처럼 스쳐 지나갑니다. 무식한 자가 용감하다고, 어찌 보면 만용에 가까웠지만, 그래도 같이 배운다는 생각에, 그리고 법조 선배로서 비록 미미하나마 여러분보다 먼저 겪었던 경험을 하나라도 전한다는 생각에, 때로는 밤잠을 설쳐가며 지내온 기간이었습니다.

제가 연수원 훈장으로서의 소임을 다하고 이렇게 마지막 강의까지 무사히 마칠 수 있었던 것은, 무엇보다도 바로 여러분들과 28기와 29기의 여러분들 선배들이 저의 오만을 감내하며 잘 따라주었기 때문입니다. 강의실에서는 오줌보가 터지는 것을 이를 악물고 참아야 했고, 술집에서는 못 먹는 폭탄주를 마시느라 진땀을 흘려야 했으며, 태풍이 몰아치는 산에서는 아픈 다리를 이끌고 끌려 다니느라 죽을 고생을 하였건만, 불평 한 번 제대로 안 하고 따라준 여러분들께 정말 감사의 말씀을 드리지 않을 수 없습니다. 거기다 때로는 모욕까지 견뎌내느라 얼마나 힘들었습니까? 때묻지 않은 여러분을 타락시키지는 않았는지 걱정되기도 합니다.

여러분들이 저더러 '순악질교수'라 해도 할 말이 없습니다. 오죽하면 여러분들이 다른 반 연수생들로부터 "너희들 어떻게 사느냐"고 동정을 받았겠습니까. 이 점 솔직히 유구무언(有口無言)입니다.

그렇지만 저도 본래는 가슴이 따뜻한 남자이고 싶었답니다. 그래서 금년 초에는 올해를 "부드러운 남자 원년(元年)의 해"로 선포하기도 했습니다. 그런데 그게 쉽지가 않았습니다. 시간이 갈수록 "부드러운 남자의 길=훈장이기를 포기하는 길"이라는 등식이 제 머리 속에 자리하였고, 결국은 제 버릇 개 못 주고 어느 순간 그만 '순악질교수'로 되돌아가 버리고 말았습니다. 역시 사람은 생긴 대로 살게 마련인가 봅니다.

그래도 지금도 외치고 싶답니다. 저도 알고 보면 부드러운 남자라고!

이제 마지막 강의를 끝내며 여러분들에게 다음과 같은 옛 선현(先賢)의 말씀 한 가지만 전하고자 합니다. 이것은 지난번에 29기들한테도 들려준 것인데, 앞으로 여러분들도 싫든 좋든 법조인으로서의 삶을 살아가게 될 것이기에 되풀이하는 것입니다.

바른 사람이 사악한 법을 말하면 사악한 법도 바르게 되고,
사악한 사람이 바른 법을 말하면 바른 법도 사악하게 된다.
(正人說邪法 邪法亦隨正, 邪人說正法 正法亦隨邪)

잘못된 법도 올바르게 쓰면 바른 법이 될 수 있지만, 잘된 법도 바르지 않게 쓰면 나쁜 법으로 되고 맙니다. 여러분이 장차 어느 직역으로 진출하든 법조인으로 활동하는 이상 법을 올바르게 쓰는 법률가가 되시기 바랍니다.

오다가다 발끝만 스쳐도 인연이라고 하는데, 사법연수원 30기 7반을 매개로 맺어진 여러분과 저의 만남은 더 말할 나위도 없이 소중한 인연일 것입니다. 이제 그 고귀한 인연을 즐거운 추억으로 간직하고 여러분 곁을 떠납니다. 어렵고 힘들 때는

천리 밖을 내다보려면
한 층을 더 올라가라
(欲窮千里目, 更上一層樓)

는 말을 떠올리십시오. 마지막 한 층의 차이가 천리를 보고 못 보고를 결정합니다.

앞으로 남은 1년 동안 여러분 모두 건강하게 연수원 생활을 마치고, 훌륭한 법조인으로 성장하여 다시 만나게 되기를 두 손 모아 빕니다.

감사합니다.

범의

(1999.11.18)

천년의 기둥

… 한국 전통 건축의 기둥은 정교하면서도 자연스럽고, 화려하면서도 수수하다. 한국 전통 건축의 기둥은 구조적 안정을 위해서는 추상같이 엄격하며 천년을 끄떡없이 서 있어 왔다. 앞으로 그만큼의 세월 이상을 더 서 있을 것이다. 또한 쓸데없는 가식과 과장은 피하지만, 정말로 필요한 경우에는 세계 어느 나라의 기둥에도 뒤지지 않는 화려한 멋을 뽐낸다. 그렇기 때문에 한국 전통 건축의 기둥은 어수룩해 보이면서도 결코 얕볼 수 없는 완결성을 지녔다. 이를테면 자신의 책무를 다했기 때문에 더 이상의 허식은 필요 없다는 자신감 같은 것이다….

위 글은 '우리 옛 건축과 서양 건축의 만남'(임석재 지음, 대원사 刊, 1999)의 본문 내용 중 일부이다.

이제 수료를 앞두고 각자의 진로를 찾아가는 29기 여러분 모두가 위와 같은 기둥이 되기를 기원한다.

(1999.12.)

작은 소망

1999년 12월.

20세기 마지막 달이다. 1990년 1월부터 계산하면 120번째요, 1900년 1월부터 계산하면 1,200번째요, 1000년 1월부터 계산하면 12,000번째 되는 달이다. 이 달마저 지나가면 드디어 새로운 십 년, 새로운 백 년, 새로운 천 년의 시대가 열린다. 일찍이 옥봉선사(沃峰禪師)께서는 '영겁으로 흐르는 세월을 인위적으로 쪼개놓고 달이 바뀌니, 해가 바뀌니 하며 호들갑을 떠는 것이 얼마나 우스운 일인가'고 질타하셨지만, 그래도 범부의 가슴에는 20세기 달력의 마지막 남은 한 장이 새삼스런 설렘으로 다가오는 것을 어찌하랴.

그 달력을 바라보며, 어제 진 해와 오늘 뜨는 해가 다른 것이 아니고 어제의 지는 해를 보았던 마음과 오늘 뜨는 해를 대하는 마음이 다른 것뿐이라는 평범한 진리조차 잠시 망각의 저편으로 접어두고 싶어지는 것은, 다가오는 새로운 밀레니엄(millennium)에 대한 기대감 때문인가, 아니면 역사의 뒤안길로 사라져 가는 지나간 세월에 대한 아쉬움 때문일까.

누군가의 말처럼 지나간 것은 항상 그리워지는 법이니 그리움은 그리움 자체로 남겨두고, 대신 이제 곧 새 달력을 걸면서 시작될 새로운 천 년을 맞이하면서 소박하기 짝이 없는 작은 소망을 몇 가지 적어본다.

소망 그 하나

조용한 세상에 살고 싶다.

언제부터인가 우리 사회에서는 목소리 큰 사람이 왕이라는 인식이 팽배해 져가고 있다. 교통사고를 누가 냈느냐에 의해서 가해자와 피해자가 구분되 는 것이 아니라, 누구 목소리가 더 크냐에 의하여 가해자와 피해자가 갈린다 고 생각하는 판이니, 그러지 않아도 밀리는 출근길에서 도로 중앙에 차를 세 워 놓고 멱살잡이와 삿대질을 하는 모습을 쉽사리 볼 수 있는 것이다.

어디 그 뿐이랴, 멱살잡이로 해결되지 않은 일의 시시비비를 가리는 법정 에서조차 목소리 키우기 경쟁을 하고, 재판결과가 마음에 안 들면 머리띠를 두르고 법원 주위에서 시위를 하고, 심지어는 판사실을 점령하고, 가족들한 테 협박전화를 하는 사태가 벌어지고 있다.

법과 제도를 통한 정당한 절차에 의한 해결보다는 집단민원을 제기하여 세상을 시끄럽게 함으로써 사람들의 이목을 끄는 것이 문제를 푸는 지름길 이라는 사고방식이 널리 퍼져 있는 것도 같은 맥락이리라. 법이 바로 서야 나라가 바로 선다. 그런 세상은 조용하지 않을까.

소망 그 둘

상식이 통하는 세상에 살고 싶다.

미국의 통상압력에 효율적으로 대처하지 못하는 것은 통상전문가가 없기 때문이라는 소리를 우리는 귀가 따갑도록 들어왔다. 그 뿐인가, 농업전문가 도 없고, 수산업전문가도 없고, 전자산업전문가도 없고, 군사전문가도 없고,

과학기술전문가도 없고, 문화예술전문가도 없고, 전문변호사도 없고..... 맨 없다는 타령이다. 그래서 그러한 전문가를 양성하여야 한다고 분야마다 야단이다.

덕분에 무슨무슨 '위원회'다 '자문기관'이다 '협의체'다 하면서 각종 기구가 생겼다가 없어지고 또 생겨나곤 한다. 그리고 그 기구마다 여론을 청취한다느니 각계의 의견을 수렴한다느니 하면서 요란한 기치를 내세우는데, 정작 그 이해관계인이자 그 분야에 관한 한 가장 잘 알고 있는 '그나마의 전문가'의 의견은 툭하면 기득권자의 논리 아니면 기관이기주의나 집단이기주의로 매도되고, 문외한의 단선적 구호만이 설치는 것을 보노라면, 과연 무엇이 상식인지 헷갈린다. 권위의 파괴가 상식의 파괴로 이어진다면 그것은 교각살우(矯角殺牛)의 다름 아닐 뿐이다.

소망 그 셋

각자에게 그의 몫을 주는 세상에 살고 싶다.

아래는 필자가 지난 5. 19. 사법연수원 인터넷 홈페이지 낙서장(http://www.scourt.go.kr/jrti/login1.html)에 올렸던 글이다.

각자에게 그의 몫을

연수생의 숫자가 29기는 600명, 30기는 700명이다. 그 모든 사람이 같은 생각을 하고 같은 행동을 할 수는 없다. 공부하고 싶은 사람은 공부를 하고, 놀고 싶은 사람은 놀면 된다. 누구에게나 자기의 몫이 있는 것이다. 공부하는 사람이 노는 사람 보고 왜 노느냐고 비난할 수 없듯이, 노는 사람이 공부하는 사람보고 왜 공부하냐고 비난할 수는 없다. "경판(京判)이 되겠다는 헛된 명예욕이나, 엘리트검사가 되겠다는 권력욕에 사로잡혀 공부한다"는 식의 비웃음은 피해야 한다. 내가 공부하기 싫으면 안 하면 되는 것이지, 왜 열심히 공부하는 동료의 가슴에 비수를 꽂는가?

앞서 가는 사람의 발을 걸고, 위에 있는 사람을 끌어내려 어떻게든 하향 평준화를 하려고 안달하는 평등권 만능사상이 이 사회 구석구석에 배어 있다 못해 사법연수원에서마저 설친다면 그것은 정녕 슬픈 일이다.

그렇다. 평등권 만능사상에서 벗어나 각자에게 그의 몫을 주는 사회, 그것이 진정한 정의사회가 아닐까. 그런 세상에 살고 싶다.

소망 그 넷

내 것을 존중하는 세상에 살고 싶다.

언필칭 국제화요 세계화의 세상이다 보니, 이제는 영어를 공용어로 써야 한다는 주장까지 등장하는 판국이다. 한국에서 미국이나 일본으로 "나가는" 것이 아니라 "들어가고", 미국이나 일본에서 한국으로 "들어오는" 것이 아니라 "나오는" 것이 자랑스런 사람들에게는 아주 지당하신 말씀이리라. 4,500만 국민이 모두 무역의 첨병에 서고, 문화사절단이 되고, 외교의 일선에 나서기라도 하는 모양이다. 자칫 두메산골에서 하늘을 지붕 삼아 사는 필부도 영어를 모르면 팔불출이 될 지경이다.

우리 주위에는 외국물만 조금 먹었다 하면 내 것은 헌신짝 버리듯 내팽개치고 외국제도를 수입하지 못하여, 모방하지 못하여 안달하는 사람들이 의외로 많다. 그런데, 서구식 열린 교육을 그렇게 외치더니 정작 교실이 붕괴하고 있는 것에 관하여는 그들은 왜 모두 꿀 먹은 벙어리일까? 영어를 진즉

공용어로 쓰지 않은 때문이라고 생각하는 걸까? 우리 교실에서도 총기난사 사건이 벌어져야 비로소 입을 열려나….

가장 한국적인 소재로 만든 '씨받이', '물레야 물레야', '아제아제바라아제', '달마가 동쪽으로 간 까닭은' 등의 영화는 각종 굵직한 국제영화제에서 상을 휩쓴 반면, 가장 서구적인 영화 '거짓말'은 소리만 요란했을 뿐 수상과는 거리가 멀었던 이유가 과연 무엇일까? 중국의 장예모 감독은 헐리우드식 영화를 만들어서 세계적인 감독으로 되었던가?

내가 나를 존중해야 남도 나를 존중하는 것이 아닐는지.

(1999.12.01.)

자기자신을 자랑스러워하길!
(연수원 29기 사은회 치사)

먼저 이런 성대한 자리를 마련하여 준 29기 7반 여러분께 진심으로 감사의 말씀을 드립니다.

1998. 3. 2. 설레는 마음으로 여러분을 처음 대한 것이 엊그제 같은데, 어느새 2년 가까운 세월이 흘러 오늘 여러분을 마지막으로 대하게 되었습니다.

맹자는 천하의 영재를 모아 가르치는 것을 군자의 세 번째 즐거움으로 꼽았지만, 저에게는 여러분을 만난 것이 무엇과도 바꿀 수 없는 즐거움이었다고 말하고 싶습니다. 흔히 하는 말로 가문의 영광이었습니다.

이제 그 즐거웠던 날이 다 지나간 지금에 와서 돌이켜 보니, 얼마 되지 않는 얄팍한 지식을 내세워 여러분을 야단치고, 때로는 혼냈던 순간이 주마등처럼 스쳐 지나갑니다. 무식한 자가 용감하다고, 어찌 보면 만용에 가까웠지만, 그래도 같이 배운다는 생각에, 그리고 법조 선배로서 미미하나마 여러분보다 먼저 겪었던 경험을 하나라도 전한다는 생각에, 때로는 밤잠을 설쳐가며 지내온 기간이었습니다.

작년 9월 여러분을 상대로 한 마지막 강의 시간에도 말했듯이, 지난 2년의 기간 동안에 애증이 교차할 때도 많았던 것 같습니다. 가르치는 사람의 입장에서 제가 여러분을 생각하는 것과, 배우는 입장에서 여러분이 저를 생각하는 것이 똑같을 수는 없는 것이므로, 이러한 애증의 교차는 피할 수 없는 일이었는지도 모릅니다.

희로애락이 본래 있는 것이 아니고 그렇게 느끼는 마음만이 존재할 뿐이기에, 공자는 그러한 감정을 외부로 나타내지 않는 것이 곧 중용(中庸)(喜怒哀樂之未發,謂之中)이라고 설파하셨지만, 한낱 필부에 지나지 않는 저에게는 이는 요원한 이야기였습니다. 때로는 웃고 기뻐하다, 때로는 성내고 얼굴을 붉혔던 나날들이 파노라마처럼 펼쳐집니다.

그래도 막상 여러분과 헤어져야 할 순간이 되니, 즐거웠던 추억들이 더욱 새록새록 피어납니다. 강의실에서, MT장에서, 운동장에서, 산에서, 스키장에서 보냈던 즐거웠던 순간들이, 다시는 돌아올 수 없는 머나먼 추억의 저편으로 사라져 가야 한다는 것이 참으로 아쉽기만 합니다.

이제 여러분은 사법연수원의 문을 벗어나 사회로 나갑니다.

사람이 한 세상을 살아가면서 하여야 하는 무수히 많은 선택 중에서 가장 중요한 것이, 바로 배우자의 선택과 직업의 선택이라고 합니다. 여러분은 법무관을 가야 하는 분들을 제외하고는 모두 바로 그 중요한 직업을 마침내 선택하였습니다. 그것이 변호사이든, 판사이든, 검사이든, 아니면 그 밖의 다른 직역이든, 여러분은 이제 그 선택한 길을 가야 합니다.

그 어느 길이든 결코 쉬운 길이 아니고, 갖가지 난관이 놓여 있는 험난한 길이긴 하지만, 여러분은 그 어떤 어려움도 극복하고, 한 발 한 발 꾸준히 자기의 길을 가는 법조인, 언제나 법을 올바르게 쓰려고 노력하는 훌륭한 법률가가 될 것으로 믿습니다. 그리하여 훗날 언제 어디에서 다시 만나더라도

"자기 자신에 대하여 자랑스러워하는, 그런 모습"을 하고 있을 것이라고 믿습니다.

여러분이 가는 길에, 만에 하나 저의 힘이 조금이라도 도움이 될 수 있다면 언제든지 찾아주십시오. 그 때는 훈장이 아니라, 여러분의 선배로서, 여러분의 동료로서, 같이 고민하며 여러분 곁에 다가가겠습니다.

29기 7반 여러분,
그 동안 저에 대하여 가지고 있던 부담감, 마음의 벽들은 오늘 이 자리를 끝으로 다 떨쳐 버리십시오. 이제 여러분은 더 이상 피교육자가 아니고, 저 또한 더 이상 훈장이 아닙니다. 여러분이나 저나 모두 법조의 한 울타리 속을 살아가는 똑같은 선남선녀일 뿐입니다.

오늘 이 자리에서 못다 한 이야기는 마음과 마음으로 전하렵니다. 가슴에 와 닿는 느낌은, 그냥 그대로 간직하는 것이 더 소중한 법이니까요.

그 동안 믿고 따라준 여러분의 성원과, 이런 귀한 자리를 마련해 준 여러분의 정성에, 다시 한 번 깊은 감사를 드립니다.

(2000.01.14)

범의거사의 유래

　　연수원의 다른 교수들의 아호에 관하여는 그 뜻이나 유래를 설명하면서도 내 아호에 관한 것은 하지 않아서인지 그 뜻을 묻는 질문을 자주 받는다. 중이 제 머리 못 깎는다는 말이 있듯이, 내가 내 호의 유래를 설명하는 것이 쑥스러워 그랬는데, 오늘도 같은 질문을 두 번 받으면서 이제는 자동이발기로 스스로 머리를 깎아야겠다는 생각을 했다.

　　우스개 소리로 "범의"는 "범행의 고의" 즉, "犯意"를 일컫는 말이라고 하기도 했지만, 본 뜻은 "평범한 옷", 즉 "凡衣"이다.

　　내가 청주지방법원 충주지원장(1994.7.–1997.2.)을 하던 시절 재야(서예계의 재야임)의 한 선생님으로부터 서예를 배운 일이 있는데, 그 때 그 분이 지어주신 호이다. 비록 현재 법복을 입고 있으나, 마음가짐만은 평범한 옷을 입은 사람의 평상심을 유지하라는 뜻이 담겨져 있다. 아울러 훗날 법복을 벗게 되면 사용하라고 또 하나의 호를 지어주셨는데 언젠가 그 호를 사용하게 될 때 밝힐 예정이다. 그 선생님으로부터 조선시대 중기에 다도를 보급한 초의선사 이후로 "衣"(옷 의)자를 호에 쓰는 사람을 찾기 어려울 것이라는 말씀도 들었으나 확인 불가능한 이야기이다.

　　그 후 1999년 2월 해남의 대흥사 일지암(초의선사가 머물던 곳이다)에 갔다가 주지 여연스님으로부터 초의선사의 친구 중에 바로 凡衣가 있었다는 이야기를 들었다. 그렇지만 개의치 않고 계속 이 호를 사용하기로 했다.

호 뒤에 붙인 거사(居士)는 본래 재가불자(在家佛子)를 일컫는 말이다. 그렇다고 내가 꼭 불자(佛子)라는 것은 아니다. 다만 불교, 그 중에서도 특히 선불교에 관심이 많다 보니 그냥 붙여 본 것이다. 그리하여 천리안의 아이디로 범의 거사를 사용하고 있다.

나에게는 또 하나의 호가 있다. 연수원 훈장을 하는 동안 29기의 어느 여자 연수생이 나에게 "귀여운 터프가이"라는 별명을 지어준 일이 있다. 이에 힌트를 얻어 "귀터도사"라는 다소 장난기 어린 호를 하나 직접 지어 하이텔의 아이디로 사용했다. 이를 한자로는 貴陀道士라고 쓴다.

추사 김정희는 호가 200여 개 된다고 한다. 비록 그의 사람됨에 먼 발치도 못 따라가나, 그에게서 용기를 얻어 여러 개의 호를 사용하는 변명거리로 삼는다.

범의

* * *

(후기) 아니 이럴 수가...

본문에서 밝힌 또 하나의 호를 자칫 잃어버릴 판이다.
공직에서 떠나거든 사용하라고 서예선생님이 지어주신 호는 바로 "우민(又民)"이다. 굳이 풀이하자면 '다시 평범한 백성이 되었다'는 뜻이다. 그래서 지금은 잘 쓰지 않고 가까운 친구들 사이에서만 종종 사용한다.
그런데 얼마 전에 고건 전 총리가 위와 동일한 호를 지었다는 기사가 신문지면을 장식하였다. 그러자 친구들이 나더러 "너 아호를 도둑맞았다"고 너스레를 떨어 한 바탕 웃었다.
그러나, 아호가 특허를 낼 수 있는 것도 아니고, 상표처럼 등록하여 전용사용권을 취득할 수 있는 것도 아니니 어쩌랴. 세상에 동명이인이 한 두명이던가….
(2000.01.)

별리(別離. 연수원을 떠나며)

別離(별리)

3년 동안 들었던 情을 남기고 떠납니다.
모두들 건강하십시오.

知有前期在(훗날 다시 만날 줄을 번연히 알지마는)
難別此日中(막상 오늘 떠나려하니 발길이 무겁다오)
我心浩無際(이 마음 아득하여 그 끝을 모르는데)
夕陽照研庭(석양의 저무는 해가 연수원 뜰을 비추누나)

순악질 훈장

(2000.02.)

국회의원선거 합동연설회에서…

제16대 국회의원 선거 용산구 후보자 제2차 합동연설회 치사

이 자리에 계신 용산구 유권자 여러분 안녕하십니까? 저는 용산구 선거관리위원장입니다. 생업에 종사하느라 바쁘신 가운데, 바람마저 불어 여러 가지로 자리가 불편한데도 이렇게 많은 분이 참석하여 주셔서 대단히 감사합니다.

지금 전국적으로 제16대 국회의원선거의 선거운동이 열기를 더해 가고 있습니다. 그리고 오늘 이 자리는 우리 용산구에서 열리는 마지막 합동연설회입니다. 따라서 이번 선거에 이 곳 용산구에서 출마한 6명의 후보자들을, 유권자 여러분께서 한꺼번에 비교, 검토하여 보실 수 있는 마지막 기회입니다.

이제 우리는 "막걸리선거"나 "고무신선거"로 대변되어 국제적 망신을 샀던 지난 날의 불법, 타락선거에서 벗어나, 공명선거의 기반을 한 발 한 발 다져가고 있습니다. 이러한 공명선거의 토대를 더욱 굳건히 하는 것이야말로, 우리나라 민주주의의 더 나은 발전을 위한 바탕이 되며, 그것은 새로운 천년, 새로운 세기가 시작된 이 시점에서 바로 여러분에게 주어진 과제입니다. 그리고 우리는 바로 이번 제16대 국회의원선거를 통하여 그것을 실천하여야 합니다.

정치가 제대로 되려면 먼저 유권자가 깨어나야 합니다. 경제, 사회, 문화의 각 분야에 걸쳐 선진화가 이루어지는데도, 유독 정치분야에서 후진성을 면치 못하여온 우리의 현실을 직시하여, 여러분의 소중한 주권을 올바로 행사하시기 바랍니다. 여러분의 올바른 선택만이 올바른 국회의원을 낳고, 그렇게 올바르게 선택된 국회의원만이 국회에서 올바른 의정활동을 하게 됩니다.

이번 선거에 출마하신 후보자 및 이 자리에 참석하신 유권자 여러분,

여러분은 지난 4월 5일의 1차 합동연설회에서 성숙된 모습을 보여주셨습니다. 상대 후보자에 대한 인신공격을 최대한 자제하였고, 연설 도중에 야유를 보내 연설을 방해하는 일도 없었습니다. 그것은 신문이나 텔레비전에 연일 보도되고 있는 혼탁과 무질서와는 아주 다른 모습이었습니다. 이야말로 우리 용산구민의 성숙된 시민의식을 반영하는 것이라 하겠습니다. 저는 선거관리 위원장으로서 여러분에게 간곡히 당부드립니다. 이러한 훌륭한 모습을 오늘 이 자리에서도 끝까지 지켜주시라고 말입니다.

그런데 지난 1차 합동연설회에서는 옥에 티가 있었습니다. 그것은 다름 아니라, 자기가 지지하는 후보자의 연설이 끝나자마자 집단 퇴장하는 것이었습니다.

용산구 유권자 여러분, 이 자리의 주인은 어디까지나 여러분입니다. 결코 후보자가 아닙니다. 이 자리는 여러분을 대변하여 국회에 나가 일할 여러분의 일꾼을 여러분이 주인이 되어 뽑는 자리이지, 특정 후보자의 들러리를 서는 자리가 아닙니다. 특정 후보의 연설 후 우~ 몰려 나가는 모습은, 여러분이 올바른 후보자를 선택하기 위하여 자발적으로 나온 것이 아니라 누군가에 의하여 동원되었다는 것을 보여주는 것밖에 안 됩니다. 그리고 그것은 여러분의 자존심을 스스로 짓밟는 행위입니다.

유권자 여러분, 부디 여러분의 자존심을 지켜 주십시오. 서울 도심의 한복판에 자리한 이곳 용산구에 사신다는 자부심을, 여러분이야말로 올바른 선거문화를 앞서서 창출할 수 있다는 그런 자부심을, 보여주십시오.

이제 4월 13일의 선거일까지는 며칠 안 남았습니다. 다른 지역들과는 달리, 이 곳 용산구에서는 지금까지의 선거운동 기간 별다른 문제가 발생하지 않았습니다. 이는 후보자와 유권자 모두가 공명선거를 위하여 노력한 결과라 할 것입니다.

후보자 및 유권자 여러분, 끝이 좋아야 모든 것이 좋은 법입니다. 공명선거의 의지와 자세를 마지막 순간까지 견지하여 주실 것을 여러분께 다시 한 번 부탁드립니다. 그리하여 우리 용산구가 전국에서 가장 모범적인 선거를 치른 곳으로 기록될 수 있기 바랍니다. 더 나아가 앞으로 이곳 용산구에서 치러지는 모든 선거가 전 용산구민의 축제가 될 수 있도록 우리 모두 함께 노력합시다.

감사합니다.

용산구 선거관리위원회 위원장 민일영

(2000.04.09)

인간의 본성은 악(惡)하며…

"인간의 본성은 악(惡)하며 이욕(利慾)에 따라 움직인다. 그러므로 겉으로 드러난 말에 현혹되지 말고 그 본질을 꿰뚫어야 한다. 특히 군주는 신하의 본심을 잘 알고 인물의 진위를 가려 그것을 적절히 활용하여야 한다. … 군주와 신하의 이익은 일치하지 않는다. 군주의 이익은 유능한 인재를 발탁하여 임무를 맡기는 것이지만, 신하의 이익은 자신이 무능하더라도 자신에게 유리한 관직에 오르는 것이다. 군주의 이익은 뛰어난 인재가 능력을 발휘하기를 바라는 것이나, 신하들은 결탁하여 사욕을 채운다."

동양의 마키아벨리(1469-1527)로 비유되는(사실 나는 이 비유가 마음에 안 든다. 기원전 3세기의 인물을 그로부터 1800여 년 뒤인 15-6세기의 인물에 비유하다니… 오히려 그 역이 맞는 것이 아닐까?) 한비(韓非)가 그의 저서 "한비자(韓非子)"에서 역설한 말이다. 그런데….

한비는 순자 밑에서 이사와 동문수학하였다. 진나라의 재상이 된 이사는 진나라 왕인 정(政. 나중에 중국을 통일한 후 진시황이 된 인물)에게 한비의 저서 "한비자"를 읽어볼 것을 적극 권하였다. 진나라 왕은 그 책을 읽어본 순간 한비의 팬이 되었고, 마침 한나라의 사신(본래 한비는 한나라의 공자였다)으로 온 한비를 만나게 되었다. 진나라 왕이 한비를 극진하게 대접하였던 것은 당연한 일. 그러나 이것이 비극의 씨앗이 될 줄이야. 다름 아닌 이사의 중상모략에 의하여 한비는 이국 땅에서 독배를 들어야 했다. 이사는 진나라 왕의 마음을 온통 사로잡은 한비에게 자칫 자기의 자리를 빼앗길 것을 염려했던 것이다. 기원전 233년의 일이다. 그의 책이 그의 운명을 예언한 것일까?

그건 그렇고, 한비의 위 말을 현대판으로 다음과 같이 바꾸면 어떨까?

"인간의 본성은 악하며 이욕(利慾)에 따라 움직인다. 그러므로 겉으로 드러난 말에 현혹되지 말고 그 본질을 꿰뚫어야 한다. 특히 국민은 정치가의 본심을 잘 알고 인물의 진위(眞僞)를 가려 그것을 적절히 활용하여야 한다. … 국민과 정치가의 이익은 일치하지 않는다. 국민의 이익은 유능한 인재를 선택하여 임무를 맡기는 것이지만, 정치가의 이익은 자신이 무능하더라도 자신에게 유리한 직책에 오르는 것이다. 국민의 이익은 뛰어난 인재가 능력을 발휘하기를 바라는 것이나, 정치가들은 결탁하여 사욕(私慾)을 채운다."

제16대 국회의원선거가 끝났다. 여당인 민주당과 야당인 한나라당은 곳곳에서 치열한 접전을 벌였다. 내가 선거관리위원장으로 있는 용산구에서도 마지막 59번째의 투표함을 개표한 후에야 당락이 결정되었다. 그것도 113표 차이로. 덕분에 개표장에서 밤을 새우고 새벽 4시가 되어서야 집에 돌아왔다.

여당과 야당은 서로 자기들이 이겼다고 주장한다. 그러나 중요한 것은 누가 이겼냐가 아니다. 이번에 당선된 국회의원들에게는 사리사욕보다는 국가와 민족을 우선 생각하는 정치를 기대한다면 너무 순진한 것일까?

(2000.05.)

사랑을 제대로 하려면

사랑은 관심에서 잉태되어 느낌으로 발육한다. 하지만 거기에 머물러서는 성장하지 못한다. 알아야 사랑도 깊어진다. 깊은 이해와 인식의 뒷받침이 없이 어설피 알거나 잘못 알고 사랑한다면 그 사랑은 환상이요 거짓이다. 사랑을 제대로 하려면 알아야 하고, 알려면 공부를 하여야 한다. 아는 바탕 위에 감정을 쌓고 관계를 튼튼히 해 가면서 사랑도 성장한다.

…해태는 옛날부터 전해오는 상상 속의 동물이다. 본래 뿔이 하나이고 성품이 충직한데, 사람들이 싸우는 것을 보면 바르지 못한 자를 들이받고, 사람들이 서로 따지는 것을 들으면 옳지 못한 자를 무는 성질을 가지고 있다. 그래서 옛날 중국 우(禹) 임금 때 법을 맡았던 신하인 고도(皐陶)가 옥사를 다스릴 때 이 짐승을 써서 죄가 있는 사람을 들이받게 하였다든가, 상서로운 짐승이어서 옥송(獄訟)이 잘 해결되면 나타난다든가 하는 이야기가 덧붙여진다.

우리나라에서 해태는 사헌부(司憲府)와 관련이 깊다. 사헌부는 시정(時政)의 잘잘못을 따지고 관원의 비리를 조사하여 탄핵하는 대표적인 사법 기관이었다. 그 사헌부의 관헌들은 치관이라 하여 해태가 장식된 모자를 썼으며, 사헌부의 장관인 대사헌은 공복의 가슴과 등에 붙이는 흉배(胸背)의 문양으로, 동급의 관원들이 학을 수놓은 데 비하여, 유독 해태를 수놓았다. 이렇게 사헌부와 해태가 관련이 깊은 까닭에 사헌부 대문 앞에 해태를 돌로 조각하여 세웠던 것이다. 해태는 사헌부 정문 앞에 앉아 그 앞을 지나 궁궐로 들어가려는 관원들에게 행동을 바르게 하고 말을 옳게 하도록 무언의 요구를 하였던 것이다. 그것이 해태가 상징하는 핵심이다.

…사헌부는 광화문 앞 육조거리의 서편에 예조, 중추부 다음에 있었다. 오늘날의 세종문화회관과 정부종합청사 중간 어디쯤 될 것이다. 그 사헌부 정문 앞에 앉아 있던 해태가 지금은 광화문 바로 옆 3-4 미터쯤 되는 곳에 앉아 있다. 그 위치가 사헌부 앞이 아니라는 점에서 시비곡직(是非曲直)을 가리는 구실을 못하게 되었다. …더구나 사람들이 그러한 상징은 인정해주지 않고 관악산의 화기(火氣)를 막는다는 엉뚱한 미신적 의미를 덧씌워 버렸다. 게다가 한 때는 "해태 눈깔 말똥말똥 마루 밑의 닭의 똥…" 하면서 나쁜 눈의 대명사로 해태 눈을 꼽기도 하였으니 이중삼중으로 억울하고 기가 막히지 않을 수 없다. 자세히 보면 다리도 부러진 것을 이어 붙여 놓았다.

해태를 다시 제자리로 되돌리기는 쉽지 않을 것이다. 그렇다면 최소한 그 본연의 상징과 의미를 알아주기라도 해야 한다. 그러면 다시 눈을 부릅뜨고 세종로, 광화문 네거리를 오가는 사람들의 시비곡직을 가리려 하지 않을까.

(홍순민 저, '우리 궁궐 이야기', 청년사 刊, 1999, 머리말 및 130-132쪽에서)

올 봄부터 서울지방법원의 민사항소부장을 맡은 후로는 책을 읽는 일도 쉽지가 않다. 평일에는 늘 야근을 해야 하고, 사법연수원 훈장 시절, 평소 못 읽은 책을 읽을 수 있어 한 주일 중 내가 가장 좋아했던 토요일 오후도(그리고 많은 경우 일요일까지도) 대개는 소송기록과 씨름하면서 보내기 때문이

다. 그래서 밤 12시가 지나서야 어쩌다 아직 기운이 남아 있으면 겨우 책을
손에 들게 된다.

　그러다 마침 코 수술을 하느라 1주일 가까이 병원에 입원하였던 틈을 이
용하여 모처럼 법서 아닌 책을 접할 수 있었다. 그런 책들 중에 '우리 궁궐 이
야기'가 있다. 본래 10월 초에 창덕궁 다녀와서 샀던 것인데, 이제서야 제대
로 읽은 것이다. 그 책에 나오는 광화문 옆의 '해태' 이야기가 재미있고 또한
작금의 세태와 아우러져 많은 것을 생각하게 하기에 일부를 여기에 옮겨 보
았다.

(2000.11.)

루비콘강을 건너야

항생제를 조금씩 자주 쓰다 보면 내성이 생겨서 급기야 아무런 효과를 발휘하지 못하는 경우를 본다.

주지하는 것처럼, 1991년에 11개부, 1995년에 27개부를 시범재판부로 정하여 집중심리제도를 실시하였으나 두 번 모두 실패하고 말았다. 오는 3월로 심리방식의 개선을 위한 3번째 시도를 하게 된다. 다행히도 과거의 실패를 거울삼아 전국의 모든 합의재판부가 다 시행한다고 하니, 과거의 전철을 밟을 위험성은 많이 줄었다.

그러나, 아직 안심하기에는 이르다. 왜냐하면 기존의 미제사건 처리가 문제이기 때문이다. 이를 어떻게 할 것인가?

행정처의 안은 결론적으로 각 재판부에 처리방법을 일임하는 것으로 보인다. 그러나, 이래서는 곤란하다는 것이 필자의 생각이다.

한 재판부에서 어느 사건은 새로운 심리방식으로, 어느 사건은 종래의 심리방식으로 심리하다가는 결국 과거로 회귀할 가능성이 크다. 그것이 관성의 법칙이다.

지금 각 재판부가 가지고 있는 미제사건을 현재의 방식으로, 그것도 현재의 속도로 처리할 경우에도 빨라야 6-8개월(어쩌면 그 이상)은 걸릴 것이다. 그러는 동안이면 안타깝게도 항생제에 대한 내성이 또 축적될 것이다.

새로운 심리제도가 정착되려면 재판부의 비장한(?) 각오와 대리인을 비롯한 당사자의 협조가 절대적으로 요구된다. 이러한 각오와 협조를 이끌어 내는 첩경은 무엇일까? 자율에만 기대하기에는 지난 두 번의 참담한 실패가 말해주듯 현실이 너무 따라 주지 않는다.

이제는 주력군을 포함하여 모두가 루비콘강을 건너야 한다. 척후병이나 신병만 강건너로 보내 보아야 전사만이 기다릴 뿐이다. 주력군이 함께 건너고, 건넌 후에는 다리를 끊는 결단이 필요하다. 그래야 전진이 가능하다.

재판부도, 당사자도, 종래의 병행심리방식은 더 이상 이 나라에 존재하지 않는다고, 그래서 과거로 돌아가고 싶어도 돌아갈 방법이 없다고 인식해야 새로운 심리방식이 정착된다.

기존의 미제사건은 쟁점정리도 신건보다 훨씬 수월하다. 신건부터 시작하는 것이 아니라 미제사건부터 시작해야 한다. 다만, 그럴 경우 당분간 사건의 적체가 예상되는데, 이것은 이미 새로이 집중심리를 실시하기로 하면서 과도기적 현상으로 각오한 일이 아니던가.

시범재판부가 아닌 모든 재판부가 새로운 심리방식을 취하듯이, 신건만이 아닌 모든 사건을 새로운 심리방식으로 전환하지 않고는, 관성의 법칙에 지배될 가능성이 너무 크기에 몇 자 적어 보았다.

(2001.01.)

춘설(春雪)이 난분분…

내일이면 경칩(驚蟄)이다. 겨울잠을 자던 개구리가 봄이 왔음을 알고 화들짝 깨어난다는 날이다. 그렇다. 분명 봄이다. 그런데 그 봄을 시샘하듯 춘설(春雪)이 난분분(亂紛紛)하다. 그 흩날리는 눈보라만큼이나 마음이 심란한 것은 또 왜일까. 지난주에 처리했던 사건들이 주마등처럼 뇌리를 스쳐 지나간다.

30분을 넘게 횡설수설에 중언부언하면서 법정에서 당사자끼리 심하게 다투던 사건, 사건이 종결될 만하면 법정 외에서 사실조회신청을 수없이 되풀이하는 사건, 가까운 친족 간에 얼마 안 되는 돈 때문에 인륜은 저버린 채 원수처럼 으르렁거리던 사건….

아무리 그래도 조금 더 인내심을 가지고 대했어야 하는데…. 아직도 턱없이 부족한 수양에 자괴감이 밀려온다. 요새는 조용한 산사를 찾아 참선을 할 형편도 못되고 하여, '모로하시데츠지' 가 쓰고 '심우성'이 옮긴 "공자 노자 석가"(동아시아 刊, 2001)를 펼쳐들었다.

노자 : 발돋움하는 자는 오래 서 있지 못한다. 또한 발걸음을 크게 떼어놓는 자는 멀리 갈 수 없다. 억센 바람도 아침나절을 지나지 않고 거센 비도 한 나절을 지나지 않는다. 천지도 이렇듯 오래 할 수 없거늘 하물며 사람일까 보냐. 억센 바람 거센 비를 일으키는 것은 천지의 신(神)이지만, 신

(神)이라 할지라도 무리를 한다면 결코 오래 버릴 수 없다. 하물며 인간이야 어떻겠는가. (108－109쪽)

석존 : 인간의 모든 번뇌는 어디에서 생겨나는가? 원래 세상의 모든 것은 공(空)한 것이다. 말하자면 가짜 모습인데, 그것을 잘못 알고 진짜 모습인 것처럼 생각하고 있는 데서 번뇌가 생겨 난다. 그 곳에서 집착이 생기고 그 곳에서 번민이 나온다.(164쪽)

공자 : 덕(德)이 닦이지 않음과, 학문(學文)이 익혀지지 않음과, 의(義)를 들어도 능히 옮기지 못함과, 선(善)하지 않음을 능히 고치지 못하는 것이 바로 나의 근심이다. (203쪽)

무리를 하지 않으며, 실상을 깨우쳐 번뇌에서 벗어나고, 늘 자신의 부족함을 되돌아본다! 범부에게 그것이 과연 얼마나 가능할는지….

언제 그랬냐 싶게 날이 갰다. 한강 둔치에나 가볼까. 봄이다.

(2001.03.04)

사랑차 마시는 법

6.25 발발 후 51년이라…. 동족상잔의 비극이 남긴 상처가 언제나 아물 수 있으려나.

어제 일요일을 맞아 오랜만에 들른 평양냉면집 우래옥에는 예전과 다름없이 이북의 고향을 그리워하는 노인들의 발걸음이 이어졌다. 심지어 스스로는 걷지도 못하면서 가족들의 부축을 받고 온 할머니도 보였다.

오늘은 창포물에 머리를 감고 수리취떡을 먹는 민속명절 단오이다. 억지로 찾는다면 모를까, 6.25에 대한 기념행사도, 단오를 맞이한 민속놀이도 이젠 주변에서 찾아보기가 쉽지 않다. 여늬날과 다름없는 그냥 평범한 하루일 뿐이다.

차나 한 잔 마실거나….(喫茶去)

가슴으로 마시는 사랑차

(재료 준비)
1. 성냄과 불평은 뿌리를 잘라내고 잘게 다진다.
2. 교만과 자존심은 속을 빼낸 후 깨끗이 말린다.
3. 짜증은 껍질을 벗기고 반으로 토막낸 후 푸근한 마음으로 절여둔다.

(차 끓이는 법)
미리 준비한 재료에 인내와 기도를 첨가하여,
재료가 다 녹고 쓴 맛이 없어질 때까지 다린다.

(차 마시는 법)
기쁨과 감사로 잘 젓고, 미소를 몇 개 띄운 후,
깨끗한 사랑잔에 부어서 따뜻할 때 마신다.

"백동선생"으로 불리는 백년지기 학인(學人)에게 이 차를 한 잔 권했더니,
다음과 같은 감상을 전해왔다.

"범의, 평생에 사랑차 한 번 마셔볼지 모르겠네 그려. 마셔보도록 노력해
야 하는 건지, 그렇지 않으면 세월이 선사할지? 아니면 그냥 마음 속으로만
그리다 정녕 마셔보지 못할지?"

(2001.06.25)

대왕의 꿈

"…[선왕(정조를 가리킴 : 필자 주. 이하 같음)]께서는 재판과 형벌에도 신중을 기하여 혹시 한 명이라도 억울한 자가 있을까 염려하셨다. 각 도에서 올라온 사안을 심리할 때면 언제나 모시는 신하들이 날이 저물도록 번갈아가며 받아썼지만 선왕께서는 권태로운 기색을 보이지 않으셨다. 규장각에서 선왕이 내리신 판결을 한 데 모아 심리록(審理錄) 26권을 만들었는데, 그 곳 한 글자 한 글자가 모두 마음을 써서 충분히 심리한 뜻이 엿보였다. 감옥 담당하는 관리로 하여금 감옥을 깨끗이 청소하고 모든 형구도 깨끗이 세탁하게 했으며, 경미한 죄는 즉결로 처리하여 보내게 하고, 곤장이며 목에 씌우는 형구 등도 규격에 맞지 않는 것들은 모두 규격에 맞게 바로잡도록 했다. 그리고 흠휼전칙(欽恤典則)을 편찬하여 그대로 시행하도록 하셨다. 또 하고하시기를, '당, 송에서는 모두 5일에 한 번씩 죄수에 관해 보고하였는데, 우리나라는 10일에 한 번 하고 있으니, 그 10일 사이에 비록 억울한 죄수가 있을지라도 어떻게 스스로 알리겠는가. 지금부터는 해당 관청이 5일에 한 번씩 기록을 보고하도록 하라'고 하셨다."

조선왕조실록 중 정조실록의 부록으로 대제학 심상규가 지은 '천릉지문(遷陵誌文)'의 일부이다[이는 정조 사후 21년만에 능을 옮기게 된 것을 계기로 정조의 측근 신료였던 심상규가 정조의 생애와 업적을 기록한 글이다. 전문은 "정조대왕의 꿈"(유봉학 저, 신구문화사, 2001), 234-293쪽에 실려 있다].

일국의 국왕이, 그것도 그의 말이 곧 법이었을 왕조시대의 군주가 이처럼 심혈을 기울여 재판을 하였다는 것이 참으로 놀랍다. 이런 위대한 조상을 두었다는 것이 자랑스럽기도 하고, 다른 한편으로는 어깨가 무겁다. 잠 못 이루는 밤이다.

한편 위 글에는 다음과 같은 구절도 나온다.

"…우리나라를 다스리는 법제에 관한 서적으로는 세종께서 경제육전(經濟六典)을 창제하신 것을 시작으로, 세조 때 경국대전(經國大典)이 만들어지고, 성종 때 속록(續錄)이 있었으며, 숙종 때 집록통고(輯錄通考)가 있었고, 영조 때 속대전(續大典)이 있었다. 선왕께서는 법전의 원전(原典)과 속전(續典)이 각기 따로따로 되어 있어 참고에 불편하다 하여 두 원전 및 속전과 선대 임금의 교령(敎令), 현재의 수교(受敎) 등 법령이 될 만한 것들을 통털어 한 책으로 만들게 했는데, 이것이 바로 대전통편(大典通編)으로서 내외에 반포하여 시행하셨다."

서양의 법치주의에 관하여만 주입식 교육을 받아온 우리에겐 모든 것이 놀랍고 신기할 뿐이다. 우리는 왜 우리 것을 이렇게도 모르는가….

(2001.07.)

다섯가지 눈

…아무개에게 눈이 있다는 말은 그가 무엇을 알아본다는 말이다. 똑같은 골동품을 보아도 눈이 있는 사람만 그 물건됨을 본다. 눈이 없으면 보지 못한다. 그러면 그 눈을 어떻게 얻을 것인가? 골동품을 알아보는 눈을 얻으려면 다른 길이 없다. 그것을 볼 줄 아는 사람한테서 배워야 한다. 그리고 무엇보다도 중요한 것은 골동품을 보고 또 보아야 한다. 음악을 듣는 귀도 마찬가지이다. 베토벤의 음악을 듣고 또 듣지 않으면 귀를 얻을 수 없다.

부처님에게 다섯 가지 눈(肉眼, 天眼, 慧眼, 法眼, 佛眼)이 있다는 말은 중생에게도 다섯 가지 눈이 있다는 얘기다. 다만 부처님과 중생이 다른 점은 부처님은 있는 눈을 떠서 보고, 중생은 있는 눈을 뜨지 못해서 보지 못하는 데 있다. 눈이 있어도 멀었으면 없는 것과 마찬가지다.

눈으로 무엇을 본다는 것은 보는 자와 보이는 것 사이에 아무 막힘이 없어서 하나를 이룬다는 얘기다. 내가 돌멩이를 보는 순간 돌과 나는 서로 통하여 하나로 된다. 내가 돌을 보는 동안 돌도 나를 본다. 벽에 창을 뚫으면 그 창을 통해서 방 안과 방 바깥이 서로 통하여 하나를 이룬다. 눈은 창과 같다. 눈이 맑다는 말은 눈에 아무 다른 것이 섞여 있지 않다는 말이다. 맑은 눈이 곧 밝은 눈이다.

모든 범부가 다섯 가지 눈을 갖추고 있으나 마음이 어둠으로 덮여 있어서 스스로 보지를 못한다. 어두운 마음과 헛된 생각만 없애면 그늘과 장애를 멸하여 다섯 눈이 맑게 떠질 것이다. … 아침에 그 눈을 뜨면 저녁에 숨이 저도 좋으리.
(이마무개 著, "이아무개 목사의 금강경 읽기", 호미, 2001, 150-153쪽)

일체중생이 다 불성을 지녔으되, 그렇다고 아무나 부처가 될 수 있는 것은 아니다. 미망에서 벗어날 수 있다면 이미 범부가 아니다. 그래도 맑은 눈, 밝은 눈으로 세상을 보자. 아니 그렇게 하려고 노력해보자. 범부에게는 그나마가 최선이 아닐까. 처서를 앞두고 늦더위가 맹위를 떨치는 밤이다.

(2001.08)

태양을 향해 당당하게

그렇게 맹위를 떨치던 더위가 서서히 물러가고 가을이 한 발짝씩 다가온다. 늦은 밤에 조용히 책을 가까이 하기에 딱 좋은 때이다.

… 진정한 혁명가는 사랑이라는 위대한 감성에 의하여 인도된다. 이 특질이 결여된 진정한 혁명가를 상상할 수는 없다. … 냉정한 정신과 열정적인 정신을 조화시킬 줄 알아야 하며, 눈 하나 꿈쩍 않고 고통스런 결정을 내릴 줄도 알아야 한다. … 차가운 학자적 태도로 극단적인 고조주의나 대중에 대한 소외에 함몰하지 않으려면 늘 겸양과 정의와 진실에 대한 열망을 갖도록 하자. 살아 있는 인류를 향한 위대한 사랑을 구체적 사실로 전환시키기 위해, 가치 있는 본이 되는 행동으로 실천하기 위해 매일매일 투쟁하여야 한다. 혁명, 혁명정당의 이념적 동인인 혁명은 죽음 외에는 어떤 것도 중단시킬 수 없는 방식으로 실현된다.(장코르미에 지음/ 김미선 옮김,『체 게바라 평전』, 실천문학사, 2000, 507-8쪽)

… 인간은 태양을 향해 당당하게 가슴을 펼 수 있어야 한다. 태양은 인간을 불타오르게 하고, 인간의 존엄성을 드러내 준다. 그가 고개를 숙인다면 그는 인간으로서의 존엄성을 잃게 되는 것이다.(위 책 656쪽)

아르헨티나에서 태어난 의사이면서도 쿠바, 콩고, 볼리비아를 누비며 39년의 짧은 생애(1928-1967)를 혁명가로서의 삶에 몰두했던 '체 게바라',

그가 추구했던 이념인 사회주의는 낡은 이데올로기로 판명되어 이미 구시
대의 유물로 퇴장한 지 오래다. 하지만 그의 삶에 대한 열정만큼은 실로 대
단하였다.

여기서 그의 말을 바꾸어 본다.

… 진정한 법조인은 사랑이라는 위대한 감성에 의하여 인도되어야 한다.
이 특질이 결여되면 진정한 법조인이라 할 수 없다. 냉정한 정신과 열정
적인 정신을 조화시킬 줄 알아야 하며, 눈 하나 꿈쩍 않고 고통스런 결정
을 내릴 줄도 알아야 한다. 차가운 학자적 태도로 극단적인 법실증주의나
현실 외면의 유혹에 빠져들지 않으려면 늘 겸양과 정의와 진실에 대한 열
망을 가져야 한다. 살아 있는 인류를 향한 위대한 사랑을 구체적 사실로
전환시키기 위해, 그리고 가치 있는 본이 되는 행동으로 실천하기 위해
끊임없이 노력하여야 한다. 정의, 법조인의 길을 가기 위한 이념적 동인
(動因)인 정의의 구현은 그 어떤 것에 의해서도 중단될 수 없다.

무릇, 인간은 태양을 향해 당당하게 가슴을 펼 수 있어야 한다. 태양은 인
간을 불타오르게 하고, 인간의 존엄성을 드러내 준다. 그가 고개를 숙인
다면 그는 인간으로서의 존엄성을 잃게 되는 것이다.

(2001.09)

지구상에서 가장 어려운 시험

장기간의 경기 침체와 테러사태의 여파로 국가경제가 어려워지면서 취업난이 심화되어 이제는 웬만한 기업의 입사시험 경쟁률이 100:1을 넘어가는 것이 일반화되다시피 하고 있다.

학교를 들어가면서부터 시작되는 시험, 이 땅에 태어나 사는 사람이라면 누구라도 그 굴레에서 벗어나기 힘들 것이다. 적어도 입사시험을 통과하여 직업이 결정되기까지는.

그 많은 시험 중에서도 그 어려움에 관한 한 백미라고 할 만한 시험이 있다. 바로 사법연수원 졸업시험으로, 이 시험을 치르고 난 사법연수생들은 입을 모아 말한다.

"이 지구상에서 가장 어려운 시험일 거라고"

아침 9시부터 시작하여 오후 6시까지 한 과목을 하루 종일 시험을 본다. 중간에 화장실을 가려면 감독관으로부터 출입증을 받아야 하고, 화장실에는 별도의 감독관이 지키고 있다. 점심도 시험장에서 알아서 해결하여야 한다. 때문에 그냥 굶는 연수생도 많다. 한 과목당 주어지는 시간이 9시간이지만, 대부분의 연수생들은 시간 부족을 호소한다.

하루 종일 시험을 치르고 나면 대부분 녹초가 되기 때문에 다음 날은 하루 쉬고 그 다음 날 다시 시험을 본다. 그렇게 다섯 과목을 보므로 시험이 전부 끝날 때까지 열흘 걸린다. 비몽사몽간에 이 열흘을 지내노라면 연수생들은 하나같이 몰골이 말이 아니다.

무릇 시험이라는 것이 쉽든 어렵든 그 자체로 수험자에게 엄청난 스트레스를 주는 것인데, 이처럼 열흘에 걸친 시험을 무사히 마치려면 그야말로 초인적인 인내심과 능력을 발휘하여야 한다. 더구나 대개 그 시험 몇 달 전부터 "쎄븐일레븐"(아침 7시부터 저녁 11시까지)의 공부를 해온 마당이니 말해 무엇하랴.

지금은 국회의원을 하고 있는 모변호사는 그 시험을 볼 때 체력 관리를 위하여 시험 중간에 그의 처가 만들어준 특식을 먹고는 배탈이 나 정작 시험을 더 이상 보지 못하는 바람에 사법연수원을 1년 더 다녀야 했다.

아래의 신문기사가 21년 전에 바로 그 시험을 치렀고, 4년 전에는 그 시험을 채점하느라 달포를 악전고투한 끝에 십이지장궤양에 걸려 고생했던 나로 하여금 많은 생각을 하게 한다.

* * *

졸업시험 중 졸도 사법연수원생 숨져
(동아일보 2001/10/25)

장시간에 걸친 사법연수원 시험을 보다 쓰러진 연수원생이 10여일 동안 혼수상태에 빠졌다가 결국 숨졌다.

연수원 수료를 앞둔 31기 이모씨(33·여)는 12일 7시간 동안 계속된 형사변호사실무 과목 시험을 끝낸 직후 쓰러졌다. 이씨는 이달 이틀에 한번 꼴로 5개 과목의 최종 시험을 치르던 중이었다.

이씨는 급히 병원으로 옮겨졌으나 뇌사상태에 빠졌고 산소호흡기로 생명을 유지해오다 24일 밤 사망했다.

사법연수원의 한 교수는 "연수원 성적이 졸업 후 진로는 물론 승진 등 인사에도 결정적인 영향을 미치기 때문에 연수원생들이 시험에 극도로 신경쓰고 있다"며 "이씨가 시험 스트레스 등으로 숨진 것 같아 안타깝다"고 말했다.

연수원 졸업시험은 최장 9시간 동안 쉬지 않고 치러지는 데다 사시 합격생 수가 매년 최고 1000명까지 늘면서 경쟁이 치열해져 연수원생들은 시험기간에 긴장과 과로로 인한 스트레스에 시달려왔다.

(이정은기자 lightee@donga.com)

(2001.10.25)

이상, 그리고 현실

리 콴유, 그는 풍전등화(風前燈火)같던 작은 섬나라 싱가포르를 오늘날의 번영과 안정을 구가하는 나라로 이끈 장본인이다. 그는 1955년에 국회의원이 되어 1959년부터 1990년까지 총리를 지낸 후 지금도 원로장관(senior minister)으로서 계속 활동하고 있는 정치가이다. 그의 회고록인 "내가 걸어온 일류국가의 길"(From Third World To First. 류지호 옮김, 문학사상사, 2001)을 읽으면서 본래 변호사 출신인 그의 법률관에 눈길이 쏠렸다.

"법과 질서는 안정과 발전의 기본틀을 마련해 준다. 법률가로서 훈련을 받은 나는 제대로 움직이는 사회를 위해서는 법 앞에서 모든 이가 평등해야 한다는 기본원칙을 굳게 믿고 있었다. 그러나 일본 점령시기와 뒤이어 영국 군부 통치하의 무질서한 싱가포르에서 가졌던 경험은 죄와 벌의 문제에 대한 나의 접근을 이상주의에서 현실주의로 선회시켰다.

…1959년 총리가 된 나는 곧바로 살인사건을 제외한 모든 재판에서 배심원제도를 폐지시켰다. 살인을 예외로 한 것은 말레이시아의 법과 보조를 맞추기 위한 것이었다. 1969년 말레이시아로부터 독립한 후 나는 법무부장관인 에디 바커에게 살인사건 재판에서도 배심원 제도를 폐지하는 안건을 국회에 상정하도록 했다. 의회 특별위원회 회의에서 싱가포르에서 가장 성공한 형사 전담 변호사인 데이비드 마셜은 자신이 맡은 살인사건의 99%가 무죄평결이었다고 주장했다. 내가 그에게 변호를 맡았던 99%의 피고인이 결백하다고 생각하느냐고 묻자, 그는 자신의 임무는 그

들을 변호하는 것이지 판단하는 것이 아니라고 대답했다.

수많은 재판을 보아왔던 '스트레이트 타임즈'의 한 법정 출입기자는, 미신을 강하게 믿고 사형과 같은 중형을 내리는 부담감을 회피하려는 아시아 배심원들은 유죄평결을 내리지 않으려는 경향이 있다고 특별위원회에서 증언했다. 그들은 무죄방면을 선호했고, 가벼운 죄목에서나 유죄평결을 내렸다. 그 기자는 살인사건의 배심원 중에 임신한 여자가 있으면 유죄평결이 나오지 않는다고 말했다. 뱃속에 있는 아이가 저주를 받을 거라는 미신 때문이었다. 법률안이 의회를 통과하자 배심원제도는 폐지되었고, 변덕스런 배심원들 때문에 엉뚱한 판결이 나오는 일은 없어졌다.

일본 점령기간 동안 인간이 비참한 환경에서 어떻게 행동하느냐 하는 것을 두 눈으로 똑똑히 보아왔던 나는 범죄자는 사회의 희생물이라는 이론을 받아들이지 않았다. 1944년과 1945년에는 먹을 걸 제대로 못 먹는 상황인데도 형벌이 너무 잔혹했기 때문에 도둑이 없었고, 사람들은 낮이나 밤이나 현관문을 잠그지 않아도 되었다. 범죄 발생을 없앤 요인은 명백했다. 영국군은 싱가포르에서 채찍이나 등나무로 만든 몽둥이로 태형을 가했었다. 전쟁 후 그들은 채찍형을 폐지했지만 몽둥이로 때리는 벌은 그대로 유지했다. 우리는 태형이 장기간의 교도소 복역보다 더 효과적이라는 사실을 발견했고, 마약, 무기 밀매, 강간, 밀입국, 공공기물 파손과 같은 범죄에 이를 적용했다.

1993년, '마이클 페이'라는 열다섯 살 된 한 미국 학생이 친구들과 함께 도로 표시판을 파손하고 스무 대가 넘는 차에 스프레이를 뿌렸다. 그는 법정에 서게 되자 유죄를 인정했고 그의 변호사는 선처를 요청했다. 판사는 태형 여섯 대와 4개월 징역형을 선고했다. 미국인 소년이 '잔인한 아시아인들'에게 곤장을 맞게 되리라는 사실은 미국 언론을 격분시켰다. 그들이 얼마나 여론을 흥분시켰는지 클린턴 미국 대통령이 몸소 나서서 옹 랭 총 대통령에게 사면을 요청했다. 싱가포르를 아주 곤란한 입장에 처하게 되었다. 만약 우리가 이 소년이 미국인이기 때문에 태형을 면해 준다면 어떻게 우리 국민을 처벌할 수 있을 것인가? 각료회의가 끝난 후 총리는 옹 대통령에게 태형을 네 대로 감해줄 것을 건의했다. 그래도 미국 언론은 만족하지 않았다.

…페이는 네 대의 태형을 받은 후 미국으로 돌아갔다. 몇 달 후 미국 언론은 그가 술에 취해 늦게 귀가한 아버지에게 덤벼들어 구타한 죄목으로 체포되었다고 보도했다. 한 달 후 그는 부탄가스를 마시다 친구가 켠 성냥불에 의해 가스가 폭발하는 바람에 중화상을 입었다. 그는 자신이 싱가포르에 있을 때부터 부탄가스 중독자였다는 것을 인정했다.

이러한 조치가 싱가포르에서의 법과 질서를 가능케 했다. 1997년 세계경제포럼의 국가경쟁력 보고서에서, 싱가포르는 '조직범죄가 사업에 심각한 손해를 끼치지 않는 나라' 중 1위에 올랐다. 같은 해 국제경영개발연구소가 편찬한 세계경쟁력연감에 싱가포르는 치안 부문 1위에 올랐다. 그 책은 싱가포르를 '국민들이 자신과 자신의 재산이 보호되고 있는 완벽한 신뢰를 갖고 있는 나라'라고 소개하고 있다."(위 책 302-304쪽)

우리나라에도 조선시대까지는 형벌의 종류에 태형(笞刑)이 있었다. 그런데 그것이 야만적(?) 내지 비인간적이라는 이유로 지금 우리나라에서는 인정되지 않는다. 그런가 하면 현재 우리가 채택하고 있지 아니한 배심원 제도를 도입하여야 한다는 이야기가 이따금 들린다. 모든 것이 서구, 그 중에서도 특히 미국 지향적인 세태, 그들의 제도는 모두가 지고지선(至高至善)인 것처럼 생각하는 사람들의 목소리가 커지고 있는 것을 반영하는 것이리라.

정작 법을 집행하는 현장에서는 태형의 필요성이 심심치 않게 거론되건만 시대착오적인 발상으로 치부되고 있을 뿐이다. 샌프란시스코에서 만났던 어느 미국판사는 아이러닉하게도 이런 독백을 하고 있었다. '미국의 사법제도 중 반드시 없어져야 할 것이 두 가지가 있으니 그 하나가 법관의 선거제도요, 또 다른 하나가 바로 배심제도이다.'

(2001.11.)

참으로 어려운 숙제

소위 "진승현게이트"와 관련하여 신광옥 전 법무차관에 대한 조사와 구속 영장 청구가 초미의 관심사로 되어 있고, 곧 이어 김은성 전 국정원 2차장에 대한 조사가 이어질 전망이다. 혐의가 인정되면 역시 구속영장이 청구될 것으로 보인다.

범죄혐의자에 대한 수사단계에서의 구속 여부와 재판단계에서 유죄가 인정될 경우의 형량의 결정, 이는 형사사건을 담당하는 판사에게는 언제나 풀기 어려운 숙제이다. 그 적정화를 위하여 대법원에서는 주기적으로 형사사건 담당 법관회의를 개최하여 중지를 모으고 있고, 각종 책자도 발간하고 있지만, 애당초 일거에 해결될 수 있는 성질의 일이 아니다. 근본적으로 개개 법관의 전인격적 판단에 맡겨져 있기 때문이다. 아무리 과학이 발달한다 해도 컴퓨터에 맡겨 재판을 할 수도 없는 노릇이다.

그렇지만, 생각의 흐름, 시대조류가 있으므로 그 흐름의 방향을 정하는 노력을 게을리해서는 안 될 것이다. 그런 가운데 당장은 눈에 보이지 않더라도 항상 변화의 물결이 일렁이지 않을까. 과거 어느 대법관은 소수의견을 개진하면서 "한 마리의 제비가 봄을 만들지는 않더라도 그 제비가 전한 봄소식은 기어이 오는 법"이라고 일갈하였다.

아래의 기사를 읽으며 앞으로 5년 후, 10년 후, 그보다 더 먼 날 후의 수사와 형사재판은 어떤 모습을 하게 될까를 그려본다. 막연히….

* * *

현직판사 "인신구속 남발하며 정작 판결은 관대"
(동아일보 2001/12/20)

현직 판사가 "유죄판결을 받지도 않은 피고인에 대해 인신구속을 남발하면서 정작 판결은 지나치게 관대하다"며 현행 형사재판 관행을 비판하고 나섰다.

윤남근(尹南根) 서울지법 형사4단독 판사는 19일 대법원에서 열린 형사실무연구회에서 '불구속재판의 실천적 과제'라는 주제발표를 통해 이같이 주장하고 "잘못된 구속 관행 때문에 적정한 양형이 선고되지 못하고 있다"고 지적했다.

윤 판사는 "최근 영장실질심사가 정착되기는 했지만 피고인의 신병확보를 위한 절차적 수단에 불과한 구속을 범죄의 응징으로 여기는 경향이 여전하다"며 "단지 범행이 의심된다는 이유로 형벌부터 부과하는 것은 국가권력의 횡포이자 인간 존엄에 대한 도전일 수 있다"고 비판했다.

윤 판사는 "잘못된 구속관행은 형사소송법의 근간인 무죄추정의 원칙과 공판중심주의 등을 유명무실하게 만들고 피고인의 충분한 자기방어 기회를 박탈한다"며 "이런 상황에서 판사는 중형선고에 부담을 느껴 관대한 처벌을 하게 된다"고 말했다.

그는 이어 "법원의 보석 허가는 일종의 시혜처럼 여겨지지만 원래는 피고인의 당연한 권리이므로 판사는 도주나 증거인멸의 우려가 없는 피고인의 경우 구속적부심과 보석 등을 통해 반드시 석방해야 한다"고 주장했다.

윤 판사는 대신 징역 6월 이내의 단기실형 선고 등을 통해 형량의 적정성과 형평성을 유지할 수 있다는 입장이다.

그러나 검사 출신의 한 변호사는 "실형을 선고받을 경우 5년 동안 집행유예를 선고할 수 없도록 돼 있는 현행법상 아무리 단기라고 해도 실형은 가혹한 측면이 있다"며 이런 주장에 우려를 표시했다.

(이정은기자 lightee@donga.com)

(2001.12.20)

오프 더 레코드

동아일보의 법조팀장인 이수형기자가 쓴 "오프 더 레코드"(프레스21 刊, 2001)는 1984년에 나온 "법에 사는 사람들"(동아일보 이영근, 김충식, 황호택 공저)과 1986년에 나온 "법관과 재판"(조선일보 이혁주, 김창수 공저) 이후 오랜만에 보는 현직 기자가 쓴 법조계 관련 책인데다, 저자의 필력이 돋보여 흥미진진한 책이다. 누구든 연말연시에 한가한 틈을 이용하여 일독할 만하다.

이 책을 읽다보면 곳곳에서 법조출입기자의 집념, 고뇌, 애환, 긍지, 사명감 등등이 그대로 전해져온다. 순간 순간 내뱉는 자조의 말과 행간에 놓인 직업의식이 절묘한 조화를 이루는 것을 자주 느낄 수 있다.

저자는 타고난 기자이다. 역대 최다 특종상 기록의 보유자이기도 하다. 한보사건의 김현철 관련 이성호 추적보도, 옷로비 사건의 사직동팀 보고서 추적보도, 안기부 돈 선거자금 지원 보도 등이 그의 발과 손끝에서 이루어졌다.

이 책은 바로 그런 사건들의 취재 보도에 얽힌 이야기들을 싣고 있다. 그런데, "오프 더 레코드"에서조차 "오프 더 레코드"한 것---"탈고 안 된 진실", 옷로비 사건과 관련하여 저자 자신도 기억을 지워버리려고 했던 것이 있다고 한다(책 263쪽). 그 내용이 과연 무엇일까? 사뭇 궁금하다.

내 위치가 위치다 보니 오판에 관한 이야기가 자연히 관심을 끌었다. 재판을 통하여 가부간에 결론을 내려야 하는 판사들에게는 유무죄의 갈림길에 놓일 때가 사실 제일 고통스런 순간이다. 솔직히 당사자 본인 외에는 신(神)만이 알 수 있는 것을 그도 저도 아닌 인간이 판단한다는 것이 어디 쉬운 일인가. 결국 주어진 상황, 밝혀진 사실관계를 놓고 최선의 답을 찾으려 하지만…. 아마도 모든 판사들에게 있어 오판의 위험성은 영원한 굴레가 아닐는지. 이 책을 읽으며 미미한 민사 소액사건의 기록도 다시 보게 되었다.

(2001.12)

제2부

만물은 유전한다(?)

(2002.01.~2009.05.)

'여풍(女風)'의 시대

7-8년 전에 대전지방법의 사무국장에 여성이 임명되어 장안의 화제가 된 일이 있었다. 그러나, 이젠 과거 남성의 전유물이었던 육해공군 사관학교에 여학생이 수석합격하였다는 것이 별로 사람들의 주목을 끌지 못할 만큼, 각종 사회생활영역에서 남녀의 구별이 없어지고 있다. 여성이 육군 장성이 되고, 경찰 총경이 되고….

사실 남녀 간에 사회활동능력에 기본적인 차이가 있을 수 없는 만큼, 어느 직역에 여성이 진출하였다고 해서 뉴스가 된다는 자체가 이상한 일이다. 다만, 그 동안 우리 사회가 남성 중심으로 이끌어져 왔고, 그래서 아직은 특정 영역에 여성이 진출하면 그것이 화제거리로 등장하는 것이다.

여성판사가 등장한 것은 오래 전의 일이다. 따라서 여성이 판사가 되었다는 것은 더이상 뉴스가 아니다. 그러나, 아래의 기사가 보여주는 정도가 되면 현재로서는 뉴스가 안 될 수 없다. 판사 신규 임용 대상의 30%가 여성인 것을 7-8년 전에는 상상이나 했을까.

어느 유수의 남녀공학 법과대학은 여학생 비율이 드디어 50%에 달했다는 이야기가 들려온다. 멀지 않아 여성이 신규 임용 판사의 절반을 넘어설 수도 있다. 바야흐로 '여풍(女風)'의 시대가 도래하고 있는 것이다.

* * *

판사직 '女風' 연수원 상위권 30%가 여성
(동아일보 2002/01/07)

'사법연수생 1000명' 시대를 앞두고 여성 판검사 지망생이 급증하고 있다. 이에 따라 남성 중심주의로 치우쳤던 판례나 수사 관행 등에 변화를 가져올 것으로 예상된다.

7일 대법원과 사법연수원 등에 따르면 올 3월 사법연수원 졸업 예정자 700명 중 판사를 지원한 여자 연수원생은 모두 36명으로 전체 판사 지망생의 30%에 이른다. 이는 지난해 24명에 비해 크게 늘어난 수치. 검사의 경우도 임용 예정인 90여명 가운데 임관권 내에 있는 여성 지망생이 20여명에 이른다. 여성 졸업 예정자 119명의 절반가량이 최상위권 성적이 요구되는 판검사 임용 대상에 올라 있는 것.

사법연수원 최완주(崔完柱) 기획교수는 "사법연수원생 중 여학생이 차지하는 비율 자체가 높아지고 있는 데다, 여성의 사법시험 및 연수원 성적이 남성에 비해 월등히 좋은 만큼 당연한 추세"라고 말했다.

한편 법무부는 최근 이같은 추세를 반영해 정부부처 중 최초로 여성공무원 간행물인 '법무여성'을 펴냈다. '법무여성'에는 여성검사 외에 구치소, 검찰청 수사실, 치료감호소, 보호관찰소 등 과거 남성들의 영역으로 여겨져 왔던 각 분야에서 활동 중인 여성 공무원의 이야기가 담겨 있다.

(이정은기자 lightee@donga.com)

(2002.01.07)

세계적인 추세

어느 여성 정치인이 그가 몸담고 있던 정당에서 탈당을 하면서 "여자 대통령이 세계적인 추세이다"라고 한 말이 사람들의 입에 오르내리고 있다. 그 여성 정치인이 바로 자기가 장차 대통령이 되겠다는 뜻으로 그런 말을 한 것인지는 아직 알 수 없는 일이다. 정치인의 말이란 어느 정도 시간이 지나봐야 그 진실한 속내를 알 수 있으니까….

바야흐로 여풍의 시대라고 하지 않던가. 서울대학교의 단과대학 중 9개 대학의 올해 수석졸업자가 여자이고, 올해 임관한 판사의 30%가 여자인 세상이다. 헌법상 엄연히 남녀가 평등한 마당에, 여자라고 대통령이 되지 말라는 법이 어디 있는가. 능력만 있으면, 그리고 국민이 원해서 뽑아준다면 여자도 얼마든지 대통령이 될 수 있는 것이다.

그렇다고 위 여성 정치인의 말처럼 "여자 대통령이 세계적인 추세"인지는 알 길이 없다. 다만 분명한 것은 바야흐로 하루가 다르게 세상이 바뀌고 있다는 것이다.

그런 판국에 아래 신문기사는 또 뭐란 말인가. 구조조정의 기준이 개인의 능력이어야 하는가, 아니면 성별이어야 하는가….

* * *

"사내부부 여성직원에 사표강요는 부당해고" 첫 판결
(동아일보 2002/02/26)

구조조정 과정에서 회사가 사내 부부 중 여성에게 사표를 종용한 것은 부당해고라는 첫 판결이 나왔다.

서울고법 민사9부(박국수 부장판사)는 26일 김모씨(34) 등 알리안츠제일생명보험에서 근무했던 여직원 4명이 "회사의 강요로 어쩔 수 없이 사표를 썼다"며 회사를 상대로 낸 해고무효 확인 청구 소송에서 1심 판결을 깨고 원고 승소 판결을 내렸다.

재판부는 이들이 사직한 98년부터 지금까지 월 170여만원씩의 월급과 이자도 모두 지급하라고 판결했다. 재판부는 "김씨 등이 사표를 쓰기는 했지만 이는 회사가 정리해고 부담을 피하기 위해 비공식적으로 부부 사원 중 1명에게 퇴직을 종용하는 과정에서 이뤄진 것"이라며 "이는 정리해고 요건 등을 갖추지 못한 부당해고이므로 무효"라고 밝혔다.

재판부는 "김씨 등이 회사 측의 사표 요구를 받아들이지 않을 경우 본인뿐만 아니라 배우자까지 불이익을 받는다는 생각에 압박감이 가중됐고 다른 선택의 여지가 없는 상황에서 자포자기 상태에 빠지게 된 점이 인정된다"며 "이는 우월적인 위치에 있는 회사의 강요행위에 의한 결과"라고 덧붙였다.

알리안츠제일생명에서 근무하던 여직원 김모씨(34) 등 4명이 사직서를 낸 것은 98년 8월. 당시 경영상의 어려움으로 인원 감축이 불가피해지자 회사 측은 부부사원들을 대상으로 사퇴를 요구했다.

김씨는 회사 상사가 남편에게 전화를 걸어 "부인이 사표를 쓰지 않으면 승진불가 등 인사상 불이익을 주겠다"며 수차례 사직 설득을 요구하자 결국 사표를 냈다. 이런 방법을 통해 사퇴한 사내 부부 88쌍 중 86명이 여성이었다.

구조조정 과정에서 부부사원 중 한사람에게 사표를 종용한 것은 부당해고
에 해당한다는 이번 판결은 구조조정이 불가피한 상황에서 여성에게만 희생
을 강요해온 업계 관행에 사법부가 제동을 걸었다는 점에서 의미가 크다.

여성계는 이번 판결을 크게 환영하고 있다. 여성민우회는 "남성들에게 억
눌려온 여성들이 이제는 외부 조건에 구애받지 않고 능력에 따라 원하는 사
회생활을 계속할 수 있는 권리를 인정한 판결"이라며 "여성에게 우선적인
희생을 강요해 온 잘못된 관행에 경각심을 울렸다"고 말했다.

현재 서울고법에는 750여쌍의 부부사원 중 1명씩이 비슷한 이유로 사표
를 쓴 농협 전 여직원들이 낸 소송이 진행 중이어서 재판 결과가 주목된다.

(이정은기자 lightee@donga.com)

(2002.02.26)

비정상의 백미(白眉)

며칠 전에 다소 충격적인 이야기를 들었다. 서울대학교의 경제학과에 재학중인 학생의 3/4이 사법시험공부를 한다는 것이다. 내가 대학을 다니던 시절의 경제학과는 학문의 길에 뜻을 둔 수재들의 집합소로 여겨졌었다. 설사 고시공부에 뜻을 둔다 하더라도 어디까지나 정부의 재무관료가 되기 위하여 행정고시를 준비하는 사람들이 대부분이었을 따름이다. 그랬는데….

대학이 온통 고시학원화되어 가고 있어 큰 일이라는 말을 자주 들어왔다. 아울러 사법시험 합격자 중 비법대생의 비율이 나날이 높아지고 있다는 이야기도 공지의 사실로 되어가고 있다. 모두 사법시험 합격자의 숫자를 대폭 늘려 놓은 후 나타난 현상이라고 한다.

도대체 어쩌자는 것인가? 이러다가 대학이 대학으로서의 기능을 과연 유지할 수 있을까? 사법시험 합격자의 숫자를 줄여야 한다는 주장을 언제까지 기득권의 보호로만 치부하고 매도할 것인가? 정말이지 이젠 감정에 호소하기보다는 이성적인 판단을 해야 할 시점이 아닐까.

다른 사회과학이, 인문과학이, 심지어 자연과학이 다 몰락해도 좋다는 것이 아닐 바에야, 하다 못해 법과대학의 정원을 대폭 늘려서라도 적어도 법과대학 졸업자에 한하여 응시자격을 주는 것으로 제한하든지 해야 하지 않을까?

"대학이 바로 서야 나라가 바로 선다"

   아래 신문기사를 읽고 응시자 3만 명 중 법과대학생이 과연 얼마나 될까를 생각하며 비정상의 극치를 보는 느낌이 들은 것은 나만의 노파심인가….

                              *   *   *

사법시험 응시자 3만 명 돌파

(동아일보 2002/03/01)

   사법시험 응시자가 처음으로 3만 명을 넘어섰다. 올해 처음으로 법무부가 주관해 1일 실시한 44회 사법시험 1차 시험에 응시원서를 낸 인원은 2만 7,655명이며, 지난해 1차 합격자까지 합쳐서 사법시험 응시자는 모두 3만 23명으로 집계됐다. 지난해 사법시험 응시자는 2만6,761명이었으며 2000년에는 2만3,249명이 응시해 매년 3,000여 명씩 응시자가 늘어나고 있는 추세이다. 법무부는 또 이날 치러진 군법무관 임용시험에 1만2,287명이 응시원서를 냈으며 이 중 1만680명이 사법시험 1차 시험에도 동시에 지원했다고 밝혔다. 법무부는 2일 이번 시험 정답 가안을 발표하고 수험생들의 이의신청을 접수해 검토한 뒤 이달 말 최종 정답을 확정할 예정이다. 올해 사법시험 합격자는 1,000명, 군법무관 임용자는 25명으로 예정돼 있다. 사법시험은 지난해까지 행정자치부가 주관했으며 올해 법무부로 이관됐다.

                              (이명건기자 gun43@donga.com)

                                            (2002.03.01)

반인륜적 범죄

"1941년 8월 14일 법령! 파비엥이 폭탄테러를 하자 페탱이 독일놈들의 비위를 맞추려고 파비엥 대신에 인질들을 잡아 사형시키기 위해, 8월 22일에 통과시킨 후 날짜를 소급해서 시행한 법령 말이야! 8월 14일 법령이 어떤 것인지 넌 상상하지도 못할 거다. 파비엥 대신에 파리에 사는 친구들이 붙잡혀갔지 뭐냐!… 만일 사흘이 지나도 테러범들이 자수하지 않으면 붙잡힌 사람들이 대신 처형되는 거야."

미셀 깽이 쓴 소설 "처절한 정원"(이인숙 옮김, 문학세계사, 2002)에서 주인공의 삼촌인 가스똥이 주인공에게 들려주는 이야기 중의 일부이다. 그리고 그것은 단순한 소설 속의 허구가 아니고 실제로 있었던 일이다. 그것도 먼 옛날의 이야기가 아니라 바로 20세기의 일이다. 과거 우리나라에도 연좌제라는 것이 있어 대역죄를 저지른 범인의 3족을 멸하는 일이 있었다. 그러나 이처럼 범인의 자수를 유도하기 위해서 애꿎은 인질들을 잡아 처형한 예는 없었다. 인간의 잔인함은 과연 그 끝이 어디인가?

"모리스 파퐁"-드골 정권하에서 파리 경찰국장을 지냈고 지스카르 데스땡 정권에서는 예산장관까지 한 인물이다. 그러나 1981년 그의 과거 전력이 만천하에 공개되었다. 제2차 세계대전 중 나치의 꼭두각시였던 비시정권에서 보르도 지역 치안 부책임자였던 그는 1942년부터 1944년까지 1,590명의 유태인을 체포하여 아우슈비츠 수용소로 보냈다. 결국 그는 희생자 유족들의 고발로 1983년 정식으로 기소되었다. 위 소설에서 주인공은 다음과 같이 말한다.

"그는 분명히 반인륜적 범죄를 저지른 사람입니다. 비시정부는 실제로 존재했었고, 역사에서 그 부분을 떼어버릴 수는 없기 때문에 그는 반인륜적 범죄를 저지른 사람입니다. 또한 인류에 대한 책임, 인간의 존엄성, 도덕에 따른 행동이 어느 시대의 법률이나 명령보다 우선하기에 그는 반인륜적 범죄를 저지른 사람입니다. … 살인자는 자신이 목숨을 빼앗은 사람들의 삶과 영원한 시간을 대신 누릴 권리라도 있는 양 아직도 자유로운 몸으로 살고 있습니다. 저는 법정이 살인자에게 어떤 형벌을 내리는지 보려고 합니다. 빛나는 권위의 상징인 법정이 무고하게 죽어간 사람들의 한을 풀어줄 것인지 보려고 합니다."

모리스 파퐁은 1997년 법원에서 징역 10년을 선고받았다. 당시 그의 나이는 87세. 범죄 후 40여 년이 지난 후에 공소가 제기되고 유죄판결이 선고된 것은 프랑스 법원이 반인륜적 범죄에는 공소시효가 없다고 보았기 때문에 가능했던 것이다.

그런데 과연 무엇이 반인륜적 범죄인가? 아래의 신문기사가 눈길을 끈다.

* * *

최종길교수 유족 국가에 10억 손배소
(동아일보 2002. 5. 30. 자)

1973년 중앙정보부에서 의문사한 고 최종길 서울대 법대 교수의 아들 최

광준씨(경희대 법학과 교수) 등 유족들은 29일 국가와 당시 중정부장인 이후락씨 및 주무수사관 차모씨 등을 상대로 10억원의 손해배상 청구소송을 서울지법에 냈다.

유족들은 소장에서 "이 사건의 민사배상책임 소멸시효 5년이 지났지만 국가기관의 책임을 국가 스스로가 인정한 만큼 소멸시효 완성을 내세워 배상책임을 회피해선 안된다"고 주장했다. 유족들은 또 "차씨가 최근 한 월간지 인터뷰 기사에서 '최 교수가 간첩이라고 자백하고 자살했으며 절대 고문한 사실이 없다'고 주장, 최 교수와 유족들의 명예를 훼손했다"고 덧붙였다.

민주사회를 위한 변호사모임(민변)과 천주교인권위원회, 민주화운동정신계승국민연대 등 사회단체들은 이와 관련, 이날 서울 서초동 민변 사무실에서 기자회견을 갖고 반인도적 국가범죄에 대한 공소시효 배제 입법화를 촉구했다.

최병모 민변 회장 등은 "최교수 사건과 수지 김 사건 등 국가기관에 의한 인권유린 행위가 잇따라 드러나고 있으나 공소시효가 완성됐다는 이유로 가해자들에 대한 법적 책임을 묻지 않고 있다"며 "반인도범죄 공소시효 배제 특례법 입법을 추진하겠다"고 밝혔다.

(이정은기자 lightee@donga.com)

(2002.5.30)

음악창에 기대어

법창이 아니라 음악창에 비친 이야기지만, 수해로 인해 전국민이 함께 즐기기가 어려운 한가위를 맞아 한 줄기 청량제 같은 글이 있어 공유한다.

* * *

1995년 11월, 뉴욕 링컨센터의 에이버리 피셔 홀은 바이올리니스트 이차크 펄먼의 협주곡 연주를 감상하려는 음악팬들로 가득 찼다.

이윽고 무대에 등장한 펄먼에게 늘 그렇듯, 청중의 동정과 응원이 섞인 박수가 쏟아졌다.

펄먼이 연주하는 모습을 한 번이라도 본 사람이라면 두 다리가 불편한 소아마비 장애를 가지고 살아온 그가 무대에서 연주할 준비를 갖추는 데 얼마나 힘겨운 과정을 거치는지 알 수 있을 것이다. 준비된 의자에 앉아 목발 대신 바이올린을 받아들던 펄먼이 지휘자에게 사인을 보내자 이내 오케스트라의 연주가 시작되었다.

그런데 연주가 시작되고 얼마 지나지 않아 펄먼이 연주하던 바이올린의 줄 하나가 끊어져 연주는 중단되었다. 청중은 펄먼이 오케스트라 단원 가운데 한 사람의 악기를 빌려 연주할 것인지, 아니면 줄을 새로 갈아 끼우고 다시 시작할 것인지, 선택을 기다리고 있었다.

하지만 펄먼은 어느 쪽도 아니었다. 잠시 눈을 감고 생각하던 그는 지휘자에게 중단된 부분부터 다시 시작할 것을 부탁했고, 놀랍게도 세개의 줄만으로 연주를 계속해 나갔다. 청중은 펄먼이 원곡을 즉석에서 조옮김하고 재조합하는, 불가능에 가까운 모습을 지켜보며 경이감에 휩싸였다. 마침내 펄먼이 마지막 소절까지 중단없이 연주를 무사히 해내자 팬들은 그에게 열광적 환호를 보냈다.

박수가 잦아들기를 기다려 펄먼은 조용한 목소리로 이유를 설명했다.

"때로는 모든 조건이 갖춰지지 않아도,
또 부족한 상황이 닥쳐도
제게 남은 것만으로 연주해야 한다는 것을
여러분께 보여 주고 싶었습니다.
그것이 음악가인 제 사명이자 신조이기도 합니다."

(2002.09.22)

판사 전성시대?

대통령 선거가 100일도 안 남았다. 말 그대로 코 앞에 다가온 셈이다. 그런 마당에 아래의 신문기사는 30대의 현직 여자법관이 사표를 내고 한나라당의 선거대책위원회의 상근특보로 가기로 했다는 이야기를 전하고 있다.

한나라당의 이회창 대통령후보는 대법관 출신이다. 민주당의 노무현 대통령후보도 법관 출신이다. 역시 대통령 선거에 출마할 뜻을 밝힌 이한동 전 총리도 법관으로 처음 법조계에 발을 들여놓았다. 그런가 하면 민주당에서 대통령후보 경선에 나섰던 이인제의원도 정치에 입문하기 전에는 법관이었다.

정치판에 갑자기 판사 출신이 넘쳐나는 듯한 인상이다. 직업선택의 자유가 보장되어 있으니 그 당부를 논할 수는 없다. 다만 한 가지 소망은 누가 권력의 정점에 서든 법치주의를 신봉하길 바라는 것이다. 제왕적 대통령은 당사자에게도, 국민에게도 모두 불행이기 때문이다.

* * *

30대 여판사 한나라당 입당…나경원씨 선대위 특보로

(2002.9.23.자 동아일보)

30대 현직 여판사가 정치활동을 위해 법복을 벗었다.

서울행정법원 나경원(39·연수원 24기) 판사는 최근 한나라당의 영입 제의를 받아들여 사표를 제출했다. 19일 퇴임한 나 전 판사는 한나라당 선거대책위 상근 특보를 맡아 법률자문 등의 활동을 할 예정이다. 서울대 법대(82학번)를 졸업한 나 전 판사는 사법고시의 우수한 성적과 미모로 95년 법관 임용 때도 주목을 받았으며 부산지법과 인천지법 판사를 거쳤다.

남편도 서울지법 남부지원 판사로 부부 판사였던 나 전 판사가 한나라당으로부터 영입 제의를 받은 것은 불과 일주일 전. 나 전 판사는 처음에는 "정치에 관심이 없다"며 부정적 반응을 보였고, 지인들도 "왜 시끄럽고 혼탁한 정치권에 발을 담그려고 하느냐"며 만류했다.

그러나 한나라당 이회창 대통령 후보가 직접 만나 "젊은 여성 법조인으로서 정치권에 깨끗한 새바람을 불어넣어 달라"고 제의하는 등 한나라당이 끈질기게 도움을 요청하자 결국 마음을 돌렸다. 한나라당이 나 전 판사를 영입한 것은 20, 30대 젊은층 및 여성 유권자들을 염두에 둔 것이다.

나 전 판사는 "너무 갑작스럽게 일이 진행돼 아직 경황이 없지만 판사시절 해온 대로 최선을 다해 좋은 선례를 만들겠다"고 말했다.

여성판사가 사직하고 정치권에 뛰어든 것은 민주당 추미애 의원이 95년 광주고법 판사시절 국민회의에 입당한 데 이어 두 번째다.

(김승련기자 srkim@donga.com) (이정은기자 lightee@donga.com)

만물(萬物)은
유전(流轉)한다?

추사 김정희가 그의 나이 54세에 제주도로 귀양가는 길에 해남 대흥사에 들렀다. 대웅전에 걸려 있는 원교 이광사의 현판글씨("大雄寶殿")를 보고는 초의스님에게 당장 떼어내라고 호통을 쳤다. 이광사야말로 조선의 글씨를 망쳐놓은 장본인이라는 것이었다. 추사와 막역한 사이였던 초의스님은 할 수 없이 현판을 떼어내고 추사의 글씨로 바꿔 달았다. 추사는 그로부터 무려 9년간의 제주도 유배생활을 한 후 63세가 되어 한양으로 돌아가는 길에 다시 대흥사에 들렀다. 그리고 초의스님에게 말했다.

"원교의 대웅보전 현판이 보관되어 있나? 있거든 내 글씨를 떼어내고 그것을 다시 달아주게. 그 때는 내가 잘못 보았네."

이상은 유홍준이 쓴 "나의 문화유산답사기"와 "완당평전"에 실려 있는 이야기이다.

2003. 2. 11. 1년 동안의 대전 생활을 마감하고 떠나던 날 일부러 짬을 내서 계룡산의 갑사(甲寺)를 찾았다. 주지 장곡스님께 작별인사도 하여야 했지만, 무엇보다도 마음의 짐을 벗어야했다. 그 사연은 아래와 같다.

내가 갑사를 처음 간 것은 1997년 7월이다. 사법연수원 제자들과 계룡산 등산을 하는 길에 들른 것이다. 아래는 그 때 썼던 글(계룡산 산행기)의 일부이다.

『계룡산 밑에 자리한 갑사(甲寺)는 백제시대 때 창건된 오랜 역사를 자랑하는 절이다. 비록 마곡사에 딸린 말사라고는 하나, 그 규모가 여느 본사 못지 않다. 십간(十干) 중의 으뜸인 "甲" 한 글자를 따서 지은 절 이름에서부터 이 절의 자부심을 느끼게 한다. 입구의 잘 정돈된 길 양옆에 늘어서서 하늘을 가리는 고목들이 절의 역사를 말해주고, 원형을 거의 잃지 않고 있는 철당간의 위치와 크기가 전성기 때의 절의 규모를 웅변하여 준다. … 대웅전에 가려고 절의 안마당으로 들어서는 순간 입이 딱 벌어졌다. 맙소사, 정녕 선방으로나 사용되어야 할 곳임이 분명한데, 떡하니 가게가 차려져 있는 게 아닌가. 그것도 두 군데나. 아무리 불교용품만을 판다고 한다지만, 차라리 눈을 감고 싶었다. 나의 좁은 견문으로는 이런 절은 처음이다. 선방을 상점으로 만들어 버린 자가 도대체 누구일까? 심사가 뒤틀려 대웅전이고 뭐고 대충 둘러 본 후 서둘러 안마당을 벗어났다. 묵언기도를 하는 대적전(大寂殿) 가는 길로 접어드니 이번에는 계곡 옆에 전통찻집이 나타난다. 주점이나 다방이 아닌 것이 그나마 다행이라고 위안을 삼아야 하는 걸까. 큰 절의 입구에는 어디나 그렇듯이 이미 절 입구에 대규모 상가가 조성되어 있는데 무슨 돈을 얼마나 벌겠다고 경내에 발 닿는 곳마다 가게를 늘어놓고 있단 말인가. 불행히도 갑사(甲寺)는 이미 절이 아니라는 생각을 지울 수가 없다.』

그로부터 5년이 지나 대전고등법원에 부임한 후 몇 달이 지난 2002년 여름에 다시 갑사(甲寺)를 찾았다. 그리고 몇 번 더 갔다가 2002. 12. 25.에 또 갔다. 그런데, 불교용품을 파는 가게가 있던 건물이 없어졌다. 웬일인가 의아해했는데, 마침 주지 장곡스님이 궁금증을 풀어주셨다.

본래 그 건물은 갑사(甲寺)에 없었던 것인데, 일제시대에 일본인들이 추가로 지은 것이었다. 하늘에서 내려다보면 가람배치가 '입구(口)자' 형태였던 절을 '날일(日)자' 형태로 바꾸기 위한 것이었다. 뒤늦게나마 일제의 잔재를 지우고 절 본래의 모습을 되찾기 위하여 그 건물을 헐어버리고 안으로 물렸던 강당건물을 본래의 자리로 환원하는 공사를 시작하였다는 것이다. 깊은 산 속의 절에까지 미친 일본인들의 간악한 짓에 전율하면서 갑사(甲寺) 측의 조치에 경의를 표했다.

그 후로 갑사(甲寺)는 나에게 새로운 모습으로 다가왔다. 전통찻집의 우전차 향기가 입안에서 감돌았고, 팔상전의 황토방 요사채는 안온하기 그지없는 안식처였다. 무엇보다도 공양간의 구수한 된장맛을 잊을 수 없다. 아무 것도 몰랐던 시절 보이는 것만큼 느꼈다가 5년이 지나서야 아는 만큼 느끼게 된 것이다. 그래서 대전을 떠나던 날 갑사(甲寺)의 대웅전에 꿇어앉았다. 갑사(甲寺)는 진정한 절이다.

무릇 알면 아는 만큼 보이지만, 모르면 보이는 만큼만 알고 느끼는 것이 삶의 이치이다. 어제 본 글씨와 오늘 본 글씨는 그 글씨가 그 글씨이지만, 그 것을 보는 사람의 눈은 몰랐던 어제와 알고 난 오늘이 다르게 된다. 그러고 보면 유전하는 것은 만물 아니라 만물을 대하는 눈이 아닐는지….

이제 곧 새 정부가 들어선다. 이를 계기로 각 분야에서 개혁의 논의가 한창이고, 법률분야라고 예외가 아니다. 같은 법이라도 어제의 법과 오늘의 법이 달라질지 모른다. 법이 달라지든 법을 보는 사람의 눈이 달라지든 중요한 것은 진정으로 국가와 만족을 위하는 쪽으로 발전하는 것이다. 그렇게 되길 빈다.

(2003.02.)

입법자가 명심하여야 할 것들

"…법률은 순전한 권력행위가 아니다. 그것은 지혜와 정의와 이성의 행위이다. 입법자는 권위를 행사한다기 보다는 사제직을 수행한다. 그는 다음과 같은 점을 명심하여야 하다. 법률이 사람을 사람을 위하여 만들어지지 사람이 법률을 위하여 만들어지지 않았다. 법률은 그 적용을 받을 국민의 성격, 습관 및 상태에 맞추어져야 한다. 입법작업에서는 새로움을 절제하여야 하는 것이니, 그 이유는 새로운 제도가 가져올 이익을 이론이 우리에게 알려주는 만큼 계산할 수는 있다고 하더라도 그 문제점을 다 알 수는 없으며 이는 실제로 시행하여 보아야만 알 수 있기 때문이다. 최선이 무엇인지 의문이면 차선을 택하여야 한다. 폐해를 시정하면서도 시정 그 자체의 위험을 인식하여야 한다. 상대적인 선만이 가능한 사항에서 완전함이라는 절대적 이념을 추구하는 것은 억지이다. 법률을 변경하기보다는 그것을 사랑할 동기를 새롭게 시민들에게 제공하는 것이 거의 언제나 더욱 유익하다."

이상은 프랑스 민법전의 기초자인 '장 에티엔 마리 포르탈리스'가 쓴 "민법전 초안에 대한 서론적 설명"(양창수 역, 박영사, 2003, 29쪽)에 나오는 말이다.

수도 없이 개정을 되풀이하여 온 가족법을 또 개정하자는 논의가 진행 중이다. 무엇이 최선이고 절대적인가?

(2003.09.)

새로운 소망?

올 해 달력도 어느 새 마지막 한 장만 남았다. 법창에 기대어 세모를 바라보다가 문득 4년 전인 1999년 12월에 20세기의 마지막 달을 보내면서 품었던 작은 소망을 떠올린다.

그 소망은 새로운 십 년, 새로운 백 년, 새로운 천 년의 시대에는 조용한 세상, 상식이 통하는 세상, 각자에게 그의 몫을 주는 세상, 내 것을 존중하는 세상에 살고 싶다는 것이었다.

그로부터 4년, 무엇이 달라졌을까?

당리당략에만 얽매인 소모적인 정쟁은 그칠 날이 없고, 대기업들의 사무실이 차례로 압수수색을 당하고 경영진들은 줄줄이 검찰에 소환되어 조사를 받고, 길거리에는 화염병마저 난무하는 판에 조용한 세상에 대한 기대는 연목구어일 뿐이다.

'전문가'의 의견은 기득권자의 논리 아니면 집단이기주의로 매도되고 문외한의 단선적 구호만이 설치는 마당에 상식이 통하는 세상을 바라는 것은 너무나 물정 모르는 순진한 생각이다.

거기에 각자에게 그의 몫을 주는 것이 아니라 모든 사람이 똑같아야 한다는 평등권 만능사상은 날이 갈수록 더 기승을 부린다.

유일하게 달라진 것이 있다면 내 것을 존중하는 세상으로의 변화 조짐인데, 그것이 그만 요즘에는 도가 지나쳐 국익은 외면한 채 자존의식만 외치는 통에 냉엄한 국제사회에서 '왕따'가 되기를 자초하고 있는 게 아닌가 하는 걱정을 하게 한다.

결국 예나 지금이나 법창에 비친 풍경은 별로 달라진 게 없는데, 이제부터는 어떤 소망을 가져볼까? 4년 전의 소망을 다시 가져볼까? 아니면 눈 감고 귀 막고 입 막은 채 건강하게나 살자는 소망이나 가져볼까?

(2003.12.)

중앙과 지방

    올해 2월 1일부터 서울지방법원 관내 5개 지원이 모두 본원으로 승격되면서 서울지방법원은 '서울중앙지방법원'으로 된다.

    동부, 서부, 남부, 북부에 각각 지방법원이 생겨 현재 서초동에 있는 지방법원을 이들 법원과 구분하여 이름지어야 하는데 무엇이 좋을까 하다가, 입법자는 중앙에서 구심점 역할을 하는 법원이니 '서울중앙지방법원'이 좋겠다고 한 모양이다.

    그러나 중앙과 지방은 서로 상충되는 개념인데 이들이 나란히 이름에 나오는 것이 어째 영 어색하다. 발음하기도 어렵다. 차라리 서울중부지방법원이나 서울강남지방법원은 어땠을까? 아니면 서초동 법조타운이 보통명사화되다시피 한 마당에 서울서초지방법원은 어땠을까?

    아무튼 이름이야 어떻든 간에 5개 지원이 본원으로 승격하여 항소심재판을 받으러 멀리 떨어져 있는 법원을 찾아가지도 않게 된 시민들에게는 참으로 다행인 셈이다. 거창한 구호보다는 이런 것들이야말로 시민을 위한 사법행정의 구현이 아닐는지….

    앞으로도 추상적이고도 현학적인 것보다는 시민의 피부에 직접 와 닿는 개선조치들이 계속 이어지길 기대한다.

(2004.01.05)

제 자리를 찾았으면

3월부터 이 나라의 법조계, 아니 전 국민을 들끓게 했던 대통령 탄핵사건이 헌법재판소의 기각결정으로 막을 내렸다. 그 당부를 놓고 또 이런 저런 말들이 오고가지만 이젠 그다지 의미를 둘 일이 못 된다.

언필칭 "국민의 뜻"이라는 게 본래 필요에 따라 가져다 붙이는 사람이 자기에게 유리하게 원용하는 편리한 수단이라, 이 사람이 말하는 국민의 뜻과 저 사람이 말하는 그것이 다르다고 하여 이상할 것이 하나도 없다.

대의민주주의를 표방하는 국가에서는 정당의 존재가 필수적이고, 그 정당은 자기들의 존립 목적에 따라 목소리를 달리 하게 마련이고 보면, 한 쪽에서는 언론개혁과 사법개혁이 국가의 우선적 과제라고 외치고 다른 쪽에서는 지금은 그럴 때가 아니라 민생경제 살리기가 먼저라고 외친다고 해서 헷갈릴 것도 없다.

어느 것에 무게 중심을 두든 간에 지금 이 순간 소박한 국민은 이젠 제발 좀 나라가 제 자리를 찾고, 각 분야에 종사하는 사람들마다 구호가 아닌 내실을 다져가길 바라고 있다고 한다면 틀린 말일까? 그러나 이 또한 검증할 수 없는 또 하나의 "국민의 뜻"에 불과할지도 모른다.

지금 우리의 살림형편이 그것을 과연 용인할 수 있는지에 관하여는 경제전문가가 아니어서 무어라 말할 수 없지만, 언제부터인가 주5일제 근무라고 하여 주말의 이틀을 쉬는 분위기가 이 사회에 확산되어 가고 있다.

그런데 서초동의 법조타운에서는 주5일 근무는커녕 "월화수목금금금"으로 한 주일을 보내야 하는 법관들이 늘어나고 있다. 어느 여판사는 밤 12시가 넘어서 퇴근하는 것이 일반화되다 보니 안전귀가를 염려한 부모님이 밤마다 데리러 온다고 하고, 급기야는 30대 초반의 젊은 배석판사 한 사람이 과로로 인한 뇌출혈로 쓰러지는 사태까지 발생하였다고 한다. 예비판사 2년을 거쳐 올 봄에 정식으로 임관한 어느 판사는 이런 푸념을 한다.

"달력의 빨간 날이 싫어요!"

화창한 주말에 남들은 산천경개가 좋다고 야단인데, 침침한 사무실에서 눈을 부비며 기록을 넘기려니 "빨간 날"이 어찌 좋을 리가 있겠는가.
그렇다고 그들이 그 흔한 야간근무수당이나 휴일근무수당을 요구한다는 말은 들리지 않는다. 아니 그들은 그런 것은 꿈에서조차도 생각 못하고 있다는 표현이 옳을 것이다. 그들은 단지 사건을 신속, 적정하게 처리하려는 사명감 하나로 밤을 밝히고, 주말을 사무실에서 보내고 있는 것이다.

지금 사법개혁논의가 한창 진행 중이다. 그 방향이 어느 쪽으로 흘러가든, 법관들도 "월화수목금금금"이 아닌 "월화수목금토일"의 한 주일을 보낼 수 있게 되길 기대한다면 분에 넘치는 과목일까? 작년 1년 동안 대법원에서 처리한 사건수가 무려 17,000여 건이라고 한다.

지금 법원이 서 있는 곳은 어디인가?

(2004.05.)

미쳐야 미친다

"… 잊는다(忘)는 것은 돌아보지 않는다는 뜻이다. 따지지 않는다는 뜻이다. 이것을 해서 먹고 사는 데 도움이 될지, 출세에 보탬이 될지 따지지 않는다는 말이다. 그냥 무조건 좋아서, 하지 않을 수 없어서 한다는 말이다. 붓글씨나 그림, 노래 같은 기예도 이렇듯 미쳐야만 어느 경지에 도달할 수가 있다. 그러니 그보다 더 큰 인생의 문제를 해결하려면, 깨달음에 도달하려면 도대체 얼마나 미쳐야 할 것인가?"
(정민 著, 미쳐야 미친다, 푸른 역사, 2004, 30쪽에서)

무슨 일이든 거기에 몰두하여 푹 빠지지 않는다면 이루기가 어렵다. 미치지 않고 어찌 도달하겠는가(不狂不及)! 미쳐야 미치는 것이다.

높푸른 하늘과 단풍으로 물든 산하가 유혹하는 것을 외면한 채 침침한 눈을 비벼가며 컴퓨터 앞에서 만추의 주말을 보내다가 문득 '이 무슨 미친 짓인가?'하고 홀로 썩은 미소를 지은 적이 있었다.

겨울의 초입을 눈 앞에 둔 늦가을의 을씨년스런 일요일, 여자중학교 교실에서 '저 아저씨는 여기 왜 왔지?'하는 의아한 눈초리를 보내는 10대 소년소녀들 틈에 끼어 텝스(TEPS)를 보며 '이 무슨 미친 짓인가?'하는 생각을 했었다.

20대 후반이나 기껏해야 30대 초반의 한창 젊은 후배들 사이에서 근시용과 노안용의 안경을 바꿔 써가며 박사학위논문제출 자격시험을 보느라 땀을 흘린 적이 있다. 그 때도 '이 무슨 미친 짓인가?'하는 생각을 했었다.

그렇게 미쳐서(狂) "주택경매(住宅競賣)에 있어서 임차인 보호(賃借人保護)에 관한 연구(硏究)"라는 글을 썼건만, 다시 보니 정작 미치지(及)를 못했다. 얼마를 더 미쳐야 제대로 미칠 것인가? 그런데, 아쉽게도 이제 더 미치기엔 몸과 마음의 피로가 너무 깊다.

오호라, 늦여름의 밤이 소리없이 깊어가고 있다!

(2004.10.)

짝퉁판사

학기말고사를 보느라 정신이 없는 말썽이(해가 바뀌면 고3이 된다)가 큰 소리로 나를 불렀다.

행정작용의 위법한 행위로 국민의 기본권이 침해되었을 때 국민이 사후적으로 구제받을 수 있는 행정구제제도에 관한 사지선다형 문제를 풀던 중인데 맞는 답이 없다는 것이다.

보기로 주어진 것은
"행정심판, 행정소송, 민원제기, 청원, 손실보상"
의 다섯가지를 여러 가지로 조합한 것이었는데, 말썽이는 행정심판과 행정소송의 둘을 엮어놓은 것이 보기에 없다는 것이다.

내가 그 둘에다 손실보상까지 합쳐 놓은 것은 어떠냐고 물었더니,
"아빠, 짝퉁판사 아냐? 손실보상은 위법한 행위에 대한 것이 아니라구요!"
"아, 그렇구나…"

그나저나 이 놈이 대학을 가기 위해 내년에 얼마나 치열한 전쟁을 치러야 할는지….

(2004.12.)

반구제기(反求諸己)

　'부동산 임대소득세 탈루 의혹'으로 일부 언론과 시민단체 등으로부터 퇴임 압력을 받아왔던 이상경 헌법재판소 재판관이 2일 사의를 밝혔다.

　이 재판관은 자신의 부덕함을 자책하면서 자신에 대한 비난을 겸허히 받아들이고 '반구제기(反求諸己)'의 심정으로 헌법재판관직에서 물러나려 한다고 밝혔다.

　그런데, 이 재판관이 말한 '반구제기(反求諸己)'는 무슨 뜻일까? 반구제기(反求諸己)란 고사성어는 '도리어 자신에게서 허물을 찾는다'라는 의미이다. 직역하면 反은 '도리어'라는 부사, 求는 '구하다, 찾다'라는 동사, 諸는 '으로부터 또는 에게서'라는 뜻의 어조사, 己는 자기 자신이란 뜻의 명사.

　이 말은 맹자의 '공손추상'편에 나온다(공손추는 맹자의 제자).

　"仁者如射, 射者正己而後發, 發而不中, 不怨勝己者, 反求諸己而已矣"

　풀이하면 '어짊이란 활 쏘는 것과 같다. 활을 쏘는 사람은 먼저 자신을 바르게 한 다음 활을 쏘아야 한다. 활을 쏘아서 적중하지 못하면 자신을 이긴 사람을 원망하지 말고 오히려 자신에게서 허물을 찾아야 한다'는 뜻이다.

즉, 활을 쏘려면 우선 자세를 바로 하고 과녁을 정조준해 힘껏 당겨야 한다. 그러나 때로 화살이 정곡을 찌르지 못할 경우도 있고 난데없이 전혀 다른 방향으로 날아갈 때도 있다. 이 때 화살이 과녁을 벗어난 것은 분명 자신의 능력이나 자세에 문제가 있기 때문이므로, 애꿎게 활을 탓하거나 자기보다 잘 쏜 사람을 헐뜯으면 안 된다는 것이다.

반구제기는 단지 자신을 먼저 탓하라는 의미뿐만 아니라, 남의 사정을 이해하고 배려하라는 뜻도 지닌다. 그런 의미에서 주자는 '성리서(性理書)'에서 '자기가 하고 싶지 않은 것은 남에게 시키지 말고, 행함에 마땅한 얻음이 없다면 자신을 되돌아 보아 허물을 구해야 한다' (己所不慾, 勿施於人. 行有不得, 反求諸己)고 하였다.

한편, 반구제기는 '반궁자문(反躬自問)' 반궁자성(反躬自省)이라고도 한다.

(2005.06.)

청문회를 열까요?

　지루한 장마가 계속되는 가운데도 오늘 이 자리에서 결혼식을 올리게 된 신랑, 신부에게 먼저 진심으로 축하를 하고, 아울러 양쪽 집안의 어른들께도 축하의 인사를 드립니다. 그리고, 두 사람의 결혼식을 빛내 주기 위하여 어려운 걸음을 하신 내빈 여러분께, 신랑, 신부 및 양가의 혼주를 대신하여 깊은 감사를 드립니다.

　오늘 이 자리의 주인공인 신랑 조○○군은, 서울대학교 법과대학을 졸업하고 제38회 사법시험에 합격한 후, 사법연수원, 육군법무관을 거쳐 2002. 4. 1. 서울지방법원 판사로 임관하였고, 현재는 대전지방법원 공주지원 판사로 근무하고 있는 인재입니다. 그리고 이제 보름 후면 독일로 유학을 떠날 예정입니다.

　또 하나의 주인공인 신부 유○○양은 중앙대학교 미술대학에서 산업디자인을 전공한 후 디자인파크를 거쳐 인터넷 쇼핑몰 G마켓의 웹디자이너로 활약한 재원입니다. 어려서부터 그림 그리기를 좋아하였고 손재주가 뛰어나 대학생 시절에 이미 조선일보 광고대상 등 여러 공모전에서 훌륭한 성적을 거두기도 하였습니다.

　신랑 조○○군과 신부 유○○양이 처음 만난 것은 불과 두 달 보름 전인 금년 5월 13일이었습니다. 아무리 번갯불에 콩 구워서 먹는 세상이라지만,

생면부지의 두 사람이 만난지 정확히 두 달 보름만에 이처럼 결혼식을 올리게 된 것은 아마도 기네스북에 오를 만한 사건이 아닌가 싶습니다.

그렇지만 두 사람에 있어 그 두 달 보름은 남들의 10년에 버금가는 소중한 시간이었습니다. 두 사람이 처음 만난 날, 두 사람은 누가 먼저랄 것도 없이 서로서로 "그래, 바로 이 사람이야, 이 사람이 바로 내가 그토록 소망했던 사람, 하느님이 나를 위해 점지해 주신 바로 그 사람"이라며 사랑의 꽃을 피우기 시작하였고, 하얀 화선지에 디자인을 하듯 그 사랑을 키워나갔습니다.

자기보다 5살이나 어린 신부 유○○양에게서 나이답지 않은 편안함에 호감을 느끼던 신랑 조○○군은, 신부의 해맑은 웃음과 발랄하고 적극적인 모습에 반하여 넋을 빼앗기기에 이르렀고, 신부 유○○양은, 따뜻한 마음씨와 순수한 심성을 지녔을 뿐만 아니라 세심한 배려를 할 줄 아는 착한 신랑 조○○군의 듬직한 모습에 감명을 받아 27년간 닫아두었던 마음의 문을 열었던 것입니다.

지금부터 9년 전, 제가 사법연수원 교수로서 신랑 조○○군을 가르치던 시절, 조○○군은 모범생 그 자체였습니다. 아침 7시부터 밤 11시까지 도서실에 처박혀 공부만 하였기 때문에 "쎄븐일레븐"이라는 별명까지 얻을 정도였습니다. 그래서 저는 신랑 조○○군이 그 흔한 연애도 못하는 사람인 줄 알았는데, 오늘 이 자리에 서 있는 저 아리따운 처자 유○○양을 신부로 맞이하게 된 것을 보면, 조○○군의 그 따뜻한 마음씨와 순수한 심성에 감탄하여 하느님이 선물을 주신 것이 분명합니다.

그러고 보면 신랑 조○○군에게서 그런 따뜻한 모습을 발견하고 거기에 반한 신부 유○○양이야말로, 진정으로 착하고 슬기로운 사람이 아닐 수 없습니다. 이런 착함과 지혜로움을 갖추었기에 신부 유○○양의 빼어난 미모가 더욱 돋보이는 것이 아닐까 합니다.

"잘 생긴 남자를 만나면 결혼식 한 시간 동안의 행복이 보장되고, 가슴이 따뜻한 남자를 만나면 평생의 행복이 보장된다"고 합니다. 그런가 하면 "예쁜 여자를 만나면 삼 년이 행복하고, 착하고 슬기로운 여자를 만나면 영원히 행복하다"고 합니다.

따뜻한 남자의 표상인 신랑 조○○군과 착한 여자의 표상인 신부 유○○양이 오늘 부부로서 백년가약을 맺는 것이야말로, 하느님이 정해 주신 인연이라고 할 것입니다. 천생배필이란 바로 이런 때 쓰는 말이 아닐는지요?

지난 5월 13일 두 사람이 처음 만나고 나서, 그 1주일 후 신랑 조○○군이 신부 유○○양과 소위 '애프터'를 하려고 공주에서 차를 몰고 서울로 올라오던 도중 한시가 급한 맘에 사고를 크게 내고 말았습니다. 그런데 이게 계기가 되어 신부 유○○양은 신랑 조○○군의 몸은 괜찮은지 병원은 가봤는지 하나하나 세심하게 챙겨주고 걱정해 주었고, 신랑 조○○군은 이에 감동을 받아 사랑의 감정이 더욱 솟구쳤다고 합니다.

그 교통사고가 혹시 신부 유○○양의 관심을 유도하기 위하여 신부 조○○군이 벌인 연극이 아니었을까요? 이 자리에서 청문회라도 해 봄이 어떨까요? 내빈 여러분 생각은 어떻습니까? 제 말씀에 동의하신다면 큰 박수를 쳐주시기 바랍니다.

이미 말씀드린 것처럼 신랑 조○○군은 공주에서 근무를 하고 있습니다. 그리고 신부 유○○양은 자신의 전문영역인 웹디자이너로 활동하느라 매우 바쁜 나날을 보내고 있었습니다. 그러다 보니 두 사람이 데이트를 하기도 쉽지 않았습니다. 고작 주말에나 얼굴을 잠깐 볼 수 있는 정도였지만, 청춘남녀의 내심으로 흐르는 사랑의 감정은 어쩔 수가 없었습니다.

신랑 조○○군이 주말의 퇴근 후에 멀리 공주에서 차를 몰고 서울로 달려오는 동안, 이제나 저제나 하며 눈이 빠지게 기다리는 신부 유○○양의 모습, 그런 모습이 주말마다 연출되었기에 오늘 이 자리가 가능했던 것입니다.

게다가 다행스럽게도 두 사람이 같이 소망교회를 다니고 있었기 때문에, 신랑 조○○군이 주일에 성가대에 앉아서 찬양을 하면 신부 유○○양은 그 바로 맞은편 회중석에 앉아서 신랑 조○○군을 쳐다보면서 서로 염화시중의 미소를 지었습니다. 바로 그 미소의 눈빛으로 사랑의 마음을 주고받은 것입니다.

그런데 이 자리에 나와 계실 소망교회 장로님께 감히 한 가지 여쭈어 보고 싶은 게 있습니다. 이렇게 주일날 교회에서 기도는 안 하고 엉큼한 눈빛만 주고받아도 되는 겁니까? 혹시 파문감 아닌가요? 하느님께서 용서해 주실까요?

저는 이 자리의 신랑 조○○군을 사법연수원에서 2년 동안 가르쳤습니다. 그 이후로 신랑 조○○군은 제가 그 누구보다도 아끼는 제자이자 후배판사로서 저와 같은 길을 가고 있습니다. 사법연수생 당시 제가 신랑 조○○군더러 이 다음에 판사가 되어 기회가 주어지거든 독일로 유학을 가라고 권하였고, 조○○군은 훗날 자기가 결혼하면 저보고 주례를 맡아달라고 부탁한 적이 있습니다. 그 때만 해도 큰 의미를 두지 않고 주고받은 대화였는데, 9년의 세월이 지나 그 두 가지가 동시에 현실화되어 오늘 이 자리에 서게 되니 감회가 새롭습니다.

그 뿌듯한 감회를 가슴에 되새기며, 신랑 조○○군을 가르쳤던 훈장으로서, 그리고 오늘 이 자리의 주례를 맡아 두 사람으로부터 혼인서약을 받은 사람으로서, 신랑, 신부에게 몇 가지 당부를 하고자 합니다.

먼저, 두 사람은 서로서로 상대방을 공경하여야 합니다.

사랑하는 사람이라는 핑계로 상대방을 홀대하여서는 안 됩니다. 가까운 사이일수록, 사랑할수록 상대방을 더욱 공경하고, 말과 행동을 조심하고, 때로는 상대방을 어려워할 줄 알아야 그 사랑이 오래오래 지속됩니다. 남을 존경하여야 내가 존경받는다는 것은 부부 사이에서도 똑같이 적용되는 만고불변의 이치라는 것을 명심하기 바랍니다.

혈육인 부자지간에도 1촌의 촌수가 있는 데 비하여 부부간에는 촌수가 없습니다. 이는 그만큼 부부가 가까운 사이라는 것을 뜻하지만, 역설적으로는 그만큼 먼 사이라는 뜻도 됩니다. 가까운 사이일수록 말 한 마디에 쉽게 상처받고, 말 한 마디에 쉽게 멀어질 수 있습니다. 그러므로 서로가 서로를 공경하고 고마워하라고 거듭 당부를 드립니다.

다음으로, 두 사람은 서로서로 상대방을 이해하도록 노력하여야 합니다.

결혼생활은 수학공식을 푸는 것이 아닙니다. 부부간에는 하나 더하기 하나가 둘이 아니라, 셋이나 넷이 될 수 있고, 심지어는 마이너스가 될 수도 있습니다. 이 때 왜 그러냐고 그 이유를 캐려 하지 마십시오. 그 대신 그럴 수 있다고 이해하여야 합니다. 결혼생활은 법조문을 분석하듯, 인터넷 화면을 디자인하듯, 따지고 캐는 것이 아닙니다. 상대방에 대하여 이기는 삶을 사려고 하지 마십시오. 져주는 삶이 필요합니다.

두 사람은 이 자리에 서기 전까지 30여 년의 세월을 서로 다른 환경에서 나고 자랐습니다. 따라서 생각이 다르고, 생활습관이 다를 수밖에 없습니다. "연애할 때는 공통점만 보이다가 결혼 후에는 차이점만 보인다"는 말이 있습니다. 그렇습니다. 눈에 콩깍지가 씌었던 연애시절에는 보이지 않던 차이

점이 그 콩깍지가 벗겨진 결혼생활에서는 한 눈에 들어오게 됩니다. 이 때 중요한 것은 그런 차이점을 이해하여야 한다는 것입니다. 왜 그런 차이가 나냐고 따지는 것은 실로 어리석은 짓입니다. 그 대신 그것을 인정하고 이해하려고 인내심을 가지고 노력해야 합니다.

힘들고 어려울 때는 다음의 시구를 떠올리십시오.

내가 당신을 사랑하는 이유는
당신을 생각만 해도 기분이 좋아지기 때문입니다.
아무리 힘든 일이 생겨도 당신만 생각하면
저절로 힘이 생겨나 이겨낼 수 있기 때문입니다.

내가 당신을 사랑하는 이유는
언제나 따뜻함으로 날 맞아주기 때문입니다.
상처로 얼룩진 마음으로 다가가도
당신의 따뜻함으로 기다렸다는 듯 감싸주기 때문입니다.
(김은미의 "내가 당신을 사랑하는 이유" 중에서)

그렇습니다. 서로의 가슴속에 가득 채워져 있는 따뜻함으로 서로를 이해하고 감싸십시오. 시이불견(視而不見)하고 청이불문(聽而不聞)하십시오. '보아도 못 본 척 들어도 못 들은 척' 할 줄 아는 지혜가 필요합니다. 따지고 캐묻는 똑똑한 사람보다는, 너그럽게 포용하고 감싸는 현명한 사람이 되라는 것을 새삼 강조하고 싶습니다.

셋째로, 두 사람 모두 공통의 목표를 추구하기 바랍니다.

결혼은 일방통행도 아니고, 계약도 아닙니다. 결혼은 공통의 목표를 향해 함께 손잡고 나아가는 합동행위입니다. 두 사람이 이 세상에 태어나 이 자리에 서게 되기까지를 두 사람 인생의 첫째 단계라 한다면, 오늘 이 순간부터는 그 인생의 둘째 단계가 시작됩니다.

지금부터는 남편이 있기에 아내가 있고, 아내가 있기에 남편이 존재합니다. 그리하여 서로의 공동선을 추구하는 그러한 삶이 펼쳐져야 합니다. 두 사람은 이제 말 그대로 일심동체입니다. 너와 내가 다른 것이 아니라 '네가 곧 나'이고 '내가 곧 너'라는 것을 잊지 마십시오.

끝으로, 두 사람이 함께 여행을 하십시오.

법정스님은 언젠가 주례를 서시면서 신랑신부에게 한 달에 두 권의 산문집과 한 권의 시집을 사 볼 것을 숙제로 내주신 일이 있습니다. 저는 거기까지는 못 미쳐도 신랑신부에게 한 달에 한 번씩 여행을 할 것을 숙제로 내주려고 합니다.

두 사람은 연애기간이 짧아 이제까지는 여행을 함께 할 기회가 적었겠지만, 결혼 후에는 여행을 많이 하십시오. 두 사람만의 여행은 두 사람에게 새로운 감흥을 가져다 줄 것입니다.

다행히 보름 후에는 두 사람이 함께 독일로 떠나 1년 동안 그곳에서 체류하게 되므로 유럽의 각지를 돌아보며 여행할 기회가 많겠지만, 귀국 후에도 계속하여 함께 여행할 기회를 자주 가지라는 것입니다. 두 사람에게 내준 이 숙제를 잘 하는지는 앞으로 두고두고 지켜보겠습니다.

이제 주례사를 마치면서 다소 주제넘기는 하지만, 양가의 부모님께도 한 말씀 올립니다. 이 자리에 계신 양가의 부모님들은 오늘의 결혼으로 사랑하는 아들과 딸을 떠나보내는 것이 아닙니다. 오히려 사랑스런 며느리로서, 사랑스런 사위로서, 새로운 식구를 맞이하는 것입니다. 그 며느리를 딸처럼, 그 사위를 아들처럼, 아끼고 사랑해 주십시오.

다만, 이제는 더 이상 품안의 자식이 아니기에, 한 발짝 뒤에서 두 사람을 격려하고 지켜보시는, 더 큰 사랑을 베풀어 주시기 바랍니다. 두 사람이 자신들의 새로운 삶을 스스로 개척하여 나가는 것을 흐뭇한 모습으로 지켜봐 주시기 바랍니다.

신랑, 신부의 착한 마음씨와 빛나는 슬기로, 두 사람의 앞날에 무한한 영광과 행복이 깃들기를 진심으로 기원합니다. 행복하고 또 행복하십시오.

그리고, 이 자리에 계신 내빈 여러분께 신랑, 신부를 대신하여 다시 한 번 깊은 감사를 드리면서 제 말씀을 마치고자 합니다.

감사합니다.

주례   민 일 영

(2006.07.28)

법조계 '여풍'당당

2002.1.7.에 신규임용 판사중 여성의 비율이 30%에 달한다는 뉴스가 신문지상을 장식한 일이 있다.

그 때 "…여성판사가 등장한 것은 오래 전의 일이다. 따라서 여성이 판사가 되었다는 것은 더 이상 뉴스가 아니다. 그러나, 아래의 기사가 보여주는 정도가 되면 현재로서는 뉴스가 안 될 수 없다. 판사 신규 임용 대상의 30%가 여성인 것을 7-8년 전에는 상상이나 했을까. 어느 유수의 남녀공학 법과대학은 여학생 비율이 드디어 50%에 달했다는 이야기가 들려온다. 멀지 않아 여성이 신규 임용 판사의 절반을 넘어설 수도 있다. 바야흐로 '여풍(女風)'의 시대가 도래하고 있는 것이다"라는 글을 썼었다.

그로부터 불과 5년이 지난 지금 신규임용 판사 중 여성의 비율이 50%가 아니라 무려 63%에 달한다는 기사를 접하게 되었다. 말 그대로 '여풍' 당당이다.

다시 5년이 지나면 어떤 기사를 접하게 될까? "드디어 남자도 판사 임용!" 이런 기사를 보게 되지 않을까…?

(2007.02.)

청송지본(聽訟之本)

"송사(訟事)를 듣고 옳고 그른 것을 판단하는 근본은 성의에 있다"(聽訟之本 在於誠意).

목민심서의 형전6조 중 제1조 청송편(聽訟編) 첫머리에 나오는 말이다.

위 책의 저자 정약용 선생은 같은 편에서

"송사를 듣고 그것을 물흐르듯이 처리하는 것은 천부의 재질이 있어야 하지만 이는 위험하다. 송사를 처리함에 있어서는 반드시 사람의 마음을 밝혀내야 하고 이것이야말로 확실한 방법이다. 그런 까닭에 송사를 간략하게 하려고 하는 사람은 판결을 더디게 하는 즉, 이는 일단 한번 판결하고 나면 다시는 송사가 일어나지 않도록 하려는 것이다"(聽訟如流 由天才也 其道危 聽訟必校盡人心也 其法實 故欲詞訟簡者 其斷必遲 爲一斷而不復起也).

라고 하였다.

이는 송사를 처리하는 목민관이 마땅히 지녀야 할 자세를 기술한 것이다. 소송당사자의 말을 정성을 가지고 귀담아들어야 하는 것이야말로 판관의 자세임은 고금을 막론하고 불변의 도리일 것이다. 나아가 자기의 재능만 믿고 속단하여 판단할 것 아니라, 심사숙고하여 진실을 밝혀 사건을 종국적으로 해결함으로써 송사가 되풀이되는 것을 막아야 하는 것이다.

그런데 막상 억울하고 답답하여 송사를 일으키긴 하였지만 일반 국민이 법정에 선다는 것은 쉬운 일이 아니다. 법률은 복잡하고 까다롭고 사용하는 용어는 생소하기 그지없다. 당황하지 않을 수 없고, 할 말을 다 못하기 마련이다. 어찌할 것인가?

정약용 선생은 말한다.

"막히고 가려서 통하지 못하면 백성의 심정은 답답해지는 것이니, 달려와 호소하는 백성으로 하여금 부모의 집에 들어온 것처럼 하게 한다면 이것이 어진 목민관이다"(壅蔽不達 民情以鬱 使赴愬之民 如入父母之家 斯良牧也).

소송당사자가 편안하게 자기 할 말을 다 할 수 있도록 법정 분위기를 이끌어갈 것이 요구되는 것이다. 그들이 "이 소송에 져도 좋으니 할 말이나 다하게 해 주십시오" "사형선고를 받든 징역 몇 년을 받든 다 좋으니 제 이야기나 들어주십시오" 라는 하소연을 하게 하여서는 안 된다.

정약용 선생은 이어서 제2조 단옥편(斷獄編)의 첫머리에서

"범죄를 재판하는 요체는 분명하고 신중하게 하는 것뿐이다. 사람이 죽고 사는 것이 내가 한 번 살피는 데 달렸으니 어찌 분명하게 살피지 않을 수 있는가. 사람이 죽고 사는 것이 내가 한 번 생각하는 데 달렸으니 어찌 신중하게 생각하지 않을 수 있는가"(斷獄之要 明慎而已 人之死生 係我一察 可不明乎 人之死生 係我一念 可不慎乎).

라고 갈파한다.

사람의 생사에 직결되는 형사재판에 임하는 판관의 자세는 그야말로 분명하고 신중해야 한다. 범죄의 증거가 충분한지를 분명하게 살펴 억울한 죄인이 생기는 것을 막아야 하고, 나아가 형벌을 정함에 있어서는 신중을 기하여야 한다. 이는 아무리 강조해도 지나침이 없다.

정약용 선생이 목민심서를 집필한 것은 1821년(순조 21년)의 일이다. 그로부터 180여 년의 세월이 흘러 법정에서 구술주의와 공판중심주의를 구현함으로써 제대로 된 민·형사재판을 해보자는 지금, 선생의 말이 한 치의 어긋남이 없이 졸부의 폐부를 찌른다.

(2007.04.)

형사재판의 변화

개정 형사소송법과 국민의 형사재판 참여에 관한 법률이 2007. 4. 30. 국회에서 통과됨으로써 우리나라의 형사사법제도가 변화의 커다란 전기를 맞이하게 되었다. 위 법률들이 시행되는 2008. 1. 1.부터는 형사재판의 모습이 많이 달라질 전망이다. 인신구속제도가 변모되고 재정신청제도가 모든 고소사건으로 확대된다. 할리우드 영화에서 자주 보던 배심원들을 우리의 법정에서도 보게 될 것이다.

또한 형사재판의 양형기준을 설정하고 양형정책을 연구 심의할 양형위원회가 2007. 5. 2. 정식으로 출범함으로써 앞으로는 양형의 편차가 줄어들고 형평성이 제고될 것으로 보인다.

다만, 제도가 바뀌어도 그것을 운용하는 사람이 바뀌지 않으면 아무런 소용이 없다. 형사재판에 관여하게 되는 모든 사람들이 바뀐 재판제도의 취지를 잘 이해하고 그에 부응하려고 노력할 때 비로소 제대로 된 뿌리를 내릴 것이다. 모두의 분발이 요구된다.

(2007.05.)

법학전문대학원(로스쿨)

법학전문대학원, 이른바 로스쿨(Law School)을 설치하는 법안이 2007. 7. 3. 마침내 국회에서 통과되었다. 이 법에 따르면 2009년 3월에는 첫 로스쿨이 문을 열 것으로 보인다.

그런데, 과연 로스쿨을 어디에다 몇 개나 설치하고, 입학정원을 몇 명으로 할 것인지에 관하여는 아직 정해진 게 없다. 현명한 정책이 필요하다. 일본의 실패한 전철을 반면교사로 삼아야 할 것이다.

또한 막대할 것으로 추측되는 학비를 학생들이 어떻게 감당할 것인지에 관하여도 논의가 심도있게 행하여져야 할 것이다. 대학 4년에 더하여 로스쿨 3년 동안 들어가는 교육비를 쉽게 지출할 수 있는 경제력을 가진 사람이 과연 얼마나 될는지 되새겨 볼 일이다. 로스쿨이 부잣집 자녀들만의 학교가 되어서는 안 되기 때문이다. 적어도 돈이 없어서 법조인이 못 된다는 소리는 나오지 말아야 하지 않겠는가.

(2007.07)

양주(楊朱)의 사철가

    주지하는 것처럼, 중국 역사에서 주(周)나라가 외적의 침입을 받아 수도를 호경(鎬京)에서 낙양(洛陽)으로 옮긴 BC 770년부터 춘추시대라고 부르고, 그 후 춘추오패(春秋五覇) 중의 하나인 진(晉)나라가 한(韓), 위(魏), 조(趙)의 3나라로 쪼개진 BC 403년부터를 전국시대라고 부른다. 그리고 두 시대를 합하여 흔히 춘추전국시대라고 부르며, 이러한 상태는 BC 221년 진(秦)이 전국을 통일함으로써 막을 내린다.

    춘추전국시대에는 공자와 맹자로 대변되는 유가(儒家)를 비롯하여, 도가, 법가, 음양가, 묵가, 종횡가 등 각종 사상이 만개하여 제자백가(諸子百家)라고 불릴 정도였다. 저 마다 입이 달렸으면 나름대로의 사상을 펼쳤다고나 할까. 전국시대에 활약하였던 사람들의 모습을 기술한 책들 중에 유명한 것이 유향(劉向)이 쓴 전국책(全國策)이다.

    전국책은 우리나라에도 일찍부터 여러 사람에 의하여 소개되었다. 그 중 비교적 최근의 것으로 조성기가 쓰고 동아일보사가 출판한 "새롭게 읽는 전국책"(총 2권)이 있다. 책 한 권의 두께가 800 여 쪽이나 되는 방대한 것이지만, 한 번 손에 잡으면 놓기 어려울 정도로 흥미진진하다.

    이 책의 1권에 노자의 제자였던 양주(楊朱)라는 사람에 관한 이야기가 나온다. 그는 한 마디로 "노세 노세 젊어서 노세"의 신봉자였다. 그답게 여성편

력이 화려했음은 말할 나위도 없다. 그런데 그에 관한 부분을 읽다 보면 눈이 갑자기 확 뜨이는 장면이 나온다. 거두절미하고 그 부분(299-300쪽)을 인용해 보면,

"백 년이란 사람 목숨의 최대 한계이므로 백 년을 사는 사람은 천에 하나 꼴도 안 된다. 설사 백 년을 살다 한들. … 잠자는 시간, 헛생각을 하는 시간, 아프고 병들고 슬퍼하고 괴로워하고 근심하고 두려워하는 시간들을 제하고 나면 정작 아무 걱정 없이 즐겁게 자득(自得)한 시간은 조금밖에 없는 것이다. 그러므로 사람이 사는 동안 무엇을 중점적으로 해야 하느냐. 기회만 있으면 즐겨야 하지 않겠는가. 무엇을 즐길 것인가. 맛있는 음식과 좋은 옷, 음악과 여자를 즐겨야 한다. … 죽은 뒤의 명예 같은 것이야 구더기에게나 주어라."

이 부분을 읽다 보면 마치 판소리 단가인 '사철가'를 듣는 기분이다. 설마하니 그 옛날 양주(楊朱)가 사철가를 부르지는 않았을텐데….

판소리 단가인 사철가는 1950-60년대에 우리나라 판소리계를 주름잡았던 명창 동초 김연수선생이 지은 것으로 알려져 있다. 그렇다면 중국의 양주(楊朱)가 우리나라의 김연수 선생으로 환생하기라도 했단 말인가? 그보다는 아마도 사람의 생각이란 게 예나 지금이나 다 비슷한 때문이 아닐는지….

* * *

사철가는 어떤 소리인가?

국악에 관한 문외한인 내가 사철가에 관하여 아는 지식은 극히 단편적이

다. 영화 서편제에서 처음 접한 후 참으로 멋진 소리라고 생각했고, 그것이 판소리 단가를 대표하는 소리라는 사실을 그 때 처음 알았다. 그 후 생각날 때마다 입속에서 흥얼거리기는 하지만, 아직도 정확히는 아는 게 없다. 그러던 차에 인터넷(http://blog.naver.com/gohyh5?Redirect=Log&logNo=80035716355)에서 김정현(국립국악원 학예연구사)이 쓴 아래와 같은 글을 보았기에 여기에 옮긴다.

사철가

"이산 저산 꽃이 피니 분명코 봄이로구나"는 단가 첫 대목처럼 꽃을 보며 봄을 느끼는 계절이 되었다. 봄을 노래한 국악곡이 한두 가지가 아니건만, 유난히 사절가의 첫대목이 귀에 쟁쟁한 까닭은 지난 해 CD로 나온 김연수 명창의 단가의 멋에 아직까지 흠뻑 취해 있기 때문일 것이다. 이 음반은 1969년에 녹음된 것을 다시 CD로 낸 〈단가집〉인데 여기에는 김연수, 박초월, 박록주, 성우향이 부른 단가의 명곡들이 수록되어 있다. 김연수 명창이 부른 '이산저산'은 〈사시풍경〉이라는 이름으로 맨 처음에 들어 있는데, 무르익은 멋을 한껏 머금었다가 툭 뱉어내듯이 운을 떼는 '이산저산'이 참으로 멋지다.

그런데 김연수 명창이 부른 '이산 저산'은 뿌리깊은 나무 단가 음반에 담긴 정권진의 '이산 저산'이나 영화 〈서편제〉에서 아름다운 산경치를 배경으로 유봉(김명곤역)이 부르던 '이산 저산'과 달라서 고개를 갸웃하게 된다. '이산 저산 꽃이 피니 분명코 봄이로구나'라는 가사를 기대하고 이 음반을 듣는데, 김연수 명창은 '이산 저산 꽃이피면 산림풍경 너른 곳 만자천홍 그림병풍…'으로 시작하는 것이다. 그런가 하면 이 노래의 제목도 어디서는 노래의 첫 대목을 따서 '이산 저산'이라 하기도 하고 단가사설을 모은 책이나 음반에서는 아를 〈사절가〉, 〈사철가〉 또는 〈사시풍경〉이라고 하니, 왜 이렇게 둘쭉날쭉이 되었는지 궁금하다.

두 노래를 음반으로 비교해 볼 수 있는 두 자료를 사설에 바탕을 두어 비교 해 보면 다음과 같다.

[뿌리 깊은 나무] 음반에 담긴 정권진의 〈이산 저산〉

이산 저산 꽃이 피니 분명코 봄이로구나. 봄은 찾아 왔건마는 세상사 쓸쓸하드라. 나도 어제 청춘일러니 오늘 백발 한심허구나. 내 청춘도 날 버리고 속절없이 가버렸으니, 왔다 갈 줄 아는 봄을 반겨 헌들 쓸데가 있느냐? 봄아, 왔다가 갈려거든 가거라. 네가 가도 여름이 되면 '녹음방초승화시(錄陰芳草勝花時)라' 예부터 일러있고, 여름이 가고 가을이 돌아오면 한로상풍(寒露霜楓) 요란허여, 제 절개를 굽히지 않는 황국단풍(黃菊丹楓)도 어떠한고. 가을이 가고 겨울이 돌아오면, 낙목한천(落木寒天) 찬바람에 백설만 펄펄 휘날리여 은세계 되고보면, 월백(月白) 설백(雪白) 천지백(天地白)허니 모두가 백발의 벗이로구나. 무정 세월은 덧없이 흘러가고, 이 내 청춘도 아차 한번 늙어지면 다시 청춘은 어려워라. 어와, 세상 벗님네들, 이내 한 말 들어 보소. 인간이 모두가 팔십을 산다고 해도, 병든 날과 잠든 날, 걱정 근심 다 제하면 단 사십도 못 살 인생, 아차 한번 죽어지면 북망산천의 흙이로구나. 사후에 만반진수(滿盤珍羞)는 불여생전일배주(不如生前一杯酒)만도 못하니라. 세월아, 세월아, 세월아 가지마라. 아까운 청춘들이 다 늙는다. 세월아 가지마라 가는 세월 어쩔그나. 늘어진 계수나무 끌어다가 대랑 매달아 놓고 국곡투식(國穀偸食)허는 놈과 부모 불효 하는 놈과 형제화목 못하는놈, 차례로 잡아다가 저 세상으로 먼저 보내버리고, 나머지 벗님네들 서로 모아 앉아서 "한잔 더 먹소, 들 먹게"하면서, 거드렁 거리고 놀아보세.

[지구 음반]에 담긴 김연수의 사시풍경 (이산 저산)

이 산 저산 꽃이 피면 산림풍경 너른 곳 만자천홍 그림병풍 앵가접무 좋은 풍류 세월 간줄을 모르게 되니 분명코 봄일러라. 봄은 찾아 왔건마는 세상사 쓸쓸하더라. 나도 어제는 청춘일러니, 오늘 백발 한숨심하네. 내 청춘도 날 버리고 속절없이 가버렸으니, 왔다 갈 줄 아는 봄을 반겨한들 쓸 데가 있나. 봄아, 왔다가 가려거든 가거라. 네가 가도 여름이 되면 녹음방초 승화시라 옛부터 일렀으니, 작반등산 답청놀이며 피서 임천에 목욕구경 여름이 가고 가을된들 또한 경개 없을 손가 상엽홍어이월화라 중양추색 용산음과 한로상 풍 요란해도 제 절개를 굽히잖는 황국단풍은 어떠허며, 가을이 가고 겨울이 되면, 낙목한천 찬바람에 천산비조 끊어지고 만경인종 없어질적 백설이 펄 펄 휘날리면 월백 설백 천지백 허니 모두가 백발의 벗일레라. 그렁저렁 겨울 이 가면 어느덧 또하나 연세는 더 허는디 봄은 찾아 왔다고 즐기더라. 봄은 갔다가 연년이 오건만 이내 청춘은 한 번 가고 다시 올 줄을 모르는가. 어와 세상 벗님네들 인생이 비록 백년을 산대도 인수순약 격석화요 공수래 공수 거를 집착허시는 이가 몇몇인고. 노세 젊어 놀어 늙어지며는 못노나니라. 놀 아도 너무 허망이 허면 늙어지면서 후회되리니 바쁠 때 일하고 한가할 때 틈 타서 좋은 승지도 구경하며 할 일을 하면서 놀아보자.

이 두 노래는 네 절기의 아름다운 풍광은 연년마다 어김없이 순환되지만 사람은 한 번 늙어지면 인생의 봄이라 할 젊음이 다시 오지 않으니 세월을 아껴가며 살라는 권유를 담고 있다는 점에서 거의 비슷하다. 다만 김연수의 '이산 저산'에는 각 계절의 아름다움을 수식한 문구가 정권진의 '이산 저산' 보다 더 많이 보완되어 있고, 수식어구가 정확하게 들어있다. 그리고 노래의 끝 부분에서 김연수의 '이산 저산'에는 늙기 전에 놀되 너무 허망히 놀면 후 회되는 일이 많으니 한가한 틈을 타 노는 것이 좋겠다고 마무리된 반면, 정 권진의 '이산 저산'에서는 불효하고 죄지은 놈부터 저 세상으로 보내 버리고 나머지 벗님네들끼리 넉넉하게 즐겨보자는 내용으로 끝을 맺고 있어 뒷맛이 사뭇 다르다.

그리고 노래의 음악적인 면에서는 두 노래가 거의 유사한데, 김연수 명창의 '이산 저산'은 역시 사설의 발음이 정확하고 사설에 맞는 음악표현이 적절하게 표현되어 있어 감칠맛이 나고 정권진 명창의 '이산 저산'은 훨씬 담백한 쪽에 가깝다. 두가지 '이산 저산'은 이렇게 부분적인 차이점을 지닌 두 가지의 판으로 남아 있는 셈인데, 요즘은 영화 〈서편제〉 덕분인지 뿌리 깊은 나무의 것이 더 널리 불리우는 것 같다.

그런데 한명희 저 [우리가락 우리문화]에 소개된 〈사절가〉글을 보면 이 노래는 1950~60년대에 김연수 명창이 지어 부른 것이라고 되어 있어 '이산 저산'에 대한 이해의 폭을 넓히는데 도움을 받을 수 있다.

김연수(호:東草)는 1907년 전남 고흥에서 태어나 서당 교육을 통해 한문을 배우고 이어 신학문도 경험한 후 다소 뒤늦은 나이인 스물 아홉에 유성준 명창의 문하에 들어 소리 인생을 시작하여 현대 판소리 전승사에 큰 공헌을 남긴 명창이다. 그는 유성준에 이어 송만갑·정정렬 등을 사사하면서 소리 공부에 남다른 노력을 기울였지만 본디 타고난 목은 그리 좋은 편이 아니었다고 한다. 그러나 김연수는 이를 보완하기 위해 끊임없이 판소리 탐구에 몰두하여 마침내 사설의 전달이 정확하고 극적 표현이 빼어난 소리로 평가받는 '동초제 판소리'를 이루어 냈다.

뿐만 아니라 김연수는 어린 시절부터 쌓은 한문 실력으로 판소리의 사설을 다듬는데 심혈을 기울여 [창본 춘향가] 등, 판소리 전 바탕의 창본을 완성하였다. 1962년에는 국립창극단 초대단장을 역임하였고, 1964년에는 판소리가 중요무형문화재 제5호로 지정되었으며, 그의 제자 오정숙에게 동초제 판소리를 고스란히 전수시켜 그의 소리맥을 이어가게 한 뒤, 1974년 3월 9일, 67세를 일기로 타계하였는데, 한명희의 글에 의하면 김연수는 작고 하기 얼마 전에 동양방송에서 이 노래를 녹음했다고 한다.

당시의 장면을 한명희의 글에서 인용해보면 다음과 같다.

"…그가 작고하기 얼마전 당시 동양방송 PD로 근무하던 한명희는 김연수 명창을 모시고 방송 녹음을 했다. 그때 고수 이정업의 반주로 판소리 몇대목과 함께 불렀다. 오랜만에 녹음 하러 온 그의 모습은 다른 때와는 달리 초췌했다. 녹음이 끝난 후 그는 전에 없던 주문을 해 왔다. 방금 녹음한 사절가를 조용히 다시 들어보고 싶다는 것이었다. 녹음이 끝나기가 무섭게 바쁘다고 총총히 돌아가던 여느때에 비하면 이번에 가까운 일이었다. 우리 일행은 조용한 사무실 한구석에 녹음기를 틀어 놓고 방금 녹음한 사절가를 육중한 침묵과 함께 들었다. … '인생이 비록 백년을 산대도 이수순약 격석화요 공수래 공수거를 짐작하시는 이가 몇몇인가.'라는 대목에 이르러서는 아예 명창의 눈은 지그시 감겼고, 병색으로 창백해진 표정에는 깊은 우수가 자리하고 있었다. 사절가가 끝나자 두 명인의 콤비는 말없이 자리에서 일어섰다. 그리고 이렇다할 작별의 말도 없이 사무실을 나섰다. 얼마후에 김연수 명창은 유명을 달리했고, 명창이 작고한 그 다음해에 당대의 명고수 이정업 옹 역시 저승에 가서도 북반주 해 달라던 명창의 권을 좇아서 인지 끝내 타계하고 말았다…."

마치 영화의 한 장면같기도 한 이 얘기를 읽고 다시 듣는 김연수의 〈이산저산〉의 느낌은 그전에 듣던 것과 다른 느낌으로 다가온다. 그리고 이글을 통해 김연수의 〈이산저산〉에 북장단을 맞춘 이정업에 대한 관심도 새롭게 다가온다.

이정업은 1908년 경기도 시흥군 수암면 와리의 예인 집안에서 태어나, 어린 시절부터 해금연주와 줄타기 등의 수업을 받았다. 할아버지와 아버지 등이 타고난 고수였다고 하는데, 이정업은 1961년에 줄타기 공연 중 사고를 당할 때까지 주로 줄타기 명수로 이름을 날리다가, 이후 그동안 익힌 음악

수업과 경험을 바탕으로 전업 고수로 활동하기 시작하였다.

 특히 이정업은 김연수 명창의 수행 고수로 활동하면서 명성을 얻었는데, 두 사람의 관계가 얼마나 절친했는지, 김연수 명창은 작고하기 전 '내가 죽으면 저승가서 누가 내 소리에 북을 쳐주나, 자네를 데리고 가야겠다' 고 입버릇처럼 말할 정도였다고 한다. 그러더니 김연수 명창이 타계한 지 보름 만에 이정업 명인도 이승을 떠나고 말아, 이 이야기는 국악계의 유명한 일화로 회자되고 있다.

 김연수 명창이 부르고, 이정업 명인이 북을 잡아 녹음을 남긴 '이산저산'은 곡명이 〈사시풍경〉, 또는 〈사절가〉, 〈사철가〉로 각각 달리 언급되는 것은 어떤 연유인지 더 연구해 봐야 할 과제로 부각되었지만, 다같이 '이산저산' 으로 시작되는 사절가의 두 가지 판이 있으며, 그 중에 하나는 김연수 명창이 다듬어 남긴 절창이라는 점을 그의 음반을 들으며 재삼 확인할 수 있었다.

(2007.07.)

'선수' 이몽룡

어제 국립극장에서 한밤중에 열린 성창순 명창의 보성소리 춘향가 공연은 실로 감동적이었다.

74세(1934년생)라는 나이에 어떻게 그런 소리가 나오는지 경이스럽기만 하였고, 이제껏 말로만 듣던 명창이라는 존재가 어떤 것인가를 몸으로 느끼는 순간이었다. 같이 출연한 제자들도 물론 잘 불렀지만(특히 김명자 명창의 노련함이 돋보였다), 아직은 거목 같이 우뚝 서 있는 스승의 그늘에서 벗어나기에 이르다는 생각이 든 것은 그만큼 성창순 명창의 소리가 독보적이었기 때문일 것이다.

[광한루와 오작교]

아무튼 밤 12시가 넘도록 자리를 지킨 것이 하나도 아깝지 않은, 추억에 남을 공연이었다.

각설하고, 춘향전의 주인공인 이몽룡은 소위 '선수'이고, 춘향이는 '요부'라는 해석이 있다(http://weekly.chosun.com/site/data/html_dir/2007/04/13/2007041300650_2.html). 이러한 해석의 당부는 차치하고, 순수 법적인 관점에서 보면 이몽룡의 기망행각이 눈에 보인다.

그 하나…

이몽룡은 부친이 동부승지로 발령 나는 바람에 춘향과 헤어져야 했고, 그 사실을 알리러 춘향집에 가서 춘향이랑 주고받는 말 가운데, 이별에는 모자이별, 부부이별, 붕우이별이 있다면서, "서출양관무고인은 위성조우 붕우이별"이라고 줏어 섬긴다. 붕우이별(朋友離別)은 말 그대로 벗들 사이의 이별인데, "서출양관무고인은 위성조우"는 또 뭔가?

이는 중국 당나라의 시인 중 이백, 두보와 더불어 3대 시인의 하나로 일컬어지는 왕유(王維 : 699~761. 그는 시인이자 화가였다. 문인화인 남종화의 시조로도 알려져 있다)의 '송원이사안서'(送元二使安西)라는 시에 나오는 구절이다. 그 시는 아래와 같다.

渭城朝雨浥輕塵
(위성조우읍경진 : 위성 땅에서 아침 비가 흙먼지를 적시니)
客舍青青柳色新
(객사청청류색신 : 객사 마당 푸른 버들의 빛이 더욱 산뜻하구나)

勸君更盡一杯酒
(권군갱진일배주 : 그대에게 권하노니 술 한 잔 더 들게나)
西出陽關無故人
(서출양관무고인 : 서쪽으로 양관을 나서면 더 이상 벗이 없나니)

이별을 읊은 시의 백미로 꼽힌다. 제목인 '송원이사안서'(送元二使安西)는 '벗인 원씨댁 둘째 아들을 안서 땅으로 보내며'라는 뜻이다. 안서지방은 지금의 돈황 사막지대에 해당한다. 당나라 시대에는 서쪽으로 가는 사람을 전송하려면 장안의 서쪽에 있는 위성(渭城)이라는 곳까지 따라갔다고 한다. 거기서 다시 서쪽 관문인 양관(陽關)을 나가면 안서지방으로 접에 들게 되는 것이다. 아침 비를 맞은 버드나무가 푸르기만 한데, 서쪽으로 떠나가는 벗에게 마지막 술을 한 잔 더 권하는 장면이 그려진다. 춘향이가 오리정에서 이몽룡에게 이별주를 주듯이….

그런데 문제는 이 시는 그 성격이나 내용으로 보아 보내는 사람이 읊을 것이지 떠나는 사람이 읊을 것이 아니라는 것이다. 그럼에도 불구하고 이몽룡은 이 시를 가지고 말장난을 한다. 감언이설로 춘향이를 꾀어 실컷 놀다가 아버지를 따라 한양으로 가려는데, 춘향이가 바지가랑이를 부여잡고 늘어지니… 되도 않는 소리를 늘어놓아 춘향이의 판단을 흐리게 하는 그는 역시 '선수'답다고 할 수 있다. 일단 일은 저질러 놓고 보되, 말썽이 나면 온갖 감언이설로 상대방을 혹하게 하여 위기를 모면하는 '꾼'의 모습이다.

그 둘…

이몽룡이 어사가 되어 남원으로 내려가던 중에 춘향의 편지를 가지고 한양으로 가는 방자를 만나게 된다. 그 때 이도령은 방자더러 그 편지를 보여

달라고 하는데, 방자가 곱게 보여줄 리가 없다. 그러자 이몽룡이 "옛말에 이르기를 부공총총설부진하여 행인임발우개봉이라 했으니라" 하자, 방자가 "그 양반 행색은 누추해도 문자속은 기특하다"면서 편지를 보여준다. 사실 방자는 그게 무슨 소리인지도 모르면서 자기의 무식함을 감추기 위해 마치 알아들은 양 보여준 것이다. 그러면 도대체 무슨 소리이기에….

이 구절은 중국 당나라의 시인 장적(張籍, 766~830. 그는 두보를 추종하여 시에서 풍기는 분위기가 두보와 비슷하다)이 지은 '추사'(秋思)라는 시에 나온다. 먼저 시의 전문을 보면,

洛陽城裏見秋風
(낙양성리견추풍 : 낙양성 안에서 가을바람 부는 것을 보니)
欲作家書意萬重
(욕작가서의만중 : 집에 편지를 써야겠는데 생각이 만겹으로 겹친 다)
復恐悤悤說不盡
(부공총총설부진 : 서둘러 총총히 쓰다 보니 할 말을 다 못했을까 두려워)
行人臨發又開封
(행인임발우개봉 : 편지 가져갈 사람 떠나기에 앞서 다시 한 번 뜯어본다)

이 시는 작자 장적(張籍)이 낙양에서 벼슬살이(그의 벼슬은 미관말직이었다)를 하던 도중, 가을바람이 부는 것을 보고 문득 고향생각이 나서 지은 것이다. 그래서 제목도 '가을의 생각'(秋思)이다. 평범한 소재를 가지고 섬세하고도 미묘한 감정을 잘 묘사한 것이 특색이다. 그래서 송나라의 왕안석은 이시를 평하여, "평범한 듯하면서도 기발하고, 쉽게 지은 듯한데도 고심한 흔적이 역력하다"고 하였다.

그나저나 편지를 뜯어볼 수 있는 것은 어디까지나 그 편지를 쓴 사람이 혹시 못 다 쓴 이야기가 있나 싶어(부공총총설부진) 아직 편지를 부치기 전에 하는 것이지(행인임발우개봉), 이미 행인이 편지를 가지고 떠난 마당에, 그것도 편지의 작자와는 아무 상관도 없는 제3자가 중간에 뜯어본다는 것은 어불성설이다. 이 쯤 되면 이몽룡이 방자의 무식과 허풍을 이용하여 그를 상대로 사기를 친 것밖에 안 된다. '꾼'들은 말이 되든 안 되든 일단 청산유수로 상대방을 현혹시키는 것이다. '선수' 이몽룡의 진면목을 볼 수 있는 대목이 아닐 수 없다.

사기죄는 타인을 기망하여 재물을 편취하거나 재산상의 이득을 취함으로써 성립하는 범죄이다. 그리고 보면 이몽룡이 유식함을 자랑하며 춘향이를 따돌린 거나, 방자로부터 춘향의 편지를 가로채 읽어본 것은 적어도 사기죄에는 해당하지 않는 셈이다. 그는 역시 '선수'이다.

(2007.08.12)

순수 법률학술지 '사법' 창간호 발간사

2006년 6월 우리나라 사법 발전에 대한 사법부 내외의 기대를 등에 업고 출범한 사법연구지원재단이 정통 법률 전문 학술지를 창간하게 되었습니다. 사법연구지원재단이 정기간행물로 발간하는 「사법」지는 사법제도에 관한 조사·연구를 지원하는 사법연구지원재단이 그 설립목적에 부응하고자 학계와 실무계의 연구 성과를 널리 알리고, 그 실천을 위한 기반을 다지기 위하여 마련한 학술 마당이라고 할 수 있습니다.

1895년 근대 법률 제1호로 재판소구성법이 공포, 시행되면서 근대 사법제도가 이 땅에 도입된 지 한 세기가 훌쩍 넘고, 식민지 사법을 벗어나 우리 손으로 우리 사법제도를 구성한 지도 60년 가까이 지난 오늘날, 우리 사법부와 법조계는 급변하는 국내외 법률 환경 속에서 국민의 기대와 열망에 부응하기 위하여 부단히 노력하고 있습니다. 특히 법원은 "신뢰받는 공정한 재판", "국민을 섬기는 사법서비스"등을 구현하여 "국민의 사법"으로 거듭나고자 사법부 구성원의 힘과 지혜를 한 데 모으고 있습니다.

지난 몇 년간 법과 제도를 개선하기 위하여 기울인 노력이 하나, 둘씩 결실을 맺어 일반 국민의 형사재판 참여가 제도화되고, 글로벌 시대에 걸맞는 전문 법조인력을 양성하기 위한 법학전문대학원의 도입이 확정되는 등 법조계 전반에 큰 변화가 예상되고 있습니다. 우리가 일찍이 경험해 보지 못한 새로운 제도들을 우리 법조 현실에 무리 없이 정착시키기 위해서는 이에 관한 법조계와 학계의 심층적인 협동 연구와 활발한 교류가 무엇보다 필요하다 할 것입니다.

　아무쪼록 「사법」지가 우리 사회에서 논의되는 주요한 법적 이슈와 학문적 쟁점들을 이론과 실제의 면에서 함께 아우름으로써 우리 법률문화의 수준을 한 단계 높이는 품격 있는 학술지가 되기를 기대합니다.

　업무에 바쁘신 중에도 귀중한 논문을 작성해 주신 집필자 여러분, 그리고 이 학술지의 발간을 위하여 수고를 아끼지 않은 사법연구지원재단 관계자 모두에게 깊은 감사를 드립니다.

　2007년 9월

　　　　　　　사법연구지원재단 총괄이사　민　일　영

(2007.09.)

비나리의 명인과
어느 법관의 이야기

비나리, 옛날부터 사람의 간절한 소망을 명산대천이나 하느님 전에 빌고
또 비는 고사를 지내며 비는 소리가 "비나리"이다. "비나이다 비나이다 하면
서 부르는 소리"라고 해서 "비나리"라고 했는지는 모르겠다. 남사당패에서
전승되어 왔다고 한다.

지금 이 시대의 최고 비나리꾼은 이광수씨다. 그는 충남 예산 출신으로 어
릴 때는 남사당패였다고 한다. 그러다가 정확히 30년 전에 김덕수씨와 함께
사물놀이 연주단(이광수씨는 꽹가리 연주)을 처음 만들었다. 그는 이렇게 김
덕수씨와 함께 사물놀이를 하다가 독립하여 지금은 비나리만 전문으로 하고
있다. 비나리 역시 꽹가리를 치면서 하는 소리이다.

11월 30일(일) 밤에 남산 한옥마을에 있는 국악당에서 개관 1주년 기념으
로 이광수씨 비나리공연을 했다. 참으로 신명나는 멋진 공연이었다.
평소 국악공연을 자주 보러 다니고 있긴 하지만, 특히 이 공연을 보러 간
데는 사연이 있다. 2002년 여름에 이광수씨와 필자는 대전고등법원의 법정
에서 피고인과 재판장으로 처음 만났다. 그 때 필자는 이광수씨에게 훗날 공
연장에서 볼 수 있기를 바란다고 했다. 그로부터 6년 반만에 한 사람은 무대
위의 공연자로, 다른 한 사람은 객석의 관객으로 만난 것이다.
그리고 공연이 끝난 후 뒤풀이하는 곳에서 서로 반갑게 인사를 나누었다.
그게 세상 인연이다.

(2008.12.1)

격려방문을 마치고

3월 10일 음성등기소의 방문을 시작으로 하여 2주간 진행된 청주지방법원 관내 지원, 등기소 격려방문을 진천등기소를 마지막으로 하여 다 마쳤다.

등기소에서는 직원들과 점심식사를, 지원에서는 저녁식사를 하였고, 각시,군마다 외부기관으로 검찰지청, 시청, 군청, 경찰서, 교육청, 선거관리위원회를 직접 방문(위 기관들의 장이 지원이나 등기소로 오는 것이 아니라)하는 것을 원칙으로 하였기 때문에 다소 빡빡한 일정이었다.

그래도 관내 지원, 등기소에서 우리 법원 사람들이 국민들에게 제대로 된 사법서비스를 제공하기 위하여 어떤 노력을 기울이고 있는지 현장에서 확인할 수 있어 보람있었다. 모두들 주어진 일을 열심히 하고 있는 모습이 보기에 좋았고, 그래서 고마웠다.

시청, 군청, 경찰서, 교육청, 선거관리위원회는 법원장의 방문이 유사 이래 처음 있는 일이라 환영하는 분위기였는데, 만에 하나 누가 되지는 않았는지 염려된다. 만일 그랬다면 송구스럽기 그지없는 일이다.

법원은 결코 국민 위에 군림하는 기관이 아니라 어디까지나 국민에 대한 봉사자라는 것을 잊지 말아야 한다. 때문에 "친절"은 아무리 강조해도 지나치지 않다. 그리고 친절함에 있어서는 "소와 사자의 사랑이야기" 우화에 담긴 뜻을 늘 염두에 두어야 한다. 공급자의 입장이 아닌 수요자의 입장에서 접근할 때 사법부 종사자들은 국민이 법원에 대하여 무엇을 원하는지 제대로 알 수 있는 것이다.

국민 곁에 가까이 다가가는 법원, 아리고 쓰린 마음으로 찾아왔다가 돌아갈 때는 편안함을 느끼는 법원이 된다면, 국민은 법원을 사랑하고 신뢰할 것이다. 그런 법원을 만들기 위하여 부단히 노력하는 것이야말로 지금 법원에 몸담고 있는 사람들에게 주어진 사명이 아닐는지.

(2009.04.)

인간답게 죽을 권리

"모든 국민은 인간으로서의 존엄과 가치를 가지며, 행복을 추구할 권리를 가진다. 국가는 개인이 가지는 불가침의 기본적 인권을 확인하고 이를 보장할 의무를 진다."

헌법 제10조의 규정이다. 그러나 사람이 인간으로서의 존엄과 가치를 가지는 것은 헌법 이전의 문제이다. 소위 천부적인 권리이지, 헌법에 규정됨으로써 비로소 인정되는 것은 아니다.

그런데 "인간의 존엄"이라는 것이 과연 무엇일까? 참으로 추상적이고 애매모호한 말이다. 사람이 사람답게 사는 것이 인간의 존엄을 지키는 것이라고 한다면, 동어반복일 수도 있다. 한편, 사람답게 사는 것만이 아니라 사람답게 죽는 것도 또한 인간의 존엄에 속할 것이다. 아무런 의식도 없는 회복불능의 식물인간 상태에서 기계에 의하여 목숨만 이어가는 상태의 사람을 두고 과연 존엄성 운운할 수 있을까.

한 사람의 생명이 전 지구의 무게보다도 무겁다고 한다. 그러나 이는 그 생명이 의미 있는 존재일 때의 이야기일 뿐이다. 무의미한 삶을 기계에 의하여 연장하는 연명치료를 강요받지 않고, 인간으로서의 존엄을 유지하면서 사람답게 죽겠다는 선택을 누구나 할 수 있어야 한다. 이것이 적극적인 안락사는 아니더라도 소극적인 존엄사는 인정되어야 할 이유이다.

대법원에서 마침내 2009. 5. 21. 존엄사를 인정하는 판결이 선고되었다. 이로써 존엄사의 허용 여부를 둘러싼 오랜 논란에 종지부를 찍은 셈이다. 그렇다고 대법원이 인간의 생명을 경시하여 그런 판결을 선고한 것은 아니다. 무엇이 인간의 존엄을 지키는 것인가를 두고 심사숙고하여 내린 결론일 것이다.

이제는 존엄사의 허용 기준을 세심하게 정하는 일만 남았다. 그래야만 존엄사를 빙자한 현대판 고려장을 막을 수 있기 때문이다.

(2009.05.)

제3부

달리 부를 이름이 없다

(2010.10.~2012.12.)

문화적 충격(판소리와 나)

1993년 임권택 감독의 영화 서편제를 보고 문화적 충격(서구문화에 젖어 정작 우리 것을 너무 몰랐다는 자괴감)을 받은 후 판소리를 배워 보겠다는 생각을 하였었다. 그러나 이런 저런 이유로 미루다 2005년이 되어서야 입문하게 되었다.

민요판소리 동호회인 소리마루에 다니면서 명창 김학용선생님(국립창극단 부수석)한테 귀동냥으로 배우기를 5년, 아직은 여전히 초보자 단계이지만, 어떻든 우리 조상들의 애환이 그대로 녹아 있는 우리의 소리를 한다는 자부심만은 늘 지니고 있다.

아래는 2010. 10. 5. 동아일보 eTV에 방영된 내용이다. 우리 소리의 보급에 조금이라도 도움이 되기를 바라는 마음으로 촬영에 임했다.

[보도 내용]

"엄청난 문화적 충격" 민일영 대법관

(박제균 앵커) 사법부의 최고기관인 대법원 하면 딱딱하고 엄숙한 이미지를 떠올리는 분들 많으실 텐데요. 한 대법관이 흥겨운 우리 가락을 배우고 알리는 데 앞장서고 있어 화제입니다.

(구가인 앵커) 벌써 5년째 민요와 판소리를 익혀 왔다는 민일영 대법관이 바로 그 주인공입니다. 민 대법관의 특별한 판소리 사랑을 이정은 기자가 전해드립니다.

—

서울 연지동의 한 빌딩 사무실. 늦은 저녁 불을 밝힌 작은 공간에서 판소리가 흘러나옵니다. 민일영 대법관은 민요와 판소리 동호회인 이 곳 '소리마루'에서 꾸준히 소리 연습을 해 왔습니다.

춘향전의 한 대목인 쑥대머리에서부터 창부타령, 진도아리랑까지 다양한 우리 가락이 이어집니다. 민 대법관은 경쾌하고, 때로는 애끓는 선율을 막힘 없이 풀어냅니다. 창극 도중에는 능청스러운 대사를 던지기도 합니다.

그가 이 곳에서 소리 연습을 시작한 것은 2005년. 소리마루가 설립된 직후부터 초창기 멤버로 함께 활동해 왔습니다. 2007년 심청전 공연에 '충청도 봉사'로 출연하기도 했습니다.

(민 대법관 인터뷰) 1993년에 서편제라는 영화를 봤어요. 근데 거기서 판소리 하는 것을 보고 엄청난 문화적 충격을 받았어요. 그래서 야, 저걸 꼭 배워보고 싶다….

서편제의 임권택 감독과 배우 오정해 씨와의 인연으로 알게 된 이 동호회에서 민 대법관은 진지하고 성실한 회원으로 통합니다. 국립창극단 부수석인 김학용 선생에게 개인 수업을 받았고, 소리꾼들이 득음을 하기 위해 깊은 산 속에서 시도하는 이른바 '산 공부'도 두 차례 다녀왔습니다.

(민일영 대법관 인터뷰) 30분만 하게 되면 아마추어라서 그런지 목소리가 완전히 가 버려요. 목이 가서 소리가 안 나와요. 그걸 억지로 소리를 내기 위

해서 배에다 힘을 줘서 소리를 내려고 하면 온몸이 쑤시고 엄청 힘들어요.

민 대법관은 사법연수원의 제자들과 후배 법조인들에게 틈날 때마다 우리 가락의 소중함을 강조합니다. 지난해 청주지방법원장으로 있을 때는 명창을 초청해 판소리 공연 행사를 열었고, 그 공연에서 직접 한 소절을 뽑기도 했습니다.

(김 재관 소리마루 사무국장) 공직에 계신 분들이 우리의 음악에 대해서 직접 몸소 실천을 많이 하셔야 하는데 그런 분들이 많지 않으셔서 아쉬움이 많은데, 대법관님은 이걸 직접적으로 실천하기 위해서 직접 본인이 참여해서 배우시기도 하고 공연도 배우시고….

민 대법관이 가장 좋아하는 곡은 흥보가 중의 화초장. 4시간이 넘게 걸린다는 흥보가를 완창해 보는 것이 꿈입니다. 하지만 우리 가락을 더 연마하고 싶다는 그의 바람을 이루기는 쉽지 않습니다. 쏟아져 들어오는 대법원 사건을 처리하다 보면 연습시간을 내기가 빠듯하기 때문입니다.

(민 대법관 인터뷰) 대법관이 된 이후로는 업무에 쫓기다 보니까 도저히 배우지를 못하고 있습니다. 그래서 요새는 오고가는 차 안에서 테이프를 듣는 것으로 그나마 아쉬움을 달래고 있습니다.

격무 속에서도 우리 소리에 대한 관심과 애정의 끈을 놓지 않는 민 대법관. 그가 가슴 속에서 끌어내는 한국의 가락이 가을과 함께 깊어갑니다.

동아일보 이정은입니다.

(2010.10.05)

서시(西施)와 판소리

I

중국의 춘추전국시대 때 오나라와 월나라는 서로 불구대천의 원수처럼 싸웠다. 그래서 널리 알려진 대로, 오나라 왕 부차(夫差)는 아버지의 원수를 갚기 위하여 장작더미 위에서 잠을 자며(臥薪 : 와신) 월나라 왕 구천(句踐)에게 복수할 것을 맹세하여 마침내 그 뜻을 이루었고, 부차에게 패한 구천은 쓸개를 핥으면서(嘗膽 : 상담) 복수를 다짐하여 역시 그 뜻을 이루었다는 와신상담(臥薪嘗膽)의 고사까지 탄생시켰다.

그 때 월나라 왕 구천은 오나라 왕 부차에게 복수하기 위하여 미인계를 사용하였는데, 이 미인계에 등장하는 인물이 서시(西施))이다. 양귀비와 더불어 중국에서는 미인의 대명사로 불린다. 오나라 왕 부차한테 패한 월나라 왕 구천의 충신인 범려(范蠡)가 서시를 훈련시켜 호색가인 부차에게 바치고, 서시의 미색에 빠져 정치를 소홀히 한 부차를 마침내 멸망시켰다고 전해진다.

서시는 본래 중국 절강성 어느 나무꾼의 딸이었다. 마을의 서쪽에 사는 시(施)씨 성을 가진 여인이라 서시라고 불렸다. 그 마을의 동쪽에도 역시 시(施)씨 성을 가진 추녀가 살았는데, 동쪽에 산다고 하여 동시(東施)라고 불렸다. 추녀인 동시는 동네의 예쁜 여인들의 행동과 자태를 흉내 내서 자신의 모습을 감추려고 애썼다. 때문에 서시는 동시에게 자연히 동경의 대상이 되었다.

동시는 서시처럼 되기 위하여 늘 서시의 행동을 관찰하고 따라 했다. 지병인 가슴앓이가 있었던 서시가 어느 날 길을 가다가 갑자기 통증을 느껴 두 손으로 가슴을 움켜쥐고 이맛살을 찌푸렸다. 그런데 그 광경을 본 동시는 그것이 바로 서시가 남들한테서 미인으로 칭송받는 행동이라고 생각하여 자기도 가슴을 움켜쥐고 이맛살을 찌푸리며 돌아다녔다. 그렇지 않아도 못생긴 동시가 얼굴까지 찡그리며 다니니 오죽했겠는가. 동네사람들은 모두 고개를 설레설레 흔들고 동시를 더욱 멀리하였다. 마을의 부자는 동시의 이런 모습을 보고 굳게 대문을 잠그고 나오지 않았고, 가난한 사람은 처자를 이끌고 마을을 떠났다고 한다.

'동시효빈'(東施效嚬)이라 하여 《장자(莊子)》'천운편'(天運篇)에 나오는 이야기이다[박재희 지음, 『3분 古典』, 도서출판 작은씨앗, 2010, 152-153쪽 참조].

II

초등학교 때부터 시작하여 대학에 다닐 때까지, 아니 그 후 사회인이 되어 한동안 활동하기까지 내가 배우고 접한 문화는 대부분 서구문화 일색이었다. 비록 공연 내내 꾸벅꾸벅 졸망정 비싼 돈('거금'이라는 표현이 더 어울릴지 모른다)을 주고 오케스트라나 뮤지컬 혹은 발레를 보아야 교양인이었다. 우리의 감성에는 맞지 않아도 헐리우드나 프랑스에서 만든 세칭 '고상한 영화'를 보면서 고개를 끄덕이어야만 문화인이었다. 베토벤과 모차르트의 교향곡을 모르면 천하의 무식쟁이로 비웃음의 대상이었다.

1977. 8. 16. 엘비스 프레슬리(Elvis Aron Presley)가 갑자기 죽었을 때 그가 누구냐고 물었다가 아니 어떻게 그를 모를 수가 있냐고 외계인 취급을 받았던 기억이 새롭다. 서구문화는 한 마디로 서시 그 자체였던 것이다.

그런 시절을 보낸 나에게 1993년 단성사에서 상영된 임권택 감독의 영화 서편제는 엄청난 문화적 충격이었다. 판소리, 우리에게 이런 소리가 있었다니! 영화 속의 판소리는 경이로움 그 자체였다. 그런데 이런 소리, 그것도 우리 조상들의 혼이 그대로 녹아 있는 소리를 이제야 처음으로 접하다니…. 끝없는 자괴감이 몰려왔다. 나는 누구인가? 어느 나라 사람인가? 혼돈 속에서 한 줄기 빛을 보았다. 판소리를 배워야겠다는 생각을 하였다.

그 때 나는 판사, 변호사, 대학교수 등이 모여 대법원판례를 중심으로 민사재판에 관한 문제를 연구하는 모임인 민사실무연구회라는 학술단체의 간사 직책을 맡고 있었다. 이 연구회는 매월 개최되어 학술발표 및 토론을 하는데, 매년 12월에는 송년회를 겸하여 사회 각계의 저명인사를 초빙하여 강연을 듣는 것이 관례였다.

영화 서편제가 상영된 1993년의 12월, 나는 회장님(김상원 대법관님)의 허락을 받아 영화 서편제의 임권택 감독님과 주연배우 오정해씨를 초빙하였다(생면부지의 분들이라 임권택 감독님께 장문의 편지를 보내 어렵게 승낙을 받았다. 당시 새 영화 태백산맥을 지리산에서 촬영하느라 바쁜 와중에도 초빙에 응해 주신 데 대하여 지금도 새삼스레 감사한 마음이다).

임권택 감독님이 서편제 영화에 얽힌 이야기를 구수하게 들려주었고, 이어서 오정해씨(본래 판소리 명창이다)가 판소리의 눈대목(판소리 한 바탕 중 특히 많이 불리는 대목을 일컫는다) 몇 군데를 직접 구연하였다. 영화와 달리 육성으로 직접 판소리를 들으니 소름이 끼쳤다.

"그래 바로 이것이다. 이것을 배워야 한다."
마음속으로 새삼 다짐을 하였다.

그런데 그 후로도 임권택 감독님과 오정해씨와의 인연은 계속 이어졌지만, 정작 판소리를 배우는 것은 이런 저런 이유로 차일피일 미루다 2005년 5월이 되어서야 비로소 시작하게 되었다.

이제는 소리판을 사실상 떠난 오정해씨가 명창 김학용선생님(현재 국립창극단 부수석)을 소개하여 주었고, 김학용 선생님이 지도강사로 계신 민요판소리 동호회 '소리마루'에 다니기 시작하였다. 그렇게 해서 귀동냥으로 배우기를 5년, 아직은 여전히 초보자 단계이지만, 어떻든 우리 조상들의 삶의 애환과 정서가 그대로 녹아 있는 우리의 소리를 한다는 자부심을 늘 지니고 있다. 그리고 틈나는 대로 주위 사람들에게도 판소리를 배워 볼 것을 권한다.

이제 서구문화, 서양음악은 나에게는 더 이상 서시(西施)가 아니다.

내가 청주지방법원장으로 재직하던 2009년 6월, 명창 김학용 선생님을 비롯하여 강승의 선생님, 김재관 선생님 등을 초빙하여 청주지방법원 강당에서 판소리 공연을 하였다(춘향가, 심청가, 흥보가의 눈대목).

이 때 법원 직원들보다 오히려 인근 주민들이 더 많이 와 대성황을 이루었다. 대부분 판소리를 처음 접하는 분들이었음에도 무대 위의 소리꾼과 더불어 같이 울고 같이 웃으며 너무도 흥겨운 시간을 보냈다. 무대의 위와 아래가 혼연일체가 되는 소리판, 그것이 바로 판소리의 진면목인 것이다.

나도 공연의 마지막 순간에 무대 위로 불려가 흥보가 중 화초장 대목을 불렀는데, 그 바람에 팬클럽이 생기기도 하였다.

그 후로도 기회가 되면 이 화초장을 즐겨 부른다.

(2010.10.06)

외손자 '친양자 입양'이
가능할까?

일반적인 입양과는 달리 양자와 친부모 사이의 관계를 완전히 단절하고 양자를 양부모의 친자식으로 만드는 제도가 친양자 제도이다. 우리나라에서는 민법을 개정하여 2008년부터 이 제도가 시행되고 있다.

그런데 손자를 친양자로 입양하는 것은 어떨까? 이를 인정하면 손자가 아들로 되는 결과 조부모는 부모가 되고 친부는 형으로 된다. 과연 이게 가능할까? 우리의 건전한 사회통념상 이를 받아들일 수 있을까?

아래는 이와 관련된 기사이다.

* * *

"딸을 재혼시킬 목적으로 손자, 친양자 입양은 안돼"
(조선일보 2011. 1. 3.자)

−하급심 판결 엇갈렸지만 대법원서 입양 불허 확정

딸의 재혼을 위해 손자를 친양자로 입양하는 것은 받아들일 수 없다는 대법원의 첫 판단이 나왔다. 그동안 손자를 친양자로 입양할 수 있느냐를 두고 하급심별로 판단이 엇갈렸으나, 이번 대법원 판례로 논란이 정리될 것으로 보인다.

대법원 1부(주심 민일영)는 50대 이모씨 부부가 다섯 살짜리 외손녀를 친양자로 입양하겠다며 낸 친양자 입양신청을 받아들이지 않은 원심이 정당하다며 재항고를 기각했다고 2일 밝혔다. 판결이 아닌 결정에 불복하는 절차는 항소·상고가 아닌 항고·재항고라고 한다.

재판부는 "생모가 생존해 있는데 외손녀를 친양자로 입양하면 외조부모는 부모가 되고, 생모와는 자매지간이 되는 등 가족 내부질서와 친족관계에 중대한 혼란이 초래될 것이 분명하다"며 기각 이유를 밝혔다. 재판부는 "입양의 주된 동기가 딸의 재혼을 쉽게 하려는 것이어서 친양자 입양이 생모의 복리를 실현하려는 방편에 불과하다"며 "현재 상태에서도 이씨 부부가 외손녀를 양육하는 데 어떤 제약이나 어려움이 없고, 굳이 친양자 입양을 해야 할 현실적 이유나 필요성을 인정하기도 어렵다"고 덧붙였다.

이씨 부부는 딸이 2006년 사실혼 관계의 최모씨와 자녀를 낳은 직후 헤어지게 되자 외손녀를 친딸처럼 키워오다 친양자 입양 신청을 냈다.
이씨 부부는 "딸의 인생을 생각할 때 외손녀를 입양시키지 않을 수 없는데 제삼자보다는 스스로 양부모가 되는 것이 외손녀 복리에도 도움이 될 것"이라고 주장해왔다. 그동안 손자의 친양자 입양을 허용한 전례는 거의 없었으나, 지난 8월 창원지법에서는 이를 허용하는 판결을 내렸다.

(류정 기자 well@chosun.com)

(2011.01.03)

불법도청된 내용의
공개와 언론의 자유

법치주의가 정착된 민주사회에서는 국민 개개인의 사생활의 비밀이 보호되어야 한다. 그래서 우리 헌법은 제17조, 제18조에서 개인의 사생활 보호 및 통신의 비밀 보호를 천명하고 있고, 이에 따라 통신비밀보호법은 불법도청을 금지하고 이를 위반하면 형사처벌하고 있다. 뿐만 아니라 그 불법도청된 내용을 알게 된 사람이 이를 공개한 경우에도 마찬가지로 처벌하고 있다.

불법도청만 금지하고 도청된 내용의 공개는 허용하게 되면, 도청행위자는 뒤에 숨고 다른 사람을 시켜 그 내용을 공개함으로써 불법도청한 목적을 달성할 수 있어 불법도청이 만연해질 염려가 있기 때문이다. 따라서 공개행위도 함께 금지하고 처벌하여야만 불법도청 자체를 막을 수 있는 것이다.

그러면 국가기관이 개인의 사생활에서의 대화를 불법으로 도청한 내용을 언론기관이 입수하여 그 내용이 공적인 관심사에 해당한다며 공개한 경우는 어떤가? 공개자가 언론기관이면 면책되는 것인가? 사생활의 보호와 언론의 자유가 충돌하는 대목이다. 이 문제를 정면으로 다룬 대법원판결이 2011. 1. 17. 선고되었다.

아래는 관련 기사이다.

'안기부 X파일' 보도 2명 유죄 확정

– 대법, 언론자유보다 통신비밀 보호에 무게

2005년 '안기부 X파일'에 담긴 대화 내용을 보도한 혐의로 기소된 MBC 이○○ 기자와 김○○ 전 월간조선 편집장(현 대통령정무1비서관)의 유죄 판결이 확정됐다. '언론의 자유'와 '통신비밀 보호'가 충돌할 때 공익을 위한 보도라도 엄격한 요건을 갖춰야 한다는 취지이다.

대법원 전원합의체는 17일 두 사람에게 징역 6개월과 자격정지 1년의 선고유예 판결을 내린 항소심 판결을 확정했다. 대법원은 "언론기관이 불법감청 및 녹음이 이뤄졌다는 사실을 알면서도 감청된 대화의 내용을 보도한 것은 통신비밀보호법 위반"이라며 "불법감청 사실을 고발하기 위해 불가피하게 내용을 공개하거나 공중(公衆)의 생명 신체 재산 등에 중대한 침해가 발생할 가능성이 현저한 경우가 아니면 정당행위로 볼 수 없다"고 밝혔다.

이 기자는 옛 국가안전기획부 직원들이 1997년 4~10월 당시 이학수 삼성그룹 회장 비서실장과 홍석현 중앙일보 사장이 정치권 동향과 대선주자에 대한 정치자금 제공 문제를 논의한 대화 내용을 도청한 테이프를 돈을 주고 입수해 보도한 혐의로, 김 전 편집장은 테이프 녹취록 전문을 게재한 혐의로 2006년 기소됐다.

(최창봉 기자 ceric@donga.com)
(출처 http://news.donga.com/3/all/20110318/35669263/1)

* * *

'안기부 X파일 보도 유죄' 의미는

– 보도 불가피성·정당성 등 엄격 제한
– "언론 자유 너무 좁게 봤다" 비판도

이른바 '안기부 X파일'을 보도한 기자에게 유죄를 확정한 17일 대법원 전원합의체 판결은 헌법상 기본권인 '언론의 자유'와 '통신의 비밀'이 충돌할 때 언론의 자유를 과연 어디까지 허용할 것인지 기준을 제시했다는 데 의의가 있다.

일부에서는 통신의 비밀에 비해 언론 자유의 범위를 너무 좁게 인정해 사실상 통신 비밀을 침해한 내용은 보도할 수 없도록 봉쇄한 게 아니냐는 비판도 제기된다.

헌법 18조는 "모든 국민은 통신의 비밀을 침해받지 아니한다"고 규정하고 통신비밀보호법은 "불법 도청 등을 통해 얻은 통신·대화 내용을 공개하거나 누설하면 10년 이하의 징역과 5년 이하의 자격정지"로 처벌하도록 하고 있다.

다수의견을 낸 8명의 대법관은 이 조항의 의미에 대해 "통신비밀을 침해해 수집된 정보를 사용하는 것도 금지함으로써 애초 존재하지 않았어야 할 불법의 결과를 용인하지 않겠다는 뜻"이라며 "도청의 유인마저 없애겠다는 정책적 고려"라고 설명했다.

물론 공적인 관심사에 관한 언론의 자유도 최대한 보장돼야 한다고 강조했다.

초점은 개인 간의 통신 대화를 도청이란 불법적인 방법으로 파악했는데 그 내용이 공적 관심의 대상이 된다고 해서 도청에 직접 관여하지 않은 언론사가 보도할 수 있느냐에 맞춰졌다. 대법원은 "원칙적으로 언론보도는 통신비밀을 침해하지 않는 범위에서 이뤄져야 하지만, 도청 내용을 보도하는 것도 예외적으로는 정당행위로 허용될 수 있다"고 밝혔다.

그리고 예외로는 보도의 불가피성, 자료 입수 방법의 정당성, 침해의 최소성, 보도의 이익이 통신비밀 보호 이익을 초과할 것 등 네 가지 요건을 제시했다.

특히 보도의 불가피성으로는 '보도의 목적이 불법 감청 사실 자체를 고발하기 위한 때이거나, 도청된 내용을 공개하지 않으면 공중의 생명, 신체, 재산 등 공익에 중대한 침해가 발생할 가능성이 뚜렷한 경우'로 엄격히 제한했다.

또 자료 입수방법의 정당성은 언론사가 적극적·주도적으로 도청 자료 입수에 관여하면 안 된다는 것이고, 침해의 최소성은 보도 내용이 보도 목적을 달성하는 데 필요한 부분에 한정돼야 한다는 뜻이다.

이런 기준에 비춰봤을 때 MBC 이○○ 기자의 도청내용 보도는 '8년 전 대화'란 점 등에 비춰 공익에 중대한 침해가 발생할 가능성이 뚜렷하거나 비상한 공적 관심의 대상이 된다고 볼 수 없다는 판단을 내렸다.

또 취재사례비로 1천달러를 제공하는 등 도청자료 입수에 언론이 적극적으로 관여했으며 대화 당사자의 실명을 그대로 공개해 침해의 최소성도 지켜지지 않았으므로 위법하다는 것이다.

반면 박시환, 김지형, 이홍훈, 전수안, 이인복 등 대법관 5명이 "통신비밀 보호에 편향돼 언론의 자유를 너무 좁게 허용해 문제가 있다"고 할 만큼 반대의견도 만만찮았다.

이들은 "대선 정국에서 후보 진영에 대한 정치자금 지원이나 정치인·검찰에 대한 추석 떡값 지급 등을 보도하는 것은 재계와 정치권의 유착관계를 근

절하기 위한 것으로 시의성이 있고, 대기업 간부나 유력 일간지 사장은 공적
인물로 도청자료 공개에 따른 인격권 침해를 어느 정도 감수할 수 밖에 없
다"며 보도의 정당성을 옹호했다.

언론사가 통신비밀 입수과정에 적극적으로 관여해서는 안 된다는 기준도
"사실상 본연의 취재활동을 하지 말고 우연히 수동적으로 얻어진 결과물만
보도할 수 있게 하는 것과 다름없다"며 제외돼야 한다고 주장했다.

(출처 http://news.donga.com/3/all/20110317/35660606/1)

(2011.03.24)

영감

1980년대 중반까지만 해도 영감이라는 말을 종종 들었다. 나이도 젊은데 (아니 어린데) 영감이라 부르니 듣기가 영 어색하고 민망하기까지 했다. 그렇다고 나이가 많은 상대방더러 그렇게 부르지 말라고 하기도 좀 뭐해서 그냥 어색한 웃음으로 그 자리를 모면하곤 했다.

그 '영감'이라는 말에 얽힌 우리말 변천사를 쓴 글이 있어 아래에 공유한다.

[홍성호 기자의 '말짱 글짱']

'영감'에 깃든 우리말 변천사

"영감 (왜불러) 뒤뜰에 뛰어놀던 병아리 한 쌍을 보았소 (보았지) 어쨌소 (이 몸이 늙어서 몸보신 하려고 먹었지) 잘했군 잘했어 잘했군 잘했군 잘했어 그러게 내 영감이라지~."

가수 하춘화가 불러 우리에게 익숙해진 대중가요 '잘했군 잘했어'의 도입부이다.

나이 지긋한 아내가 남편을 '영감' 하고 부르는데, 그 맛이 친근하고 구수하다. 그런데 다음 글에 나오는 또 다른 '영감'은 분위기가 사뭇 다르다.

"7일 대법원은 여지껏 판사를 영감이라 불러오던 버릇을 없애도록 새삼스러운 지시를 관하에 시달했다고. 이유는 영감이라는 호칭이 아첨근성의 잔재이므로 그와 같은 냄새나는 호칭은 쓰지 말아야 한다는 것."

1962년 8월 8일자 한 신문에 보도된 이 대법원의 지침은 우리말에 담긴 권위주의적 잔재를 잘 보여준다. 여기 보이는 '영감'은 딱히 나이가 들어서라기보다 고위 관직에 있는 사람을 높여 부르는, 관습적으로 쓰이는 비민주적 용어이다.

우리말에서 '영감'이란 말은 다양하게 쓰인다.
때로는 극과 극을 달린다. 대중가요 '잘했군 잘했어'에 나오는 '영감'은 정이 담뿍 담긴 말이지만 나이 든 남자에게 영감쟁이라 부를 때는 아주 낮잡아 이르는 말이 된다. 이 말은 영감탱이나 영감태기라고도 하는데 모두 같은 말로 쓰인다. 그런가 하면 군수나 판사, 검사 같은 사람에게 붙이는 '영감'은 예로부터 벼슬아치가 갖는 권위의 상징으로 통했다.

'영감'은 얼핏 보면 고유어 같기도 하지만 실은 한자어이다. '令監'으로 쓴다. 영(令)이나 감(監)은 모두 예로부터 관직의 이름으로 쓰이던 말이다.
이 말의 사전적 의미는 '나이 든 부부 사이에서 아내가 그 남편을 이르거나 부르는 말'이다. 또 일반적으로 '나이가 많아 중년이 지난 남자를 대접하여 이르는 말'로도 쓰인다. "김 영감네 가게는 작지만 목이 좋아 손님이 많아" 식으로 쓰인다.

때로는 '급수가 높은 공무원이나 지체가 높은 사람을 높여 이르는 말'로도 쓰인다. "군수 영감이 오늘 우리 집에 온대요"처럼 말할 때 쓰인 '영감'이 그런 것이다. 판사 영감이니 검사 영감이니 하는 호칭도 같은 것이다. 하지만 '영감'의 본래 정체는 조선시대 때 벼슬아치, 그것도 정3품과 종2품의 고위

직 관리에게 붙이던 말이었다.

예나 지금이나 나이 들어 영감쟁이 소리를 듣기 싫어하는 것은 인지상정일 것이다. 그럼에도 불구하고 나이와 상관없이 일부 직위에 있는 사람들이 '영감님'으로 불리기를 원하고, 또 그렇게 부르는 관습이 남아 있는 것은 여기서 유래하는 것이다.

조선시대에는 엄격한 신분사회였기에 계급별로 부르는 말이 달랐다. 요즘 시대에는 물론 당시와 같이 신분에 따른 것은 아니더라도 다양한 의미 뉘앙스를 담고 지금까지도 그 말이 이어져 오는 경우도 있다.

영감으로 불리던 정3품이나 종2품은 지금의 공무원을 기준으로 치면 대략 1급 관리관, 즉 행정 각부의 차관보나 실장쯤에 해당하는 직위이다. 이처럼 높은 직위의 관직에 있는 사람에게 붙이던 말이 후세에 내려오면서 차츰 사회적 명사나 나이 많은 노인에게 존칭의 의미를 담은 말로 쓰임새가 확대된 것이라 할 수 있다. 이 말은 더 나아가 나이 든 부부 간에 아내가 남편을 존대해서 부르는 말로도 쓰이게 됐다.

조선시대에는 관직이 정1품, 종1품, 정2품, 종2품… 이런 식으로 정9품, 종9품까지 18품계로 돼 있었다. 가령 첫째 등급인 정1품은 영의정(지금의 국무총리급), 좌의정, 우의정이 이에 해당한다. 우리가 잘 아는 이조, 호조, 예조, 병조, 형조, 공조 등 국가의 정무를 맡아보던 여섯 관부의 판서가 정2품이다. 지금의 각 부 장관직으로 이해하면 된다. 판서의 다음 서열인 참판(지금의 차관급)과 각 도의 으뜸 벼슬인 관찰사(지금의 도지사)는 종2품이었다.

18품계 중에서 정3품 이상을 통틀어 당상관이라 칭했는데, 여기서 나온 말이 '떼어놓은 당상관'이다. 이는 '떼어 놓은 당상이 변하거나 다른 데로 갈 리 없다는 데서, 일이 확실하여 조금도 틀림이 없음을 이르는 말'이다. 이 말을 때론 '따놓은 당상관'이라 하기도 하는데 이는 둘 다 맞는 표현이다. 원래 당상관은 임금이 임명하는 자리라는 점에서 임금이 따로 '떼어놓은' 것처럼 확실하다는 뜻에서 '떼어놓은 당상관'이었다. 그러나 세월이 흐르면서 사람들이 이를 '당상관을 내가 이미 따놓았다'라는 식의 의미로 워낙 많이 쓴다는 점을 반영해 '따놓은 당상관'도 함께 쓸 수 있도록 허용한 것이다.

(출처 : http://www.hankyung.com/news/app/newsview.
php?aid=2011032469381&intype=1)

(2011.03.28)

봄을 건너다
−탐천지공(貪天之功)

이 가없는 꽃들을 즈려밟고서
나는 또 무사히 봄을 건너왔나 보다

마침내 아침 출근길에 개나리의 노란 색이 눈에 가득 들어오는 봄이다. 얼마나 오래 기다렸던 봄인가. 비록 방사능이 걱정되긴 하지만 내일은 봄비도 내린다고 한다. 바야흐로 겨우내 움츠렸던 어깨를 활짝 펴야겠다.

오늘이 한식이다. 동지(冬至)로부터 105일째 되는 날이다. 청명절(淸明節) 당일이나 다음날이 되는데, 양력으로는 4월 5~6일경이다. 조상님 산소에 성묘를 하며 봄을 느끼기에 딱 좋은 때인데, 지금은 예전과 달리 명절 대접을 제대로 못 받는다. 때를 잘 만나야 하는 것은 사람만이 아니라 명절마저도 그런가 보다.

한식이라는 명칭은 이날에는 불을 피우지 않고 찬 음식을 먹는다는 옛 습관에서 나온 것인데, 그 기원은 중국 진(晉)나라의 충신 개자추(介子推)의 혼령을 위로하기 위해서라고 한다.

진의 문공(文公)은 춘추5패 중 두번째 패자이다. 그러나 그가 패자가 되기까지는 오랜 시련을 겪어야 했다. 개자추는 문공(文公)과 19년간 망명생활을 함께하며 충심으로 보좌하였다. 문공이 굶어서 아사직전일 때 자신의 허벅지살을 베어 국을 끓여 먹일 정도였다. 그런데 문공이 망명생활을 끝내고 군주의 자리에 오른 뒤 그를 잊어버리고 등용하지 않았다. 개자추는 면산(緜山)에 들어가 은거하였다.
그의 어머니가 왜 문공에게 자신의 공을 말하지 않느냐고 물었다. 그러자 개자추는 이렇게 대답했다.

"군주에 대해 탐천지공(貪天之功)을 다투는 것은 도둑질을 하는 것보다도 더 수치스런 짓입니다. 차라리 짚신을 삼는 게 더 좋습니다."

[탐천지공은 하늘의 공을 탐내서 마치 자신의 공인 것처럼 한다는 뜻이다]

뒤늦게 잘못을 깨달은 문공이 개자추를 계속 불렀으나 그는 응하지 않았다. 급기야 문공은 개자추를 산에서 나오게 하기 위하여 불을 질렀는데, 그는 끝내 나오지 않고 불에 타 죽고 말았다.

이에 문공은 그를 애도하여 개자추가 죽은 날 하루는 불을 사용하지 말라고 선포하였고, 그 후 이 날에는 찬밥을 먹는 풍속이 생겼다고 한다.

이 달에는 보궐선거가 치러지고, 1년 후에는 국회의원 총선거, 그리고 이어서 대통령선거까지 이어진다. 선거만 끝나면 서로 자기가 승리의 일등공신이라고 나서서 온갖 자리와 이권을 요구하는 작금의 세태에서 개자추의 고사를 다시 한 번 반추하여 볼 만하지 않을까.

(2011.04.06)

5월의 그리움과 다향

　푸른 5월이다. 그리고 오늘이 입하(立夏)이다. 24절기 중 7번째 절기로, 이제부터 여름이 시작되는 것이다.

　그런데 도대체 언제 봄이 있었기에 벌써 여름인가? 이상기후인지, 이제는 그게 정상기후인지 헷갈리는 요즘의 날씨 덕분에 봄을 잊고 사는 세상이 되어 버린 것을 하늘에 대고 원망하여 본들 무슨 소용이 있으리오마는, 장삼이사(張三李四)의 마음에는 사라져 버린 봄에 대한 아쉬움이 남는 것을 어찌하리….

　싱그러운 계절, 푸른 5월은 햇차를 즐기는 때이기도 하다. 통상 곡우를 기준으로 그 전에 딴 차를 말 그대로 우전(雨前)이라고 하여 최고로 치는데, 이건 중국의 따뜻한 남쪽지방을 기준으로 한 것이고, 우리의 기후상으로는 곡우보다 한 달 뒤인 입하를 기준으로 하는 것이 적절하다고 한다.

　한국의 다성(茶聖)으로 평가받는 초의선사(草衣禪師)가 쓴 동다송(東茶頌)에 의하면, 중국의 다서(茶書)는 차를 구분하여 "곡우 5일 전이 가장 좋고, 5일 뒤가 다음으로 좋으며, 그 5일 뒤가 그 다음으로 좋다고 하였다. 그러나 경험에 따르면 한국차의 경우 곡우 전후는 너무 빠르고 입하 전후가 적당하다(以穀雨前五日爲上 後五日次之 再五日又次之 然驗之 東茶 穀雨前後 太早 當以立夏前後 爲及時也)"는 것이다.

지금 강진의 백련사에서 반야차를 만들고 계신 여연스님도 같은 말씀을 하신다. 그러면 우리는 최고의 차를 우전이 아니라 하전(夏前)이라고 불러야 하지 않을까?

소나무 아래 정자는 아니더라도 창가에서나마 우전차의 다향을 맡으며 바람결에 묻어오는 신록의 선연한 모습을 눈에 담아 봄은 어떠할는지….

푸른 5월이다.

그나저나 곡우차를 입에 물고 오던 강남 제비는 다 어디로 간 것일까…?

오월의 그리움

-석은수-

아득하게 먼 곳
산 넘어 저쪽
언제부터 생긴
그리움 하나 있습니다.

다정하게 부드러운
푸른색 바람이 머무는 창가
그대 선연한 모습
바람결에 묻어옵니다.

싱그러운 계절
그윽한 향기로 상큼하여
향긋한 느낌
펄펄 날려….

(2011.05.06)

녹음방초승화시
(綠陰芳草勝花時)라

　계절의 여왕이란 호칭이 무색하게 전혀 계절의 여왕답지 않았던 5월이 가고 6월이다. 5월에 일찍 찾아왔던 무더위가 6월에 들어서자 오히려 물러가고 시원한 날이 이어지니 헷갈리기 십상이다. 정말 철이 철들지 않은 듯하다.

　그나저나 이 달마저 지나면 어느새 올 한 해도 꺾이게 된다. 현충일 덕분에 사흘간의 연휴가 시작되지만, 순국선열의 넋을 기리는 일보다는 연휴를 어떻게 하면 즐겁게 보낼까 하는 궁리를 더하게 마련인 게 작금의 세시풍속 아닐까.

　연휴의 끝인 양력 6월 6일은 음력 5월 5일이다. 음양이 절묘한 조화를 이루는데, 양력 기준으로는 망종(芒種)이고 음력 기준으로는 단오(端午)이다.

　24절기 중 아홉 번째에 해당하는 절기인 망종(芒種)은 벼와 같이 수염이 있는 까끄라기 곡식의 종자를 뿌려야 할 적당한 시기라는 뜻이라고 한다. 동시에 보리베기에 알맞은 때이기도 하다. 그래서 "보리는 망종 전에 베라"는 속담이 있는데, 망종까지 보리를 베어야 논에 벼도 심고 밭갈이도 할 수 있다는 뜻이다. 도시생활만 하는 사람들은 "이게 무슨 귀신 씨나락 까먹는 소리여?" 하겠지만, "보리는 익어서 먹게 되고, 볏모는 자라서 심게 되니 곧 망종이니라"라는 말도 전해진다.

　수릿날 또는 천중절(天中節)이라고도 불리는 단오는 초오(初五)의 뜻으로, 五와 午가 같은 음인 데 착안하여 5월의 "첫째(端) 五일"을 단오(端午)로 이름 지은 것이다. 더구나 음력 5월은 말의 달(午月)이니 기막힌 궁합이다.

본래 음양철학에서는 홀수를 양(陽)으로 치고 짝수를 음(陰)으로 치기 때문에, 예로부터 홀수가 겹쳐 생기가 배가되는 3월 3일(삼짓날), 5월 5일(단오), 7월 7일(칠석), 9월 9일(중양절)을 중요하게 생각하였고, 그 중에서도 단오는 일년 중 양기가 가장 왕성한 날이라 하여 큰 명절로 여겨왔다.

단오를 수릿날이라고도 하는 것은, 수리는 신(神)이라는 뜻과 '높다'는 뜻을 지녀 이것을 합치면 '높은 신이 오시는 날'이란 뜻이 된다고 한다.

기생 월매의 딸 춘향이가 그녀의 인생행로를 완전히 바꾸어 놓은 이도령을 처음 만난 날도 바로 단오인데, 결과적으로 춘향에게는 단오가 말 그대로 수릿날, 즉 '높은 신이 오신 날'이었던 셈이다. 양기가 왕성한 이도령이 춘향의 그네 뛰는 모습을 보고 첫눈에 반한 것을 보면 남녀 간의 인연은 예나 지금이나 따로 정해져 있나 보다.

흥미로운 것은 우리나라는 전국 각지에서 단오날에 각종 행사가 펼쳐지는데, 그 중에서 강릉의 단오제가 1967년 중요무형문화재 제13호로 등록되었고, 한 걸음 더 나아가 2005년 11월에는 유네스코 지정 인류 구전 및 문화유산 걸작으로 등록되었다는 사실이다. 이를 알고 중국사람들은 자기네 명절을 도둑맞았다고 매우 흥분하였다고 한다.

[단오도](신윤복)

각설하고,

진짜 은행인지, 아니면 사채업자의 사금고인지 헷갈리는 어느 저축은행 사태로 세상이 어수선하기만 하다. 그런 판국에, 한 해의 반이 접히고 계절의 반이 접힌다고 해서 마음마저 접히면 삶이 너무 서글퍼지지 않을까?

작년 8월에 개통된 북한산 둘레길에 이어 이달 말에는 도봉산 둘레길도 개통된다고 한다. 북한산과 도봉산을 빙 둘러 한 바퀴 도는 두 길을 합치면 총연장 77km(여기도 홀수가 겹친다. 양기가 넘치는 좋은 길인가 보다)라고 하는데, 그 길을 찾아 서글픈 심신을 달래 보면 어떨까?

바야흐로 녹음방초승화시(綠陰芳草勝花時)이니까!

6월의 달력

-목필균-

한 해 허리가 접힌다
계절의 반도 접힌다
중년의 반도 접힌다
마음도 굵게 접힌다

동행 길에도 접히는 마음이 있는걸
헤어짐의 길목마다 피어나던 하얀 꽃
따가운 햇살이 등에 꽂힌다

(2011.06.03)

녹음방초승화시(綠陰芳草勝花時)라 **175**

반환점을 돌아

어느 새 하지(夏至)도 지나고 신묘년이 마침내 반환점을 돌았다. 그 첫날임을 기념하기라도 하는지 오랜만에 아침 햇빛이 반갑게 창을 밝힌다. 그 창가에 서서 바라보는 우면산의 녹음이 마음도 푸르게 한다.

한 해의 절반이 지난 지금, 올해는 천안함 폭침과 연평도 포격과 같은 북한의 도발이 없는데도 각종 무상시리즈와 반값시리즈로 나라는 여전히 온통 시끄러우니 "조용한 아침의 나라"는 도대체 어디로 간 걸까. 대신 "역동의 나라"라고 바꾸어 불러야 하는지.

아직은 긴 장마의 중간지점에 놓여 있다. 그리고 그 장마가 끝나면 무더위가 찾아올 것이다. 그렇지만

"장마와 폭염이 너를 힘들게 한다 해도 슬퍼하거나 노하지 마라"

불어난 강물에 떠내려 온 나룻배가 없는지 그 배를 장식한 칡꽃을 찾아, 아니 그 꽃을 보낸 그리운 님을 찾아 녹음진 여름길을 떠나 볼거나.

그리운 폭우

어젠 참 많은 비가 왔습니다
강물이 불어 강폭이 두 배도 더 넓어졌답니다
내 낡은 나룻배는 금세라도 줄이 끊길 듯 흔들렸지요
그런데도 난 나룻배에 올라탔답니다
내 낡은 나룻배는 흙탕물 속으로 달렸습니다

아, 참 한 가지 빠뜨린 게 있습니다
내 나룻배의 뱃머리는 지금 온통 칡꽃으로 뒤덮여 있습니다
폭우 속에서 나는 종일 꽃장식을 했답니다

날이 새면 내 낡은 나룻배는 어딘가에 닿아 있겠지요
당신을 향한 내 그리움의 지름길은 얼마나 멀고 또 험한지……

사랑하는 이여,
어느 河上엔가 칡꽃으로 뒤덮인 한 나룻배가 엎혀 있거든
한 그리움의 폭우가 이 지상 어딘가에 있었노라
가만히 눈감아 줘요.

〈시집〉『꽃보다 먼저 마음을 주었네』, 곽재구, 1999, 열림원

(2011.07.01)

기청제(祈晴祭)

입추는 곡식이 여무는 시기이므로 옛날에는 이날 날씨를 보고 점을 쳤다고 한다. 입추에 하늘이 청명하면 만곡(萬穀)이 풍년이라고 여기고, 이날 비가 조금 내리면 길하고 많이 내리면 벼가 상한다고 여겼다. 한 마디로 입추 무렵은 벼가 한창 익어가는 때여서 맑은 날씨가 계속되어야 한다. 그래서 조선 시대에는 입추가 지나서 비가 닷새 이상 계속되면 조정과 각 고을에서 비를 멎게 해달라는 기청제(祈晴祭)까지 올렸다고 한다.

그런데, 지난 7월 말부터 한반도에서 벌어지고 있는 이상한 날씨가 21세기의 오늘날에 바로 그 기청제를 떠올리게 한다. 서울에 쏟아진 집중호우와 우면산의 산사태, 그리고 이어진 태풍. 거기에 더하여 호남의 일부 지방에는 오늘도 200mm 이상의 비가 더 올 모양이다. 어찌하여야 하나?

날씨뿐만 아니라 세계를 휩쓸고 있는 경제위기가 가슴을 답답하게 한다. 신문을 펴들면 무엇 하나 시원한 기사가 눈에 안 띈다. 오늘 저녁 펼쳐질 축구 국가대표 한일전에서나마 통쾌한 소식을 기대하여 본다. 독도와 동해 표기를 둘러싸고 부쩍 못된 짓을 골라하는 일본, 그들은 정녕 우리에게는 참된 이웃이 될 수 없는 나라인가? 이래저래 정신을 바짝 차려야겠다.

아울러 앞으로 어려운 시기에 정말 훌륭하고 존경받는 분이 사법부를 제대로 이끌어 갈 새로운 수장이 되길 바라는 것은 범부만의 소망이 아닐 것이다.

(2011.08.10)

가을만큼만

백로(白露)이다. 밤 동안에 기온이 크게 떨어져 대기 중의 수증기가 엉겨 풀잎에 흰 이슬이 맺히니 이름하여 백로인 것이다. 어느 새 금풍(金風)은 삽삽하고, 동방에 실솔(蟋蟀) 울어 깊은 수심 자아내는데, 제비는 강남으로 가고, 그 대신 창공의 홍안성(鴻雁聲)이 먼 데 소식 전해온다.

만곡이 무르익는 포도순절(葡萄旬節)이지만, 서울시장 선거에 서울시 교육감 문제가 겹쳐 나라 안이 온통 어수선하다. 나라 밖에서는 언제 가라앉을지 기약이 없는 경제위기가 여전히 소용돌이치고 있다. 온 세상이 조용한 곳이 한 군데도 없다는 생각을 지울 수 없다.

그 와중에 다행스럽게도 사법부를 새로이 이끌어갈 대법원장 후보자의 인사청문회가 별다른 이슈 없이 끝나고, 각종 매체마다 새 대법원장에 대한 기대와 요구를 쏟아내고 있다. 무엇보다도 "신뢰받는 법원"을 위한 노력이 화두가 될 것 같다. 모두가 함께 고민하고 지혜를 모아야 할 것이다.

곧 한가위명절이다. 여름 내내 쏟아진 비로 인하여 올 추석은 예년처럼 오곡이 풍성하지는 않을 듯하다. 그래도 마음만은 풍성하면 좋겠다. 그래서 이 가을의 초입에 한 가지만 소망하여 본다. 더도 덜도 말고

"이 가을에는 가을만큼만 세상을 사랑하고 싶다."

(2011.09.08)

흔들리는 억새풀 사이로

국화주를 마시며 장수를 기원한다는 중양절(重陽節)이 이틀 전에 지나고, 다시 이틀 후면 국화꽃에 찬 이슬이 맺히는 한로(寒露)이다. 그리고 얼마 후면 서리가 내리는 상강(霜降)이다.

녹음방초승화시를 노래한 게 엊그제인데, 어느새 "한로상풍(寒露霜風) 요란해도 제 절개를 굽히지 않는 황국단풍(黃菊丹楓)"을 찾게 되었다. 오래 못 만난 이들이 문득 그리워지고, 스님들 독경소리가 한결 청아해지면서, 흔들리는 억새풀 사이로 가을이 곁에 와 있다.

그 옛날 어느 시인은

"낙양성에서 가을바람을 만나, 문득 집에다 편지를 쓰려 하니 온갖 생각이 넘쳐난다(洛陽城裏見秋風, 欲作家書意萬重)".
〈장적(張籍)의 시 추사(秋思) 중에서〉

고 노래했다. 그 흉내를 내려고 글틀 앞에 앉았지만, 온갖 생각이 넘쳐나 갈피를 잡을 수 없다. 그 시인처럼 마음만 앞세우다 할 말은 다 못하기 십상이다(復恐匆匆說不盡).

아침 저녁으로 찬 기운에 옷깃을 여미지만, 한낮에 창문에 기대어 바라보는 하늘은 그야말로 청명 그 자체이다. 푸른 5월도 좋지만, 한국의 가을은 정말로 범부의 마음을 설레게 한다.

그런 반면, 먼 발치에 보이는 우면산과 관악산의 색이 조금씩 변하는 것을 보며 세월의 흐름이 가져다 주는 의미를 되새겨 본다. 계절은 순환하는데 세월은 왜 일방통행만 하는 걸까. 스티브 잡스가 세상을 떠났다. 아이폰 하나로 세상을 바꿔놓을 듯 위세를 떨치던 그였지만, 흐르는 세월과 병마 앞에서는 그 역시 하나의 나약한 인간에 불과했나 보다. 그런가 하면 그가 죽었다는 소식이 전해지자 삼성전자와 LG전자의 주가가 오른 것은 "남의 불행이 곧 나의 행복"이라는 정글법칙에 따른 것일 게다.

영화 "도가니"의 열풍이 거세다. 사법부는 새 대법원장님이 취임하신 것을 계기로 "국민 속으로 들어가 소통하는 법원"이 되기 위해 노력하려는데, 영화 속의 법원은 욕 먹기에 딱 좋은 모습으로 그려져 있다. 다행히 언론에서 실제 재판은 그렇지 않았다고 보도를 하였지만, 대법원 국정감사에서 국회의원들이 목소리를 높이는 것을 보면서, 국민들의 눈에 비치는 법원의 모습을 다시 한번 생각해 보게 된다.

"재판은 어떻게 하느냐도 중요하지만, 어떻게 보이느냐도 그에 못지 않게 중요하다"

는 말이 생각난다.
확실히 만물은 유전(流轉)하나 보다.

구름이 지상에서 일어나는 일에
덜 관심을 보이며
높은 하늘로 조금씩 물러나면서
가을은 온다

차고 맑아진 첫새벽을
미리 보내놓고

가을은 온다

코스모스 여린 얼굴 사이에 숨어 있다가
갸웃이 고개를 들면서
가을은 온다

오래 못 만난 이들이 문득 그리워지면서
스님들 독경소리가 한결 청아해지면서
가을은 온다

흔들리는 억새풀의 몸짓을 따라
꼭 그만큼씩 흔들리면서
너도 잘 견디고 있는거지
혼자 그렇게 물으며
가을은 온다

(도종환의 시 "다시 가을")

(2011.10.07)

왕복표를 팔지 않는다

어느 새 신묘년의 달력이 한 장밖에 안 남았다. 가슴 설레이며 토끼의 해를 맞이하였던 기억도 이젠 아스라한 추억의 저 편으로 물러앉았다. 참으로 정신 못 차릴 정도로 빠르게 지나가는 세월이다.

인생은 왕복표를 팔지 않기 때문에 한번 출발하면 다시 돌아오지 못하건만, 그래서 다시 돌아올 수 없는 길을 가고 있는데도 마치 언제라도 돌아올 수 있는 것처럼 생각없이 가다 보니 올해도 여기까지 왔다.

법정스님은,

세월은 가는 것도 오는 것도 아니며,
시간 속에 사는 우리가 가고 오고 변하는 것일 뿐이다.

세월이 덧없는 것이 아니고,
우리가 예측할 수 없는 삶을 살기 때문에 덧없는 것이다.

되찾을 수 없는 게 세월이니
시시한 일에 시간을 낭비하지 말고
순간순간을 후회 없이 잘 살아야 한다.

는 법문을 남기셔 깨우침을 주려 하셨지만, 우매한 중생에겐 실로 지난한 일이다.

돌이켜보면, 나라 안팎으로 쉽고 즐거운 일보다는 어렵고 힘든 일이 더 많았던 한 해이다. 그렇지만 마지막 남은 한 장의 달력마저 떼어낼 때쯤이면 그 모든 일도 언제 그런 일이 있었나싶게 잊혀지겠지. 사진첩에 꽂아둔 지난 계절처럼 말이다.

하루하루 가슴조렸던 마음도, 희로애락으로 점철되었던 마음도, 마지막 남은 한 장의 달력마저 떼어낼 때쯤이면 거짓말처럼 다 잊혀지겠지.

강원도에는 많은 눈이 내렸다고 한다. 소설이 지나고 대설이 1주일 남은 시점이니 눈이 많이 온다고 이상할 것도 없는데, 정작 서울에는 이번 주말에도 비가 온다고 한다. 비록 날씨는 종잡을 수 없어도 우리의 삶은 종잡을 수 있어야 하지 않을는지.

(2011.12.01)

흐르는 강물처럼

그야말로 강물 같은 세월이 흘러 또 한 해가 가고 새로운 한 해가 다가온다.

그렇지만 그 해가 가고 오는 것은 실제로 그렇게 가고 오는 것이 아니라 단지 내가 그렇게 생각하기 때문일 뿐인지도 모른다. 어제 진 해와 오늘 뜬 해가 하나도 다를 게 없으니 말이다.

그래도 범부는 그 마음과 씨름하느라 삶의 모자이크를 맞추느라 늘 노심초사하는 나날을 보내지만 언제나 미완성인 상태에서 느끼는 아쉬움으로 신묘년의 달력을 임진년의 그것으로 바꿔 본다.

용이 용트림을 하면 천변만화가 일어난다고 한다. 흑룡의 해를 맞아 일어날 천변만화 속에서도 늘 초심을 유지할 수 있으려나….

(2011.12.30)

흑룡의 해에 쓰는 입춘방

60년 만에 찾아왔다는 흑룡의 해가 시작되어 벌써 한 달이 다 지나가고 있다. 그 사이에 민속명절 설도 지났다.

흔히들 지구 온난화로 아열대기후가 되어 간다고 하는데, 정작 겨울은 여전히 춥기만 하다. 또다시 영하 10도를 오르내리는 날씨가 예보되고 있다. 전에는 아무리 추워도 삼한사온이 있어 그나마 인간미가 느껴졌건만, 이제는 그것이 그야말로 옛말이 되어 버리고 추위가 한번 몰려오면 물러날 줄 모르니, 기후도 삭막해진 세태를 기후도 따라가는 모양이다. 한동안 푸근하다가 하필이면 설날에 매서운 추위가 몰아닥치는 것은 무슨 조화인가.

온난화가 고작 서울 하늘에서 눈만 없애 버려 백설이 만건곤하는 설국의 풍경을 즐기는 낭만만 빼앗긴 기분이다. 마지못해 어쩌다 오는 눈은 시작과 동시에 그치는 통에 겨울가뭄이 해소될 기미가 전혀 안 보인다. 겨울가뭄이 심하면 여름에 흉년이 드는데….

지난 해만 해도 사무실에서 우면산의 설경을 바라보는 재미가 쏠쏠했는데, 수마가 할퀴고 간 상처가 여전히 그대로 남아 있는 그곳에는 먼지만 펄펄 날리고 있다. 내일은 눈이 온다고 하니 마지막으로 기대하여 볼까.

용이 승천하면 천변만화가 일어난다는데, 요즘의 날씨를 보면 그 천변만화가 좋은 방향으로만 일어날 것 같지는 않다. 유럽발 경제위기가 어떻게 결말지어질지 아직도 혼돈 속에 있고, 그 바람에 경제는 자꾸 뒷걸음치는데, 우리나라를 비롯하여 세계의 주요국가가 선거열풍에 휩싸여 있어, 올 한 해가 과연 태평할 수 있을지 걱정이다.

　승천을 준비하고 있을 흑룡에게 제물이라도 바치고 고사를 지내볼까.
　그 제단에

"국태민안 가급인족(國泰民安 家給人足)"
(나라가 태평하고 백성이 편안하니, 집집마다 살림이 넉넉하여 사람들이 풍족하다)

이라고 방을 써붙이는 것은 어떨까.

　이제 몇일 후면 입춘이다. 흑룡에게 재를 올리는 제단에 써붙일 방을 그대로 입춘을 맞는 입춘방으로 해야겠다는 마음이 절실하다. 이런 절절한 소망이 나만의 생각은 아니리라.

　동장군이 제 아무리 기승을 부린들 곧 봄이 올 것이다.
　손가락 끝에 봄바람 불거든 하늘의 뜻을 살펴볼거나.
　(指下春風 乃見天心).

(2012.01.30)

춘분날 아침에

춘분이다. 태양이 남쪽에서 북쪽으로 향하여 적도를 통과하는 점, 곧 황도(黃道)와 적도(赤道)가 교차하는 점인 춘분점(春分點)에 이르렀으니, 태양의 중심이 적도(赤道) 위를 똑바로 비추는 날이다. 이제부터 밤보다 낮이 길어지고, 겨우내 세상을 지배하였던 음의 기운을 양의 기운이 압도하기 시작한다. 영하의 꽃샘추위가 제아무리 기승을 부린들, 다가오는 봄기운을 어찌하겠는가.

지난 10일 경기도 연천의 휴전선 바로 밑에 있는 고대산(해발 832m)을 다녀왔는데, 산 위에는 아직 잔설이 덮여 있었지만 철원평야로 이어지는 3번 국도변에는 봄이 오는 소리가 한창이었다. 고대산 정상에 서면 철원평야와 유명한 백마고지가 한 눈에 들어온다.

그 뒤로는 내 땅이면서도 갈 수 없는 동토의 땅, 북녘의 산하가 펼쳐진다. 분단의 아픈 상처는 언제나 치유될 수 있을까. 산밑 신탄리역(경원선의 마지막 역)에 있는 "철마는 달리고 싶다"는 표지판이 눈에 삼삼하다.

휴전선 이남에는 봄소식이 완연한데, 그 이북에는 언제나 그 봄소식이 전해지려나. 봄의 온기를 함께 나누기는커녕 뜬금없이 북한에서 광명성3호를 발사한다는 소식이 우리의 마음을 더욱 아프고 슬프게 한다.

문득 어느 시인의 노래가 생각난다.

이 봄에
아프지 않은 것 있을까
아직 살아 있는 것 중에
숨가쁘지 않은 것 있을까

눈을 뜨고도
나는 아직 보지 못하는
그 어둠의 맑은 水液,
아픔을 삭이며
외면했던 꽃잎이 돌아 오고,

빛을 향하여
땅을 향하여
제각기 무언가를 향하여
기울어지는 生命,

물결처럼 돋아나는
발자국 소리를 듣는다

새로 門을 연 하늘가
종일 몸살로 뒤채는 계절,
이른 봄날 아침에
마른 기침 소리로 깨어나는
길모퉁이 작은 풀들을 본다

조심스레 일어나는
작은 아픔들을 본다

- 정은희, "이른 봄날 아침에" -

봄이 오는 길목인데, 이번 주말에는 꽃샘추위도 물러간다니 '매화따라 삼천리' 여정을 떠나 보고 싶은 마음이 굴뚝 같다. 그런데 그러면 산더미 같은 사건은 언제 처리하누…. 마음만 남도길로 떠나 보내고 몸은 사무실을 지켜야겠지.

(2012.03.22)

달리 부를 이름이 없다

　북극의 얼음이 녹은 차가운 기온이 내려온 탓에 예년보다 봄이 늦게 찾아온 때문일까, 개나리, 목련, 벚꽃, 진달래가 한꺼번에 피어 말 그대로 백화제방(百花齊放)의 계절이다. 그런데 지난 주에 농촌에서 못자리를 위해 볍씨를 물에 담그는 등 본격적으로 영농이 시작되는 곡우(穀雨)가 지나고 나니 갑자기 여름이 온 듯한 날씨이다. 정작 입하(立夏)는 다음달 5일로 아직 열흘이나 남았는데, 오늘 낮 서울의 기온이 영상 28도라니….

　봄가뭄이 계속되는 통에 여기저기서 걱정의 소리가 들렸는데, 지난 20일 곡우에는 신기하게도 절기에 맞춰 비가 많이 내렸다. 곡우의 뜻 자체가 '봄비(雨)가 내려 백곡(穀)을 기름지게 한다'는 것이니, 자연의 오묘한 섭리가 놀랍기만 하다. 아니 그보다는 계절의 변화에 맞춰 절기의 이름을 적절하게 붙인 인간의 지혜가 더 뛰어난 것인지도 모르겠다.

　온갖 풍설과 전망이 난무했던 19대 총선이 4월 11일에 어느 누구도 예측하지 못했던 결과를 보이고 막을 내렸습다. 마치 골프의 결과는 마지막 장갑을 벗어 보아야 안다는 것을 연상케 하였다.
　이번 총선결과를 보면 확실히 우리나라는 '좋게 말하면 역동적(다이나믹)이고, 나쁘게 말하면 예측불능'이라는 어느 시사평론가의 말이 떠오릅니다. 연말 대선에서는 또 어떤 결과가 나올는지…. 내노라하는 용한 점쟁이도 답을 맞추기 쉽지 않을 듯하다.

그나저나 6월부터 임기가 시작하는 19대 국회는 제발 '국민을 생각하는, 국민을 위한 국회'가 되길 기대하여 본다. 국민에 의하여 뽑힌 국회의원으로 구성된 국회인 만큼 그런 기대가 결코 무리한 것을 요구하는 것은 아니리라.

　사무실의 창문을 통해 바라보이는 우면산의 모습이 하루하루 초록색으로 변해 간다. 그 산이 푸르게 변하듯, 우리 마음도 푸르게 생동하는 봄날이었으면 좋겠다. 그런데 봄은 역시 다른 수식어를 붙일 것도 없이 그냥 "봄"이라고 부르는 것만으로도 그 느낌이 그대로 생생하게 피부에 와 닿지 않을까.

　봄이다.
　그것 말고는 달리 부를 이름이 없다.

(2012.04.24)

땅끝의 봄

땅끝마을 해남에 있는 미황사의 현재 전경이다. 말 그대로 봄이 한창이다. 주지스님(금강스님)이 혼자 보기 아깝다고 보내 주신 사진인데, 나 역시 혼자 보기 아까워 이곳에 올린다. 절의 뒷산은 유명한 달마산이다.

지난 주말이 입하(立夏)였는데, 마침 음력으로 3월 보름었다. 19년 만에, 그래서 21세기 들어서는 처음으로 하늘에서 장관을 연출한 초대형 보름달(Super Moon)의 모습이 아직도 뇌리에 선명하다.

　올해 슈퍼문은 그리니치 표준시 (GMT)로 지난 6일 오전 3시30분(한국시각 낮 12시30분) 달이 타원형 궤도에서 지구에 가장 근접한 지점에 도달해 최고의 크기와 밝기를 보여 준 것이다. 미국우주항공국(NASA)에 따르면, 올해 슈퍼문은 일반 보름달에 비해 14% 크게 보이고, 밝기도 30%나 환하였다고 한다. 지구와 달 사이의 평균 거리는 38만4000km에 이른다. 슈퍼문은 지구와 달이 제일 멀리 떨어져 있을 때보다 약 5만km나 지구에 다가선 35만6400km에 있을 때 뜬다.

　서양에는 슈퍼문이 뜨면 지구에 재앙이 온다는 미신도 있다지만, 범부는 오히려 이 땅에 서광이 비칠 징조라고 믿고 싶다. 그래서 모든 이에게 더 큰 행복이 깃들기를 기원한다.

(2012.05.09)

이웃나라인가 먼 나라인가

우리에게 일본이라는 나라는 어떤 존재일까. 이웃나라인가 먼 나라인가. 이는 고대시대로부터 현재에 이르기까지 우리에게 주어진 숙명적인 화두가 아닐까.

제2차 세계대전 당시 이웃나라 국민을 강제 동원해 노역을 시켰던 나치 정권을 승계한 독일은 정부와 당시 강제 노역에 관여했던 기업이 나서서 나치 정권의 강제노역에 동원됐던 생존자 150만 명에 대해 1999년 12월 배상금을 지급하기로 합의했다. 강제 노역을 시켰던 독일 기업들은 독일 정부가 50억 마르크를 출연하기로 한 것에 더해 강제 노역 보상금 모금 재단을 만들어 기금을 모은 뒤 배상했다.

그런데 같은 기간에 같은 짓을 저질렀던 일본은 어떤가. 그들은 이제껏 모르쇠로 일관하고 있다. 일본의 정부도 기업도, 그리고 사법부까지도….

보다 못한 우리나라의 대법원이 2012. 5. 24. 이 문제를 정면으로 돌파했다. 강제 노역의 피해를 배상하라고.

아래는 이를 가장 심도 있게 다룬 동아일보의 기사들이다.

[대법 "일제 강제징용 배상해야"] "강제징용, 일 기업 배상의무 있다"

– 대법, 일 최고재판소 배상불가 판결 정면 반박
– "식민지배 합법성 전제로 한 판결 인정 못해"

일제강점기 강제징용 피해자에게 일본 기업이 손해를 배상해야 한다는 대법원 판결이 처음으로 나왔다. 1945년 광복 후 67년 만이다. 피해자들이 1995년 일본에서 처음 소송을 낸 이후로는 17년 만이다. 이번 판결은 징용 피해자들이 일본에서 제기한 동일한 소송에 대해 일본 최고재판소가 내린 패소 판결을 정면으로 뒤집은 것이다.

대법원 1부(주심 김능환 대법관)는 1941년부터 1944년 사이에 일본으로 강제 동원된 여운택 옹(89) 등 강제징용 피해자 9명이 일본 미쓰비시 중공업과 신일본제철을 상대로 낸 손해배상 및

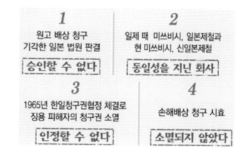

임금지급 청구소송 상고심에서 원고 패소 판결한 원심을 깨고 24일 사건을 부산고법과 서울고법으로 돌려보냈다. 재판부는 판결문에서 "1965년 한일 청구권협정은 일본의 식민지배에 대한 배상을 청구하기 위한 협상이 아니라 양국 간 재정적 민사적 채권·채무관계를 정치적 합의에 따라 해결하기 위한 것"이라며 "협정 적용 대상에는 일본이 관여한 반인도적 불법행위나 식민지 배와 직결된 불법행위로 인한 손해배상청구권이 포함된다고 보기 어렵기 때문에 징용 피해자들의 소송 청구권은 소멸하지 않았다"고 밝혔다.

일본 최고재판소는 2003년과 2007년 원고 패소 판결을 내리면서 "한국인에 대한 일본의 식민지배는 합법적이기 때문에 일본이 국가총동원법과 국민징용령을 한국인에게 적용하는 것이 유효하다"고 주장했다. 또 2009년 부산고법과 서울고법 등에서 내려진 항소심 선고에서는 "대한민국 법원이 일본 판결의 효력을 승인하는 것이 헌법정신에 위반되지 않고, 소멸시효가 완성됐다"는 등의 이유로 원고 패소 판결을 내렸다.

하지만 대법원은 "일본 최고재판소 판결은 일제의 강제동원 자체를 불법이라고 보고 있는 대한민국 헌법의 핵심적 가치와 정면으로 충돌하기 때문에 그 효력을 인정할 수 없다"고 판단했다. 대법원은 징용 피해자들의 손을 들어주면서 △일본 최고재판소가 내린 패소 확정 판결을 승인할 수 없고 △일제강점기에 징용을 했던 옛 미쓰비시와 현재의 미쓰비시, 옛 일본제철과 현재 신일본제철의 동일성이 인정되며 △한일청구권협정 체결로 징용 피해자들의 청구권이 소멸하지 않고 △민법상 권리행사 기간인 소멸시효가 완성되지 않았다는 네 가지 이유를 들었다.

앞으로 부산고법과 서울고법에서 열릴 파기환송심에서는 새로운 쟁점이 다시 돌출되지 않는 한 대법원 판결 취지대로 원고 승소로 판결하게 될 것으로 보인다. 또 파기환송심에서는 원고들이 손해배상액으로 청구한 1억~1억 100만 원 가운데 배상액을 정하게 된다. 일제강점기에 군인과 노무자 등으로 강제징용을 당해 피해를 봤다고 정부에 신고한 사람은 전국적으로 22만 4835명이다.

(신민기 기자 minki@donga.com) (김성규 기자 sunggyu@donga.com)
(광주=이형주 기자 peneye09@donga.com)
(출처 : http://news.donga.com/Society/Law/3/0304/20120525/46504828/1)

* * *

[대법 "일제 강제징용 배상해야"] "개인 청구권은 1965년 한일협정으로 소멸한 것 아니다"

– 대법, 징용배상 첫 판결… 일 최고재판소 판결 뒤집어

대법원의 24일 판결은 일제강점기 식민지배로 피해를 본 대한민국 국민이 일본 기업을 상대로 제기한 여러 소송에서 승소 가능성을 인정한 최초의 사법적 판단이라는 점에서 의미가 크다. 주심인 김능환 대법관은 "건국하는 심정으로 이 판결을 썼다"고 주변 지인에게 털어놓은 것으로 알려졌다.

① 일제 식민지배는 불법, 국민징용령도 무효

대한민국 대법원 판결과 일본 최고재판소가 내린 판결은 4가지 쟁점에서 판단이 크게 갈렸다. 우선 일본 최고재판소는 일제강점기 한반도에 대한 일본의 식민지배를 합법이라고 봤다. 따라서 당시 일본인에게 적용한 국민징용령을 한국인에게도 똑같이 적용할 수 있기 때문에 강제동원은 합법이라고 주장했다.

하지만 대법원은 "우리 헌법에 비춰 볼 때 일제의 식민지배는 불법적인 강점(强占)에 지나지 않는다"며 "당시 강제동원도 당연히 불법"이라고 밝혔다. 따라서 일본 법원의 판결 효력도 인정할 수 없다는 것이다. 민사소송법 제217조 3호는 '외국 법원이 내린 확정판결의 효력을 인정하는 것이 대한민국의 선량한 풍속이나 그 밖의 사회질서에 어긋나지 않아야 한다'고 규정하고 있다.

② 법인만 바꿨다고 다른 회사 아니다

일본 최고재판소는 강제징용 주체인 옛 미쓰비시, 옛 일본제철과 현재 미

쓰비시, 신일본제철은 법인이 달라 강제징용 피해자에 대한 채무를 승계할 수 없다고 주장했다.

하지만 대법원은 법인을 변경한 배경에 주목했다. 일본은 패전 직후인 1946년 일본 기업들이 부담할 배상 채무와 노무자들에 대한 미지급 임금 채무 등을 해결하기 위해 '회사경리응급조치법'과 '기업재건정비법'을 제정해 회사의 사업과 재산 등을 정리했다. 옛 미쓰비시와 일본제철도 이 법에 따라 1950년 해산된 뒤 여러 절차를 거쳐 1964년 지금 법인으로 바뀌었다. 대법원은 "법인만 바뀌었을 뿐 실질적으로 동일한 회사"라고 판단했다.

③ 한일 청구권협정이 국민 개인의 청구권까지 없앨 수 없어

한일 청구권협정은 일제강점기 피해에 대한 손해배상 문제에서 늘 피해자의 발목을 잡는 장애물이었다. 1965년 한일이 체결한 '한일협정'의 부속협정인 '청구권·경제협력에 관한 협정' 제2조는 "양국의 모든 청구권에 관한 문제는 완전히 그리고 최종적으로 해결된다는 것을 확인한다"고 돼 있다. 일본은 이 조항을 들어 청구권의 소멸을 주장해왔다.

그러나 대법원은 "일본 국가권력이 관여한 반(反)인도적 불법행위나 식민지배와 직결된 불법행위로 인한 손해배상청구권은 청구권협정의 적용 대상에 포함되지 않는다"고 반박했다. 2005년 8월 국무총리실 산하 '한일회담 문서 공개 후속대책 민관공동위원회'는 청구권과 관련해 이 같은 해석을 내놨었다. 대법원이 이 위원회의 해석을 판단의 준거로 삼은 것이다.

④ 민법상 소멸시효 안 지나

일본 최고재판소는 한일 청구권협정이 아니더라도 원고의 청구는 일본 민법상 제척기한인 20년과 안전배려의무 위반에 대한 손해배상 소멸시효(10년)가 완성됐다는 이유를 들어 기각한 바 있다.

하지만 한국 대법원은 "민법상 채권의 소멸시효(발생일로부터 10년, 안 날로부터 3년)가 완성돼 청구를 거절한다는 주장은 신의성실의 원칙 위반"

이라고 일축했다. 1965년 체결된 한일 청구권협정으로 개인 청구권이 없어 졌다는 설이 많아 개인이 청구권을 행사하기 어려웠다는 것이다.

성낙인 서울대 법학전문대학원 교수는 "일제강점기 피해에 대해 적극적으로 일본 측 책임을 물었다는 점에서 의미가 큰 판결"이라고 평가했다.

(신민기 기자 minki@donga.com)
(출처 : http://news.donga.com/Society/3/03/20120525/46505087/1)

* * *

"기존판결에 구애받지 말고 원점서 재검토하라" 김능환 대법관의 소신

- 강제징용 배상 판결때 청구권 적극해석 주문

일제강점기 강제징용 피해자들에 대한 대법원의 첫 손해배상 인정 판결에 한일청구권협정 해석에 관한 쟁점이 새롭게 포함된 것은 이 사건 주심인 김능환 대법관의 남다른 소신과 해박한 법리가 뒷받침됐기에 가능했다. 당초 이 사건의 1, 2심 쟁점에는 한일청구권협정에 대한 해석 문제가 포함되지 않았지만 '민사법의 대가(大家)'인 김 대법관이 판결의 법적 완결성을 구현하기 위해 원심 판결문이 직접 쟁점으로 삼지 않았던 한일청구권협정까지 쟁점으로 다뤄 대법원 판결문에 넣었다는 것.

27일 법원 관계자에 따르면 김 대법관은 강제징용 피해 배상 판결을 검토하면서 "1, 2심 쟁점 판단에 머무르는 일반적 대법원 판결을 뛰어넘어야 한다"고 했다고 한다. 김 대법관은 사건의 기초 자료와 쟁점을 정리해 대법관을 보좌하는 재판연구관들에게 "국내외 기존 판결과 다수 의견에 구애받지

말고 사건을 원점에서 재검토할 것"을 강조했다는 후문이다. 현재 대법원에는 '전속재판연구관'이 대법관마다 3명씩 총 36명이 배치돼 있다. 또 특정 대법관에 전속되지 않으면서 중요사건을 공동으로 연구하는 '공동재판연구관 68명이 있다.

이에 따라 민사를 담당하는 공동재판연구관 2개조(1조는 10~12명) 가운데 5, 6명은 2009년 3월 이 사건이 대법원에 접수된 직후부터 3년여간 자료 수집과 법리 검토에 매달린 것으로 알려졌다. 이들은 이 사건의 원고들이 과거 미국과 일본에서 소송을 내 패소했던 판결문 원문은 물론이고 군 위안부 할머니들이 미국과 일본에서 패소한 판결문도 샅샅이 살펴 외국 판결이 어떤 논리로 구성돼 있는지를 치밀하게 파악했다. 제2차 세계대전 때 주변국 사람들을 강제 동원해 노역을 시킨 독일 기업들이 재단을 만들어 피해를 배상한 것을 연구한 국내 논문들도 심도 있게 검토됐다. 법원의 한 관계자는 "3년간 수집한 자료를 쌓으면 최소 2m는 넘을 것"이라고 귀띔했다.

하지만 쟁점에 대한 기초분석과 검토는 시작에 불과했다. 김 대법관은 검토결과를 보고받을 때마다 보완이 필요한 쟁점을 지적해 추가 검토를 지시했다. 한일청구권협정 해석 등 난해한 새 법리를 구성하는 것은 온전히 김 대법관의 몫이었다. 징용피해자 사건 외의 다른 일반 사건도 배당받아 처리해야 하는 상황이었던 탓에 김 대법관은 밤에 대법원 청사에 남아 일하는 날이 잦았다. 대법관의 야근이 늘자 보좌하는 재판연구관들은 더 바빠졌다. 재판연구관은 원래 야근을 밥 먹듯 하지만 이 사건을 검토한 연구관들은 평일에 매일 야근하는 것은 물론이고 주말 이틀 가운데 하루는 출근한 것으로 전해졌다.

대법원의 내부 검토 과정에서는 한일청구권협정 해석을 판결에 포함할지를 놓고 일부 신중론도 제기된 것으로 알려졌다. 한일 정부가 외교적으로 예민하게 받아들일 수 있는 사안이어서 이번에는 일본 판결을 승인하지 않는다는 정도만 대법원 판결문에서 밝히고 파기환송심에서 먼저 판단한 뒤 대법원이 최종 판단하는 것도 고려해볼 수 있지 않느냐는 의견이었다. 하지만 김 대법관은 "이번 기회에 대법원이 최종적인 분쟁을 해결할 수 있도록 천명을 해야 한다. 17년간 소송에 매달린 강제징용 피해자들의 권리구제를 더는 미루게 해선 안 된다"며 적극적으로 사안을 밀고나갔던 것으로 알려졌다. 이에 대해 대법원 측은 "사건의 합의과정에 대해서는 단 한 번도 외부로 새나간 적이 없다"며 "이 부분은 알 수도 없고, 알려져서도 안 되는 부분"이라고 밝혔다.

(이태훈 기자 jefflee@donga.com) (김성규 기자 sunggyu@donga.com)
(출처 : http://news.donga.com/3/all/20120528/46561341/1)

* * *

[일 언론] "한국 대법원 판결은 밥상 뒤엎는 일"

- "지금까지의 주장과 모순"… 한국정부 대응에 촉각
- "한국 대법원의 판결은 이미 차려진 밥상을 뒤엎는 일이다."

'일제 징용 피해자들의 개인청구권이 유효하다'는 한국 대법원의 판결이 나오자 일본 언론은 "지금까지 한국 정부가 주장해온 입장과 모순된다"며 예민한 반응을 보였다. 특히 소송을 당한 일본 기업들이 손해배상을 끝까지 거부할 경우 한국 정부가 어떻게 나올지 촉각을 곤두세우는 모습이다.

아사히신문은 25일 "한국 대법원의 판결은 지금까지 한국 정부가 주장해 온 범위를 넘어서는 것이어서 논란이 예상된다"고 전했다. 그동안 한국 정부는 '강제동원 피해자 문제는 한일청구권 협정 대상에 포함되고 일본군 위안부 등 일부 사안은 포함되지 않았다'는 입장에서 일본과 협상해 왔다는 것이다.

니혼게이자이신문은 "한일 양국이 협정으로 해결한 피해보상 문제를 다시 제기하는 것은 일본 입장에서 보면 밥상을 뒤엎는 일"이라고 주장했다. 신문은 "판결이 확정되면 일본 판결과 달라도 한국 내에서는 효력을 갖게 된다"며 "일본 기업이 배상금을 지불할 것인지 판단해야 하는 상황에 직면했다"고 전했다. 또 신문은 일제강점기 강제징용 관련 일본 기업이 200여 개에 달해 실제로 한국인 피해자들의 소송이 이어질 수 있다며 경계심을 나타냈다.

산케이신문은 "소송 원고 측은 '판결이 확정되면 한국에 있는 일본 기업의 자산을 압류할 수 있다'고 강조하는데 일본 기업이 거부하면 한국 정부의 공권력 행사가 필요하다"며 "이럴 경우 한국 정부는 한일 청구권 협정에 어긋나는 대응을 해야 한다"고 보도했다.

대법원의 이번 판결로 한일 외교가 또 다른 난관에 봉착했다는 분석도 나왔다. 도쿄신문은 지난해 헌법재판소의 위안부 판결에 이어 대법원 판결로 한일 외교는 전후 보상과 역사문제의 갈등이 재연될 소지가 커졌다고 지적했다. 니혼게이자이신문은 "이런 판결이 잇따라 나온 것은 한국이 경제위기를 극복하고 자신감을 얻게 되자 일본에 자기주장을 하는 것을 망설이지 않게 됐기 때문"이라고 풀이했다.

(도쿄＝김창원 특파원 changkim@donga.com)
(출처 : http://news.donga.com/Society/Law/3/0304/20120525/46532935/1/)

＊　＊　＊

법원 "일제 강제징용 피해자에 일 기업이 배상하라"
(동아일보 2013. 7. 11.자)

- 한국인 4명 신일본제철 상대 소송, 서울고법 "1억씩 지급" 첫 배상판결
- 국내 20여만명 소송 잇따를 듯

일제강점기 강제징용 피해자에게 해당 일본 기업이 손해배상을 하라는 첫 판결이 나왔다. 강제징용 피해자들이 2005년 법원에 소송을 제기한 지 8년 만이다. 현재 강제징용 생존 피해자는 20만 명으로 추산되며 이번 선고를 계기로 이들 상당수가 일본 기업을 상대로 줄소송을 제기할 가능성이 높다.

10일 서울고법 민사19부(부장판사 윤성근)는 1940년대 일본에 2~5년간 강제로 동원돼 일해야 했던 여운택 씨(90) 등 4명이 신일본제철(현 신일철주금·新日鐵住金)을 상대로 낸 손해배상 소송 파기환송심에서 "여 씨 등 4명에게 각 1억 원을 지급하라"며 원고 승소 판결했다. 재판부는 "신일본제철의 전신인 일본제철은 핵심 군수업체로 일본 정부와 함께 침략 전쟁을 위해 인력을 동원하는 반인도적 불법 행위를 저질렀다. 침략 전쟁은 국제질서와 대한민국 헌법, 일본 헌법에도 어긋나는 행위"라며 "신일본제철이 일본에서의 소송 결과, 한일청구권협정 등을 내세워 배상 책임이 없다고 주장하는 것은 국제적, 보편적 질서에 비춰 봐도 용납될 수 없다"고 판결 이유를 설명했다.

선고 직후 여 씨는 눈물을 훔치며 "그간 맺힌 원한을 풀어줘 기쁘고 감사하다"고 말했다. 여 씨 등은 1940년대 일본 오사카, 함경북도 청진시 등에서 임금을 받지 못하고 노역에 시달렸다. 1945년 광복 이후 고향으로 돌아온 이들은 1997년 일본 오사카지방재판소와 오사카최고재판소에 "강제노동에

혹사당하며 임금도 제대로 받지 못했다"며 손해배상 및 임금 청구 소송을 냈지만 모두 패소했다. 2005년 다시 국내 법원에 소송을 제기했지만 1, 2심에서 패소했다가 지난해 5월 대법원이 "일본 법원의 판결은 일본의 식민지배가 합법적이라는 인식에서 비롯돼 대한민국 헌법 가치와 충돌한다"며 원심을 파기하고 사건을 서울고법으로 돌려보냈다.

앞서 이병목 씨(90)등 피해자 4명과 유족 1명이 미쓰비시중공업을 상대로 낸 소송 역시 대법원이 부산고법으로 돌려보내 부산고법 민사5부(부장판사 박종훈)가 30일 선고할 예정이다.

신일철주금 측은 유감을 표하며 상고하겠다는 뜻을 밝혔다. 신일철주금의 보도 담당자는 10일 본보와의 통화에서 "징용자 등 문제를 완전하고도 최종적으로 해결한 1965년 일한(日韓) 청구권협정, 즉 국가 간의 정식 합의를 부정하는 등 부당한 판결로 진정으로 유감"이라고 밝혔다. 만약 일본 기업이 배상금을 주지 않고 버틸 경우 원칙적으로는 국내 소유 재산에 대해 가압류, 경매, 추심 등의 절차를 거쳐 강제 집행할 수 있다. 신일철주금은 포스코 주식의 5%가량을 보유한 것으로 알려져 있어 확정 판결이 나오기 전에도 강제 집행이 가능하다. 그러나 국내에 재산이 없으면 해당 국가에서 집행 판결을 받아야 해 실제 배상금을 받아낼 수 있을지 미지수다.

일본 정부 대변인인 스가 요시히데(菅義偉) 관방장관은 "일한 간의 재산 청구권 문제는 완전히, 최종적으로 해결됐다는 것이 우리나라의 종래 입장"이라고 밝혔다. 일본 언론은 판결 결과를 속보로 전하며 한일 관계에 미칠 파장에 촉각을 곤두세웠다.

(강경석 기자·도쿄＝배극인 특파원 coolup@donga.com)
(출처 : http://news.donga.com/List/SocietyLaw/3/0304/20130711/56395568/1)
(2012.05.28)

기우제

어느덧 단오이다. 일년 중 양기가 가장 왕성한 날이다. 지난 목요일이 하지(夏至)였으니 분명 한 여름이고, 게다가 양기가 왕성한 단오이니 더울 법하긴 한데, 아무리 그래도 그렇지 너무 덥다. 삼복지경도 아닌데 낮기온이 33도라니….

이 더위의 근본원인은 뭐니 뭐니 해도 봄부터 계속되고 있는 가뭄 때문이 아닌가 싶다. 저수지가 바닥을 드러낸 농촌 풍경을 보면 가슴이 아플 따름이다. 그것을 보는 농민들의 타들어가는 심정이야 오죽하겠는가. 마음으로만 성원을 보낼 수밖에 없어 안타깝기만 하다. 21세기에도 기우제(祈雨祭)를 지내야 비가 오려나. 제주도에 머물고 있는 장마전선이 제발 북상하기를 우리 모두 손 모아 기도해야겠다.

대법관 네 명이 퇴임할 날이 시시각각 다가오는데, 그 후임으로 임명될 후보자들에 대한 청문회를 할 국회는 언제나 열릴지 부지하세월(不知何歲月)이다. 대법원의 기능이 마비될 위기에 처해 있다고 언론에서 아무리 대서특필해도 오불관언(吾不關焉)이다. 긴 가뭄에 비 기다리듯 법원은 국회가 하루 빨리 개원해서 청문회를 열기를 속절없이 기다려야 할 판이다. 기청제(祈聽祭)를 지낼 수도 없는 노릇이고.

그런데 작년에 큰 수해를 입은 우면산은 지금 복구공사의 마무리 작업이 한창이다. 여기는 비가 안 오는 바람에 작업이 순조로운 것을 보면 모든 일에는 양면이 있는 것 같다. 그렇다고 설마 국회의 개원이 늦어질수록 득을 보는 사람들이 있는 것은 아닐 것이다.

참으로 어렵다.

(2012.06.24)

강정마을 해군기지

지난 정부 때부터 시작하여 현재까지 진행중인 제주도 강정마을 해군기지 건설공사의 적법성 여부에 관한 오랜 논란에 종지부를 찍는 대법원 전원합의체판결(다수의견 : 소수의견 = 11 : 2)이 2012. 7. 5. 선고되었다. 이를 계기로 이제 더 이상의 소모적인 논쟁이 벌어지지 않기를 바랄 뿐이다.

아래는 관련기사이다.

* * *

강정마을 해군기지 법적문제 다 풀렸다

(중앙일보 2012. 7. 6.자)

- 주민 438명 낸 사업승인 무효소송
- 대법 "문제없다" 국방부 손 들어줘
- 5년 갈등 끝, 건설 속도 붙을 듯

제주 강정마을 해군기지(민·군 복합 관광미항) 건설을 둘러싼 국방부와 지역주민 간의 소송에서 대법원이 국방부의 손을 들어 줬다. 이에 따라 제주 해군기지 건설사업은 원래 국방부 계획대로 진행될 수 있게 됐다.

대법원 전원합의체(주심 민일영 대법관)는 5일 강동균(55) 제주 강정마을 회장 등 주민 438명이 "제주 해군기지 설립계획 승인처분은 사전에 환경영향평가를 거치지 않아 무효"라며 국방부 장관을 상대로 낸 국방·군사시설 사업실시계획 승인처분 무효확인소송에서 1, 2심에서의 국방부 일부 패소 부분마저 깨고 사건을 서울고법에 돌려보냈다.

국방부는 2009년 1월 제주 서귀포 강정마을 인근에 대규모 해군기지를 건설하는 내용의 국방·군사시설 사업계획(1차)을 승인했다. 이에 반발한 마을 주민들이 그해 4월 사업계획 승인처분 무효확인소송을 내자 국방부는 소송이 진행 중이던 2010년 3월 해군본부의 환경영향평가를 반영한 새 사업계획(2차)을 승인했다. 1, 2심은 "1차 승인처분은 환경영향평가를 거치지 않은 잘못이 있어 무효지만 이를 보완한 2차 승인처분은 적법하다"고 판결했다. 이에 따라 해군기지 건설은 중단 없이 진행됐다.

하지만 이날 양승태 대법원장을 포함한 13명의 대법관이 참여한 전원합의체 판결에서 11명의 대법관은 "환경영향평가를 거치지 않았다는 이유로 1차 승인처분이 위법하다고 본 원심은 잘못"이라며 "현행법상 환경영향평가 시기는 원고 측이 주장하는 '사업 실시계획 승인 전'이 아니라 '기본설계 승인 전'으로 볼 수 있어 1차 승인처분에는 문제가 없다"고 밝혔다. 전수안·이상훈 대법관은 반대 의견을 내 원심 판단이 옳다고 했지만 13명의 대법관 모두 해군기지 건설이 계속돼야 한다는 데는 이견이 없었다. 대법원은 이어 "원심이 2010년 2차 승인처분을 적법하다고 본 건 정당하다"고 덧붙였다.

대법원 관계자는 "이번 판결은 제주 해군기지 사건에 적용되는 환경영향평가서 제출시기를 명확히 했다는 점에서 의미가 있다"며 "환경영향평가제도에 대한 종래 입장을 유지하면서도 국방·군사시설 사업의 개별적 특성 및 진행 과정을 고려해야 한다는 점을 합리적으로 해석했다"고 설명했다.

이날 판결로 국방부와 지역주민 간에 5년 가까이 계속돼 온 법률적 갈등에는 종지부가 찍혔다. 그러나 마을 주민들과 시민단체, 야당 등이 판결의 부당성을 지적하고 나서 현실적 갈등은 당분간 수그러들지 않을 것으로 보인다.

일단 해군기지 건설엔 가속도가 붙게 됐다. 해군 관계자는 "그동안 일부 지역 주민이 주장해 왔던 것과는 달리 공사 승인 절차에 문제가 없음이 확인됐다"며 "기지 건설의 정당성이 확인된 이상 공사에 박차를 가할 것"이라고 말했다.

제주 해군기지는 당초 2014년 완공 목표였으나 공사 예정지 점거 등으로 10개월가량 공기가 늦어진 상태다. 지난 3월 7일 부지 조성을 위한 발파 이후 탄력을 받고 있는 제주 해군기지 건설은 총사업비 9776억원 중 현재까지 2074억원(21.2%)을 집행했다.

강정마을 주민들은 대법원 판결에 반발했다. 주민 40여 명은 이날 마을회관에 모여 대응책을 논의하는 한편 트위터 등 소셜네트워크서비스(SNS) 등을 통해 법원 판결과 해군기지 건설이 부당하다고 주장했다.

고권일 강정마을 해군기지반대대책위원장은 "이번 판결은 해군기지를 사법적으로나 행정적으로 밀어붙이려는 정부의 입장을 반영하는 면죄부"라고 지적했다.

통합진보당 이지안 부대변인은 "19대 국회에서 야권연대를 통해 해군기지 공사 중단과 재검토를 반드시 추진할 것"이라 했고 민주통합당 제주도당은 "정부와 해군이 재판 결과를 사업 강행의 근거로 활용해서는 안 된다"고 강조했다.

경찰은 이번 판결과 관계없이 해군기지 건설부지에서 벌어지는 불법행위에 대해 법과 원칙에 따라 대응하겠다는 입장을 거듭 밝혔다.

(이동현 기자, 제주=최경호 기자)

(출처 : http://joongang.joinsmsn.com/article/426/8678426.html?
ctg=1200&cloc=joongang|home|newslist1)

* * *

[사설] 제주해군기지 갈등 이제 그만 끝내라
(한국일보 2012. 7. 6.자)

제주해군기지 건설사업은 적법하게 진행된 것이라는 대법원의 판단이 나왔다. 대법원 전원합의체는 제주 강정마을 해군기지 반대주민 등이 낸 소송에서 원고의 상고를 기각하고 도리어 1, 2심에서 일부 원고승소한 판결도 잘못됐다며 파기 환송했다. 해군기지 공사의 절차상 하자를 둘러싼 시비가 3년 반 만에 결국 반대측의 무리한 주장으로 명확하게 결론지어진 것이다. 제주해군기지 건설의 가장 큰 걸림돌이 치워짐으로써 공사가 정상적으로 진행될 수 있게 점은 국가적으로 크게 다행이다.

그 동안 제주해군기지를 둘러 싼 갈등은 우리사회의 논의구조가 얼마나 비합리적이고 취약한 바탕 위에 있는지를 보여준 대표적 사례라고 할 만하다. 환경과 관광을 위한 보존가치가 제주 다른 곳에 비해 상대적으로 낮은 지역이라는 이유로 선정된 강정마을 부지가 갑자기 세계적인 환경생태 보호의 핵심지역으로 부각됐고, 제주 도처에 흔해 이전엔 아무도 별달리 여기지 않던 바위에 느닷없이 구럼비라는 이름이 붙여지면서 더없이 소중한 천혜의 자연유산이 됐다.

시민단체까지 참여한 조사에서 주변 보호대상 동식물 서식에 영향이 없다는 결과가 나오든, 옮겨진 게와 맹꽁이의 안전한 생태가 확인되든, 어떤 합리적 대안에도 한번 반대면 끝까지 막무가내였다. 주민의견수렴 미흡 주장도 실상 복잡한 일련의 과정 속에서 유리한 근거만을 부풀린 억지에 가까운 것이었다. 비무장이어야 평화가 유지된다는 '평화의 섬' 논리는 하도 치졸해 다시 언급할 가치조차 없다. 이런 와중에 야당 지도자란 이들까지 끼어들어 정치이념 갈등을 확대 재생산했고, 해군은 '해적' 소리까지 들어야 했으며, 집권여당은 표가 두려워 그나마 늦어진 공사예산마저 다 덜어냈다.

더 논쟁할 것도 없이 우리 해양주권을 지키는 최소한의 수단으로서 제주 해군기지의 안보적 가치는 최근 인근해역에서 구체화하는 중·일·동남아국가 간 해양영역 확보전 등을 통해 여실히 확인되고 있는 바다. 그러니 이제 대법원이 절차적 정당성까지 인정한 만큼 제주해군기지를 둘러 싼 소모적 대립과 갈등은 여기서 그만 끝내는 것이 옳다.

(출처 : http://news.hankooki.com/lpage/opinion
/201207/h2012070521071076070.htm)

(2012.07.06)

'대법관 빌려쓰기'

지난 10일 임기만료로 인하여 4분의 대법관이 퇴임하였건만, 후임자의 임영이 늦어져 대법원의 재판이 파행을 거듭하고 있다. 김능환 대법관님이 퇴임사에서도 밝혔듯이 6년 전에 임명될 때 이미 퇴임날짜가 정해져 있었는데도, 19개 국회의 개원이 늦어져 대법관 임명을 위한 청문회가 지체되더니, 그나마 어렵사리 마친 청문회의 보고서 채택을 둘러싸고 여야가 대립하는 바람에 국회 본회의 표결이 부지하세월이다. 그 결과 "대법관 빌려쓰기"라는 초유의 사태가 발생하고 있다.

아래는 관련 신문기사이다.

＊　＊　＊

'대법관 빌려쓰기' 초유의 파행

(동아일보 2012. 7. 26.자)

－ 4명 공백 장기화 따라 다른 소부(小部) 소속 임시투입⋯ 전원합의체도 무기 연기

국회가 대법관 4명의 임명동의안 처리를 미루면서 공백사태가 길어지자

대법원이 소부(小部) 선고에 다른 소부의 대법관을 임시로 투입하는 '대직(代職)'을 하기로 25일 결정했다. 3개로 나뉜 소부(각 4명으로 구성) 중 김능환 안대희 대법관이 퇴임해 2명이 빠지고 이인복 박병대 대법관만 남은 1부에 2부 소속인 양창수 대법관을 참여시켜 26일 선고를 진행하기로 한 것이다.

대직은 2008년 8월 신임 대법관 취임 전에 한 대법관이 휴가를 냄에 따라 이뤄진 적이 있다. 하지만 당시는 상고 이유서를 내지 않은 단순 사건을 상고 기각 처리한 것이었다. 64년 사법 역사에서 대법관 공백으로 정식 재판을 대직하는 초유의 일이 벌어지는 것이다.

현행 법원조직법상 소부 선고는 대법관 3명 이상이 있어야 가능하다. 대법원은 1부에 계류 중인 사건 중 선고가 시급하고 쟁점을 크게 다투지 않는 사건 143건의 선고를 진행하기로 했다. 양 대법관은 당분간 1부와 2부 사건 선고 및 심리에 모두 관여하게 된다. 대법관이 각 1명씩 빠진 2부와 3부도 26일 선고를 하지만 쟁점이 많고 복잡한 큰 사건의 선고는 모두 후임 대법관 선임 이후로 미뤘다.

대법관 13명으로 구성되는 전원합의체도 문제다. 전원합의체는 5일 마지막 선고가 열린 후 신임 대법관 4명이 충원될 때까지 선고를 하지 않기로 했다. 매달 셋째 주 목요일에 선고를 하지만 19일에는 아예 선고 기일을 잡지 않고 넘어갔다. 법적으로는 3분의 2인 9명만 있으면 선고가 가능하지만 첨예한 쟁점이 있는 전원합의체 사건의 특성상 대법관 공백 상태에서 재판을 진행하는 게 부적절하다고 대법원은 판단하고 있다.

대법원이 대직이라는 고육책까지 쓰게 되면서 대법관 공백사태의 부작용이 본격적으로 나타나는 것 아니냐는 우려가 나오고 있다. 엄청난 격무에 시

달리는 상황에서 사건 부담이 더 커져 제대로 심리가 이뤄질 수 있을지 의문도 제기되는 형편이다. 이는 전반적인 사법 불신으로 이어질 수 있어 사법부 전체가 느끼는 불안감도 적지 않은 상황이다.

강창희 국회의장은 여야 합의가 안 될 경우 대법관 후보 임명동의안을 8월 1일 직권상정할 가능성을 내비쳤지만 처리 여부는 불투명하다. 야당은 "8월 임시국회를 열어 처리하자"는 태도지만 새누리당은 "박지원 원내대표의 검찰 구인을 막는 방탄국회를 열지 않겠다"며 강 의장에게 대법관 임명동의안의 직권상정을 요구하고 있다.

(김성규 기자 sunggyu@donga.com)
(출처 : http://news.donga.com/Politics/3/00/20120726/48059924/1)

* * *

하루 두 차례 316건 선고 … 양창수 대법관 '녹초'
(중앙일보 2012. 7. 27.자)

– 현실화된 대법관 공백 사태
– 오전엔 2부 오후엔 1부 법정
– 1명 모자라 3명이 땜질 선고

대법원 소부(小部·대법관 4명으로 구성되는 재판부) 선고가 열린 26일 오전 양창수(60) 대법관은 평소보다 분주하게 움직였다. 출근도 평소보다 빨리 했다. 오전, 오후에 걸쳐 대법원 선고를 두 차례나 했기 때문이다. 그는 오전 10시 자신이 소속된 대법원 2부 선고를 위해 서울 서초동 대법원

1호 법정에 들어갔다. 여기서만 모두 173건의 사건을 선고했다. 선고가 끝나자마자 간단히 점심식사를 마친 양 대법관은 대법원 1부 선고 준비에 들어갔다.

오후 4시, 같은 1호 법정에서 1부 사건 선고가 시작됐다. 모두 143건 가운데 40여 건은 양 대법관이 주심이다. 그는 일주일 전부터 사건의 판결문을 작성하느라 애를 썼다.

오후 5시, 계획됐던 이날 선고가 모두 끝나고 양 대법관은 약간 피곤한 듯 기지개를 켰다.

이날 법정의 풍경은 평소와 달랐다. 우선 법대 위 대법관이 앉는 의자가 3개뿐이었다. 원래 4명의 대법관이 들어오는 소부 선고에는 당연히 4개의 대법관 의자가 놓이지만 참석자가 양 대법관을 포함해 3명뿐이었기 때문이다. 선고가 열린 시간도 달랐다. 둘째, 넷째 주 목요일에 열리는 소부 선고는 오전 10시와 오후 2시 두 차례 있는 게 일반적이지만 이날은 이례적으로 4시 선고가 한 번 더 잡혔다. 대법원 관계자는 "양 대법관이 원래 소속인 2부 선고와 직무대리를 맡은 1부 선고에 모두 참석해야 해서 오후 4시 선고를 잡은 것"이라고 말했다.

지난 10일 대법관 4명이 한꺼번에 퇴임한 뒤 16일이 지나도록 신임 대법관 후보자들에 대한 국회 임명동의안 처리가 지연되면서 나타난 재판 파행의 현장이다.

올해로 취임 5년 차를 맞는 양 대법관에겐 아주 길고도 바쁜 하루였다. 양 대법관은 서울대 법대 교수로 있던 2008년 고 노무현 전 대통령에 의해 대법관에 임명됐다. 이용훈 당시 대법원장이 '대법원 구성의 다양화'라는 기치 아래 추진했던 외부 인사 영입 케이스의 대표 주자였다. 아침부터 밤 늦게까지 재판 기록과 씨름해야 하는 게 대법관의 생활이지만 요즘이 그 어느 때보다 업무적으로 바빠진 것이다. 그는 벌써 10일 넘게 소속 소부인 대법원 2부 사건에 더해 직무대리를 맡고 있는 1부 사건까지 함께 심리하고 있다. 그의 업무량은 평소보다 40%가량 늘어났다고 한다. 대법원 소부는 모두 3개다. 현재 1부 2명, 2부와 3부는 각각 3명의 대법관이 일하고 있다. 상고심 사건을 심리하는 12명의 대법관 가운데 4명이 채워지지 않으면서 땜질 업무가 이뤄지고 있는 것이다. 대법원이 연간 처리하는 사건은 3만6900여 건이나 되는 상황에서다.

한 대법원 재판연구관은 "평소에도 대법관들은 식사시간을 제외하곤 하루 종일 업무에 매달리는 상황인데 대법관 공백이 장기화되면 건강이 나빠지는 분이 나오지 않을까 걱정된다"고 말했다. 신임 대법관 후보자 4명 중 김병화 후보자가 이날 사퇴했지만 후임 인선까지는 한두 달이 더 걸릴 것으로 예상된다.

(이동현 기자)
(출처 : http://joongang.joinsmsn.com/article/993/8882993.html?ctg
=1200&cloc=joongang|home|newslist1)

(2012.07.26)

일각여삼추(一刻如三秋)

어제가 처서(處暑)이고 오늘이 칠석이다. 그 덥던 날씨가 신기하게도 입추가 지나면서 시원한 바람이 소매깃을 스치더니 이제는 아침 저녁으로 제법 선선하다. 아침에 우면산 등산을 하는 길이 더없이 상쾌하고, 북한산과 도봉산이 손에 잡힐 듯 다가와 보였다.

처서는 말 그대로 아직 곳곳에 더위가 남아 있다는 의미이지만, 뒤집어 보면 본격적인 더위는 물러갔고, 다만 일기예보를 하는 담당자들이 흔희 쓰는 말로 "때에 따라 곳에 따라" 더울 수 있다는 것 아닐는지. 따가운 햇볕이 누그러지고 바람이 선선하니 모기의 입이 비뚤어지고 풀도 더 이상 자라지 않기 때문에, 우리 조상들은 이때부터 벌초를 시작하고 기나긴 장마에 젖은 책들을 말리는 일들을 하였던 것이리라. 그러다 보면 귀뚜라미의 등을 타고 가을이 오지 않을까.

대개는 칠석이 지나서 처서가 오기 마련인데, 올해는 윤달(윤삼월)이 있다 보니 칠석이 늦었다. 견우와 직녀에게는 그 한 달이 1년만큼이나 길게 느껴지지 않았을까. 일각(一刻)이 여삼추(如三秋)라는데, 무려 한 달이나 늦어졌으니 얼마나 애가 탔을까. (일각은 15분이다)

본래 칠석에는 견우와 직녀가 은하수를 가로지르는 오작교에서 무사히 만나야 하기에 비가 안 오고 청명하다. 그것이 천도(天道)이다. 오늘도 일기예보상으로는 비가 온다고 하는데, 아직까지는 다소 흐리기는 하지만 적당히 맑은 날씨이다. 밤이 되거든 섬돌에 누워 시 한 수 읊으며 두 별이 만나는 장면을 바라보는 여유를 가질 수 있게 되길 바란다면 지나친 욕심일까?

瑤階夜色涼如水(요계야색양여수) :
옥 섬돌의 밤빛이 서늘하기 물 같기에
臥看牽牛織女星(와착견우직녀성) :
그 위에 누워서 견우직녀 만남을 바라보네.

[당나라 시인 杜牧(두목 : 803-853)의 시이다]

그나저나 우리 주변을 둘러보면 일각이 여삼추로 기다리는 게 어디 견우직녀뿐이겠는가. 이름이 널리 알려진 병원에 가면 목을 빼고 순서를 기다리는 환자분들로 붐비고, 명절이 되면 대처로 나간 자식들이 언제나 오나 하고 늙으신 부모님들이 애를 태우시고, 지금처럼 인터넷 예약이 활성화되기 전에는 영화표를 사려고 아침부터 장사진을 쳤고, 갈 길은 멀고 바쁜데 주말이나 휴가철이면 주차장으로 변하는 영동고속도로 위에서 언제나 정체가 풀리려나 조바심을 내고, 시차제 소환제를 실시하기 전에는 법정에 가면 언제나 내 이름을 호명하나 당사자들이 기다림에 지치고…. 대법원에 올라간 사건은 기약이 없으니….

재판은 본래 그 본질적인 특성이 언제 끝난다는 것을 미리 말할 수 없는 것이긴 하지만, 상고사건을 일정 유형으로 제한하려는 시도가 번번히 좌절되어 1년에 3만여 건이나 되는 사건이 대법원으로 몰리다 보니, 대법원에서 아무리 기를 쓰고 사건을 처리하여도 특정사건의 처리 시점을 예측하는 것은 불가능하다. 그러니 일각이 여삼추로 상고 결과를 기다리는 당사자의 답답함을 어이할거나. 더구나 지난번처럼 대법관이 한꺼번에 오랫동안 여러 명 공석이 되는 날이면 더 말할 것도 없다. 다시는 그런 사태가 안 오길 바랄 뿐이다.

(2012.08.25)

거울 속의 모습

거울 속에 보이는 내 모습은 어떨까?

어제가 추분이다. 찌는 무더위와 기나긴 장마, 그리고 이어지는 태풍으로 참으로 긴긴 여름을 보내나 했더니 어느덧 소리소문 없이 가을이 찾아왔다. 이른 아침 소매깃을 추스리며 찾는 우면산 기슭의 풀섶에는 영롱한 이슬이 맺혀 오가는 이의 눈길을 끈다. 어제 오대산 상원사 적멸보궁에 갔다가 문득 가을의 길목에 있는 정상의 모습이 궁금하여 비로봉(1,563m)에 올랐더니 정상 주위에 벌써 단풍이 들기 시작했다.

참으로 정신 못 차리게 세월이 빨리 지나간다. 그 물처럼 흐르는 세월의 뒤안길에서 들여다 보는 거울 속 내 모습은 어떨까? 언제나 활활 타오르며 요동치는 열정이 있다면 거울 속 모습은 세월이 아무리 흘러도 전성기 때의 바로 그것이 아닐는지.

누군가 말한다.

당신은 늙지 않습니다.
나이는 핑계가 될 수 없습니다.

하지만 열정이 없다면 오히려 그 반대일지도 모르겠다. 그래서 한가위가
일주일 남은 이 가을의 문턱에서 어느 시인의 표현을 빌려 소망해 본다.

항상 푸른 잎새로 살아가는 사람을
만나고 싶다.

언제나 마음을 하늘로 열고 사는
아름다운 사람을 만나고 싶다.

언제 보아도 밤하늘의 별처럼 빛나고,
바람으로 스쳐 만나도 언제나 마음이 따뜻한
그런 사람을 만나고 싶다.

온갖 유혹 앞에서도 흔들림 없이
언제나 제 갈 길을 묵묵히 걸어가는
의연한 사람을 만나고 싶다.

모든 삶의 굴레 속에서도 비굴하지 않고
언제나 화해와 평화스런 얼굴로 살아가는
그런 사람을 만나고 싶다.

아침햇살에 투명한 이슬로 반짝이고,
바라보면 바라볼수록 온화한 미소로 답해 주는
그런 사람을 만나고 싶다.

결코 화려하지도 투박하지도 않으면서
언제나 소박한 모습으로 제 삶의 길을 묵묵히 가는
그런 사람의 아름다운 마음 하나
고이 간직하고 싶다.

그래서

마음이 아름다운 사람의 마음에 들어가서
나도 그런 마음으로 살고 싶다.

(2012.09.23)

조금은 부족한 듯이…

그제가 상강(霜降)이었다. 이제 며칠 후 달력을 다시 한 장 넘기고 나면 곧 입동(立冬)이 다가 올 것이다. 언제 가을이 왔나 싶었는데, 금세 우리 곁을 떠나려 한다.

인간세상은 온통 12월의 대통령 선거에 눈과 귀가 쏠려 있지만, 세월은 언제나 그러하듯이 그냥 말없이 조용히 흘러간다. 우면산에 핀 이름 모를 들꽃들도 그에 맞추어 하루하루 색을 달리하고 있다.

어느 시인은

짧디 짧은 가을은 해마다
제대로 미쳤다 가는구나.
무엇에건 제대로 미쳐 보지 않고서야
변변한 무엇을 얻을 수나 있을까.
가을이 온통 미쳐 버리지 않고서
붉디붉은 기운을 어디서 불러올 수 있을까.

하고 노래하였지만,

범부(凡夫)의 짧은 소견으로는, 긴 더위와 여러 번에 걸친 태풍 뒤에 찾아와서일까, 임진년의 이 가을은 붉게 물든 단풍을 요란하게 뽐내는 것이 아니라, 그저 소박하고 겸손하게 자기 모습을 드러냈다가 슬며시 자취를 감추어가고 있는 것이 아닐까 싶다. 그러니 다소 부족하더라도 그냥 만족해야 하지 않을는지.

누군가는 말했다.

컵 하나엔 언제나
한 잔의 커피만을
담을 수 있다

우리가 몸서리치며
어금니 꼭 깨물고 살아도
욕심일 뿐 결국 일인분의 삶이다

컵에 조금은 덜 가득하게 담아야
마시기 좋듯이
우리의 삶도 조금은 부족한 듯이 살아가야
숨 쉬며 살 수 있다

-용혜원, '컵 하나엔'-

이 시인이 생각하는 삶과 현실 속 우리네의 그것이 일치하면 좋으련만….

(2012.10.25)

작은 것에서 찾는 행복

　겨울답지 않게 비가 자주 내리더니 마침내 동장군과 함께 큰 눈이 내렸다. 12월초에 이렇게 많은 눈이 내리기는 32년 만에 처음이라고 한다. 서리풀에서 창문을 통해 보이는 우면산의 설경이 장관이라고까지 할 수는 없지만, 눈 내린 산은 왠지 보는 이의 마음을 설레게 한다. 산사태가 난 계곡을 복구한 곳은 스키장의 슬로프를 연상케 하는 모습을 하고 있다. 전국적으로 눈이 많이 내린 7일이 마침 24절기 중 대설(大雪)이다. 어쩌면 그리도 신기하게 절기를 맞추는지 모르겠다.

　임진년의 달력이 어느새 한 장밖에 안 남았다. 거리엔 벌써 크리스마스 트리가 보이고 구세군의 자선냄비도 등장하였다. 그렇게 올 한 해도 예년처럼 저물어 가고 있다. 다만, 대통령선거가 코앞에 다가와 각 후보와 그들의 정책들이 사람들 입에 회자(膾炙)되고 있다는 것이 예년의 연말과 다른 모습이다.

　막걸리선거나 고무신선거 같은 후진적인 행태가 더 이상 언론을 장식하지 않는 것을 보면 우리의 선거문화도 분명 진일보하였다. 앞으로 펼쳐질 대내외 환경이 매우 어려울 것이라고 각계의 전문가들이 예상하고 있는 만큼, 누가 대통령에 당선되든 험난한 파도를 잘 헤쳐 나가 나라의 국운이 융성해지기를 바라는 마음은 온 국민에게 공통일 것이다.

막상 달력이 한 장 남은 연말이 되어 연초에 생각했던 구상들을 얼마나 실행에 옮겼나 하고 자가점검을 하다 보면, 계획 이상의 성취로 인한 뿌듯함보다는 기대 이하의 모자람으로 아쉬움을 달래는 것이 갑남을녀(甲男乙女)의 삶이 아닐까. 그렇지만 하루하루의 삶이 소중하기는 성인이나 범부나 마찬가지일 것이다. 누구든 그 삶에 종착역이 있어 언젠가는 끝나기 때문이다. 그러니 그 삶이 끝나기 전에, 아니 한 해가 다 저물기 전에 모자라는 부분을 조금이라도 더 채워 보면 어떨까. 그렇다고 무슨 거창한 일을 벌이자는 것은 아니다. 행복은 작은 일에서 찾는 것이 더 값진 법이다.

바쁘다는 이유로 소식도 제대로 전하지 못한 벗들께 한 조각 '나뭇잎글'이라도 띄우고, 날로 어려워지는 경제환경으로 인하여 삶이 고달픈 불우한 이웃에게 따뜻한 눈길을 한 번 더 보내고, 욕심 내서 사 놓고 읽지 않아 먼지가 쌓인 책의 첫 장을 넘기고, 먹을 듬뿍 머금은 붓을 이리 저리 굴리며 그 향기에 젖어 보고, 동네 뒷산에라도 가서 잠시 나목(裸木)과 친구가 되고…. 그냥 그렇게 소소한 일상을 다시 챙겨 보는 것도 연말을 보내는 삶의 지혜가 아닐까. 물론 '소폭'이나 '양폭'을 더 사랑하겠다면 그것도 나름 하나의 삶일 것이다. 어차피 각자에게 주어진 인생이니….

사설이 길었다. 무언가 멋진 글을 써보려고 하다가 그만 삼천포로 빠진 기분이다. 송나라의 유학자 소강절(邵康節 : 1011-1077)이 지은 시 '청야음(淸夜吟)'을 다시 읽으면서 글을 마무리한다.

月到天心處(달이 하늘 깊은 곳에 이르러 새벽을 달리니)
風來水面時(어디선가 바람이 불어와 물 위를 스치누나)
一般淸意味(작고 평범하지만 그 속에 깃든 맑고 의미 있는 것들)
料得少人知(아무리 둘러보아도 이를 아는 이가 적구나)

(2012.12.08)

어느 기도

참으로 다사다난했던 임진년의 해가 어느새 서산 너머로 저물어 가고 계사년의 새 해가 코 앞에 다가왔다.

어제 진 해와 오늘 떠오르는 해가 다를 게 없지만, 그리고 영겁의 시간을 인위적으로 나누어 놓은 한 토막의 순간에 불과하지만, 그래도 그 해가 바뀔 때면 언제나처럼 되돌아 봄의 아쉬움과 내다 봄의 설렘이 교차한다.

누군가처럼 은혜에 감사드리고, 계사년에는 그저 나라가 태평하고 국민이 편안하길 소망하여 본다.

(2012.12.30)

제4부

왕복표를 팔지 않는다
(2013.01.~2015.09.)

마음의 문을 열어 두라

계사년에 떠오르는 첫해를 보며 신년 소원을 비는 대신 퍼붓듯 내리는 눈을 실컷 구경한 지도 어느새 한 달이 지나갔다.

어제 아침 신문은 김용준 전 헌법재판소장님의 국무총리 후보직 사퇴를 전하는 소식으로 도배를 하였다. 이동흡 헌법재판소장 후보자의 청문회 결과를 놓고 논란이 계속 일고 있는 판이라, 법조인들에게는 여러 가지로 마음이 편치 않은 계사원단(癸巳元旦)인 듯하다.

뱀이 비록 징그럽기는 하나, 지혜와 치유를 상징한다고 하는데…. 가뜩이나 대내외적으로 어려운 환경에 처한 때인지라, 이를 슬기롭게 극복하고 국운이 상승하기 위한 진통으로 받아들여야 하지 않을까. 마치 눈이 많이 온후에 날씨가 개면 오히려 해돋이가 선명해지듯….

누군가가 말했다.

결코 아는 자가 되지 말고
언제까지나 배우는 자가 되라.
마음의 문을 닫지 말고 항상 열어 두라.

졸졸 쉴 새 없이 흘러내리는 시냇물은 썩지 않듯이,
날마다 새로운 것을 받아들이는 사람은
언제나 활기가 넘치고 열정으로 얼굴이 빛난다.

고여 있지 말라.
결코 아는 자가 되지 말고
언제까지나 배우는 자가 되라.

-라즈니쉬-

늘 배우는 삶이야말로 아름다운 삶이 아닐까.

소·대한(小,大寒)이 다 지나고 나흘 후면 입춘이다. 아무리 닭의 목을 비틀어도 새벽이 오듯이 곧 봄소식이 들려 올 것이다.

비록 100% 우리 기술로 만들어진 것은 아니지만, 나로호가 성공적으로 발사되었다. 국운의 융성을 다 함께 기원할 일이다.

(2013.01.31)

법률용어라 바꿀 수 없다던
판사님 설득 어려웠죠

　30년 동안 판결문을 작성하여 오면서 가장 어렵게 느꼈고, 지금도 여전히 그러한 부분 중의 하나가 바로 관행처럼 굳어진 어려운 어투의 용어들을 쉽게 고쳐 쓰는 일이다. 아직도 곳곳에 남아 있는 일본식 표현, 거기에 덧붙여진 억지 영어식 표현, 맞춤법에 어긋난 낱말과 띄어쓰기, 피동형의 남발, 어법에 맞지 않을 뿐만 아니라 일상생활에서는 전혀 쓰지 않는 형태의 문장, 한 문장의 길이가 서너 쪽에 달할 정도로 엿가락처럼 늘어지는 서술형태…. 일일이 지적하기 어려울 정도로 많은 문제점을 안고 있는 게 현실이다.

　그래서 법원도서관장 시절에 아래 기사에 나오는 '법원 맞춤법 자료집' 2006년 개정판을 발간했다. 그리고 기회가 있을 때마다 주위의 법관들에게 "맞춤법"도 "법"이라고 하면서 그 책을 항상 법전 옆에 두고 판결문을 작성하라고 권했다. 나아가 매년 신임법관 연수 때에는 법원도서관의 담당 심의관으로 하여금 출강하여 그 점을 강조하게 하였다(그 당시 수고한 오경미 판사에게 감사한다). 그러나 비록 내가 처음 법관이 되었을 때보다는 상당히 좋아졌지만, 여전히 미진한 것이 사실이다.

　그러던 차에 법원도서관에서 전문 국어학자와 손잡고 다시 '법원 맞춤법 자료집' 전면 개정판을 발간하였다는 소식을 접하니 반갑기 그지없다. 누구보다도 젊은 법관들이 늘 이 책을 가까이함으로써, 기왕의 잘못된 판결투가 몸에 배기 전에 보다 읽기 쉽고 세련된 판결문을 작성하기를 기대한다.

한 번 작성한 판결문은 영원히 보관되어 후세 사람들의 열람의 대상이 된다는 점을 염두에 둔다면 보다 세심한 주의를 기울이지 않을까. 아무쪼록 명심할 일이다.

* * *

법률용어라 바꿀 수 없다던 판사님 설득 어려웠죠
[중앙일보 2013.3.5.자]

– '법원 맞춤법 자료집' 감수 이병규 서울교대 교수

8개월 넘게 법원 판결문이라는 '외계어'와 씨름한 국어학자가 있다. 서울교대 국어교육과 이병규(44) 교수다. 지난해 6월부터 최근까지 대법원 산하 법원도서관과 함께 '법원 맞춤법 자료집' 전면 개정 작업을 했다.

"첫 5개월 간 다른 연구진 5명과 초고 작업을 끝냈어요. 근데 그게 다가 아니더라고요. 법원도서관 측이 '법률전문용어'라며 띄어쓰기나 용어를 바꾸려 하지 않는 겁니다. 설득했죠. 설전도 벌였어요."

이 교수를 4일 오후 서울 서초동 연구실에서 만났다. 어려운 단어와 표현들이 난무해 '외계어'라는 비아냥까지 들었던 법원 판결문 개정 작업을 하느라 "힘이 들었지만 보람도 있었다"며 웃었다.

'법원 맞춤법 자료집' 개정은 법원도서관 측이 판결문을 쉽고 바른 문장으로 고쳐 쓸 수 있게 하자는 취지로 시작한 작업이다. 국립국어연구원의 추천을 받아 이 교수를 작업 동반자로 부르고, 국어연구원 연구진 5명과 팀을 꾸렸다. 자료집은 판결문을 쓰는 일선 판사들에게는 참고서 격으로, 1997년 첫 발간 이후 2006년 개정판이 나왔다. 전면 개정판이 나온 건 이번이 처음이다.

"사실, 조찬영 조사심의관(판사) 등 법원도서관 측의 의지가 강했고 열성적으로 하셨어요. 근데 법조인의 시각과 국어학자의 시각이 좀 달랐던 거죠. 조율하는 데 상당한 시간이 걸렸지만 '법률에 명시돼 있어 함부로 바꿀 수 없는 용어들'을 제외하곤 법원도서관 측이 제 의견을 상당 부분 수용했습니다."

'국어학자 입장에서 법원 판결문에 작문 점수를 준다면 몇 점이나 줄 수 있겠느냐'는 질문에 이 교수는 "100점 만점에 70점 정도"라고 했다. 전문 분야 구성원들만 보는 글이라면 몰라도 일반 국민이 접하는 글이기 때문에 결코 후한 점수는 주기 어렵다는 거다. 그는 판결문의 가장 큰 문제점으로 관행적 단어 사용과 현실과 동떨어진 표현을 지적했다.

"외포(畏怖), 경락(競落), 도과(徒過)… 이런 단어들은 표준국어대사전에도 나오지 않아요. 물론 사전이 모든 전문용어를 아우를 수는 없습니다. 그렇지만 일반인이 쉽게 이해할 수 없다면 쉽고 정확한 말로 바꿔 쓰는 게 맞습니다."

이 교수는 자료집 초고 작성을 위해 민사·형사·행정·가사 사건 등 유형별로 1000건에 달하는 판결문을 분석했다. 어법에 맞지 않는 문장이 관행으로 쓰이고 있는 것에 놀랐다고 했다. "예를 보죠. 판결문에는 '여성 근로자가 일과 가정을 양립하다'처럼 '~을 양립하다'라는 표현이 자주 나옵니다. 그런데 '양립하다'는 목적어를 취할 수 없는 서술어죠. '~와 ~가 양립하다'로 써야 맞는 거죠."

8개월의 산고(産苦) 끝에 출간된 '법원 맞춤법 자료집'은 일선 법원에 배포돼 실제 판결문 작성 때 참고서로 활용될 예정이다. 이 교수는 "어려운 작업이었지만 판사들이 더 쉽고 아름다운 글로 판결문을 쓴다면 그게 큰 보람이 될 것"이라고 말했다. "고교 교육과정을 마친 국민이라면 누구나 이해할 수 있는 게 좋은 글이죠. 판결문은 당사자 입장에서는 정말 중요한 문제잖아요. 법원이 판단을 했는데 왜 그렇게 판단했는지 이해가 안 간다면 얼마나 답답하겠습니까. 이젠 나아지겠죠."

(이동현 기자)

(출처 : http://joongang.joinsmsn.com/article/875/10844875.html?ctg=)

(2013.03.05)

생각하기 나름

10대 자식이 자기가 하고픈 것을
해주지 않는다고 삐쳐서
방문을 닫고 열어주지 않는다면
그것은 그 아이가 거리에서 방황하는
가출청소년이 아니라
집에 잘 있다는 것이다.

세금이 많이 나왔다면
그것은 실업자가 아니라 직장인이란 의미이다.

전에 입던 옷을 오랜만에 입었더니
실밥이 터질 듯 꽉 조여 온다면
그것은 그동안 잘 먹고 잘 살았다는 증거이다.

법당에서 뒷 자리 신자분이
엉망진창으로 찬불가를 불러 기분이 상했다면
그것은 내 귀가 먹지 않았다는 증거이다.

잠을 자려는데 온몸이 피곤하고 뻐근하다면
그것은 오늘 열심히 일했다는 증거이다.

이른 새벽 자명종 소리에 잠이 깼다면
그것은 내가 아직 살아있다는 것을 뜻한다.

전자 우편이 너무 많이 왔다면
그것은 아직도 내게 관심을 둔 사람이 많다는 것이다.

설거지통에 그릇이 산처럼 쌓였다면
그것은 내가 아주 맛있는 음식을 만들었거나
식구들이 건강하다는 증거이다.

냄새가 심한 양말이 늘 바구니 하나 가득 나온다면
그것은 가족들이 무척 활동적이란 것을 의미한다.

집안 청소가 하기 싫고
집안 꼴이 영 마음에 들지 않는다면
그것은 내가 노숙자가 아니란 뜻이다.

밤새도록 피 터지게 부부싸움을 했다면
아직은 부부가 힘이 넘칠 정도로
싱싱하다는 것을 의미한다.

누군가가 죽도록 밉다면
아직은 내가 기운이 남아돈다는 것을 말한다.

갖고 싶은 게 많고
하고 싶은 게 많아 속상하다면
그것은 아직도 내가 젊다는 증거이다.

인생사는 매사가 생각하기 나름이다. 적극적이고 낙관적인 생각이 삶을 살찌우는 것이 아닐까.

꽃샘추위가 기승을 부리더니 오늘은 비가 내린다. 사실 추위라고 해 봐야 아침기온이 고작 영하 1-2도 정도이다. 영하 15도까지 내려가던 지난 겨울에 비하면 아무 것도 아니다. 오히려 그만큼 봄이 곁에 다가왔다는 뜻이 아닐까.

(2013.04.02)

좌우명(座右銘)

좌우명(座右銘)은 옆에 놓고 아침 저녁으로 바라보며 생활과 행동의 길잡이로 삼는 명언(名言)이나 경구(警句)를 말한다. '명(銘)'은 쇠붙이에 새긴 글이라는 뜻이다.

이 좌우명의 유래가 재미있다. 좌우명은 본래 글이 아니라 술독을 사용했다고 한다.

춘추5패(春秋五覇)의 하나였던 제나라 환공(桓公)이 죽자 묘당(廟堂)을 세우고 제기를 진열해 놓았는데, 그 중 하나가 술독이었다. 그런데 이 술독은 묘하게도 텅 비어 있을 때는 비스듬히 기울어져 있다가, 술을 반쯤 담으면 일어섰고, 가득 채우면 다시 엎어지는 것이었다.

하루는 공자가 제자들과 함께 그 묘당(廟堂)을 찾았는데, 다방면에 걸쳐 박식했던 공자도 그 술독만은 알아 볼 수 없었다. 담당관리로부터 설명을 듣고 나서 그는 무릎을 쳤다.

"아, 저것이 바로 그 옛날 제환공이 의자 오른쪽에 두고 가득 차는 것을 경계했던 바로 그 술독이로구나!"

그는 제자들에게 물을 길러와 그 술독을 채워 보도록 했다. 과연 비스듬히 기울어져 있던 술독이 물이 차오름에 따라 바로 일어서더니 물이 가득 차자 다시 쓰러지는 것이 아닌가.

공자가 말했다.

"공부도 이와 같은 것이다. 다 배웠다고 교만을 부리면 반드시 화를 입게 된다"

좌우명이 술독에서 글로 바뀌어 다시 태어난 것은 그로부터 한참 후의 일이다. 주인공은 중국 후한(後漢)시대의 학자 최원(崔瑗, 78-143.)이다. 그는 자신의 형이 피살되자 원수를 찾아 복수를 하고는 도망쳐 다녔다. 후에 죄가 사면되어 고향에 돌아온 그는 자신의 행실을 바로잡을 글을 쇠붙이에 썼다. 그리고 이것을 의자 오른쪽에 걸어 두고 매일 쳐다보면서 스스로를 가다듬었다. 이것이 좌우명의 효시이다.

당시 최원이 쓴 좌우명은 다음과 같다.

無道人之短 無說己之長 施人愼勿念 受施愼勿忘
다른 사람의 단점을 말하지 말고, 자기의 장점도 말하지 말라.
남에게 베푼 것은 생각하지 말고, 은혜를 받은 것은 잊지 말라.

世譽不足慕 惟仁爲紀綱 隱心而後動 謗議庸何傷
세상의 명예를 부러워 말고, 오직 어진 마음으로 근본을 삼아라.
마음속으로 헤아리고 행하며, 비방하는 말로 어찌 남을 상하게 하랴.

無使名過實 守愚聖所藏 在涅貴不淄 曖曖內含光
실제 이상으로 평가되지 않게 하며, 어리석음을 소중하게 지키고 간직하라.

진흙 속에서도 그에 물들지 않음을 귀하게 여기고, 어둑 속에서 광명을 지녀라.

柔弱生之徒 老氏戒剛彊 行行鄙夫志 悠悠故難量
부드럽고 연약함이 삶의 도반이니, 노자는 굳세고 강한 것을 경계했도다.
행동만 앞서는 것은 졸장부의 짓이니, 후일에 닥쳐 올 재앙을 가늠키 어렵다.

愼言節飮食 知足勝不祥 行之苟有恒 久久自芬芳
말을 삼가고 음식을 절제하며, 만족함을 알면 불상사를 이겨낸다.
만일 이것들을 늘 지켜 나간다면, 삶이 저절로 영원히 향기로우리라.

남을 헐뜯지 마라. 제 자랑 늘어놓지 마라. 은혜를 잊지 마라. 허명으로 과대포장하지 마라….

최원이 죽은 지 거의 1,900여 년이 지난 지금에 이르러 다시 보아도 구구절절이 옳은 말이다.

쇠붙이에는 못 쓸 망정 붓이로라도 써놓고 음미할 일이다.

(2013.04.07)

그대 향기에
세상이 아름다워라

계속 춘래불사춘(春來不似春)이더니 마침내 화창한 봄날이 이어진다. 그래서일까, 오늘 아침 우면산에 진달래가 만발했다. 색깔이며 자태가 너무 곱다.

곱게 보면 예쁘지 않은 꽃이 없을 것이니, 무리 모두가 서로를 향기로운 꽃으로 보면 어떨까. 그러면 두 말 할 것도 없이 평화롭고 아름다운 세상이 열리지 않을까.

－이 채－

밉게 보면
잡초 아닌 풀이 없고
곱게 보면
꽃 아닌 사람이 없으되
그대를 꽃으로 볼 일이로다

털려고 들면 먼지 없는 이 없고
덮으려고 들면 못 덮을 허물 없으되

누구의 눈에 들기는 힘들어도
그 눈 밖에 나기는 한순간이더라

귀가 얇은 자는
그 입 또한 가랑잎처럼 가볍고
귀가 두꺼운 자는
그 입 또한 바위처럼 무거운 법

생각이 깊은 자여
그대는 남의 말을 내 말처럼 하리라

겸손은 사람을 머물게 하고
칭찬은 사람을 가깝게 하고
넓음은 사람을 따르게 하고
깊음은 사람을 감동케 하니

마음이 아름다운 자여
그대 그 향기에 세상이 아름다워라

(2013.04.17)

누가 보는가

"나의 이 한 달을 당신의 나머지 열한 달과 바꾸지 않겠다"는 푸른 5월이 속절없이 지나 어느새 하루밖에 안 남았다.

대내외 경제상황은 나날이 어려워지고, 남북관계를 비롯한 국제사회의 복잡한 문제들은 난마처럼 얽혀가 현기증이 날 지경이다.

거기에 더하여 탈북자들이 대거 북송되었다는 오늘 아침 신문들의 보도를 접하노라니 마음이 더욱 무겁다. 가슴 아픈 이야기이다. 그러다 보니 신문을 대하기가 겁나기까지 한다. 아침에 즐거운 소식을 전하는 조간신문을 보면서 활기찬 하루를 시작하는 때가 언제나 오려나? 그나마 LA다저스의 류현진 투수가 멋진 완봉승을 거두었다는 소식이 가뭄 끝에 내리는 단비 같다.

여름 장마처럼 연일 계속되던 비가 그치고 모처럼 햇살이 환하게 비친다. 그 햇살 아래 아름다운 자태를 드러낸 우면산의 녹음이 다정하게 다가온다. 창문을 통해 바라보는 녹음이 그럴진대, 그 속으로 들어가 눈, 코, 귀를 다 동원하여 오감으로 그 정취를 느낀다면 금상첨화가 아닐까.

　우면산 기슭 새벽 대성사의 풍경소리가 참으로 맑다. 법당 안 목불좌상 아미타불 부처님의 눈에 비친 세파의 모습은 어떠할까? 꿇어 엎드려 국태민안을 비는 범부의 기도는 목의 울대를 타고 안으로 안으로 잠긴다. 그만큼 절실함이 부족한 탓이리라. 그래도 법당 밖 포대화상의 넉넉하고 환한 모습에서 작은 위안을 받는다.

　출근 길 대법원 담장의 붉은 장미가 만발하여 장관을 연출한다. 출근하는 내가 그 꽃을 바라보는 걸까, 그 꽃이 출근하는 나를 바라보는 걸까. 아니면 육조 혜능선사의 말씀처럼 나도 꽃도 아닌 마음이 바라보는 걸까?

　시 한 수를 옮기기 위하여 서론이 길어졌다. 다시 더워진다고 하니 건강에 유의할 일이다.

꽃과 나

-정호승-

꽃이 나를 바라봅니다
나도 꽃을 바라봅니다

꽃이 나를 보고 웃음을 띠웁니다
나도 꽃을 보고 웃음을 띠웁니다

아침부터 햇살이 눈부십니다

꽃은 아마
내가 꽃인 줄 아나 봅니다

(2013.05.30)

사생론(四生論)

예년보다 열흘 앞서 장마가 시작되었다고 하더니, 비는 오는 둥 마는 둥 하고 연일 무더위가 계속된다. 그러는 동안에 어느새 하지(21일)가 지나갔다. 계사년의 시작을 알린 종이 울린 게 엊그제 같은데 말이다.

"어느새"라는 표현을 쓰다 보니, 더 실감나는 "어느새"가 있다. 다른 게 아니라, 온 나라를 전쟁의 구렁텅이로 몰아넣은 6·25 사변의 포성이 멈춘 후 "어느새" 60년이란 세월이 흘렀다는 것이다. 6·25 사변은 구(舊) 소련의 사주를 받은 김일성의 터무니없는 야욕이 빚은 우리 민족의 참화였다. 북한 공산군의 군화에 짓밟혀 벼랑 끝에 매달린 풍전등화의 나라를 구한 것은 주지하는 대로 유엔군의 참전이었다. 그러나 유엔군의 도움만으로 우리나라가 절체절명의 위기에서 벗어난 것은 물론 아닐 것이다. 내 손으로 내 나라를 지키겠다는 우리 국민의 굳은 의지가 뒷받침되었기에 가능하였던 것이 아닐까.

아래 일화가 많은 것을 생각하게 한다.

북한 공산군과 대치하고 있는 벙커를 지키고 있던 한국 병사에게 맥아더 장군이 물었다.
"전세가 이렇게 밀리고 있는데 왜 도망을 가지 않느냐?"
그러자 한국병사가 대답했다.

"후퇴하라는 명령은 없었습니다."

감동받은 맥아더 장군은 소원을 하나 들어주겠다고 말했고, 한국 병사는 다음과 같이 말했다.

"충분한 실탄과 총을 지원해 주십시오."

자신을 이 벙커에서 빼달라는 대답을 예상했던 맥아더 장군에게 이 한국 군 병사의 말은 충격적이었다.

맥아더 장군은 말했다.

"우리는 전력을 다해서 이 나라(한국)를 지켜야 한다."

그 후 인천상륙작전이 실행되었고 수만 명의 미국 병사가 한국을 위해 전사했다.

얼마 전에 어느 신문사가 고등학생을 상대로 한 설문조사에서 6·25 사변이 북침이라고 한 대답이 69%나 되었다는 보도가 나온 적이 있다. 그리고 뒤이어 이는 설문조사 문항이 애매하여 그런 결과가 나온 것이라는 일부의 반론도 제기되었다.

문득 좌우명(座右銘)을 최초로 쓴 사람으로 유명한 중국 후한(後漢)시대의 학자 최원(崔瑗, 78-143. 호는 子玉)이 한 말이 떠오른다.

욕심을 내면 자신을 죽이고,
재산을 남기면 자손을 죽이고,
정치를 잘못하면 백성을 죽이고,
학문과 교육을 잘못하면 나라를 죽인다.

최원(崔瑗)의 이른바 사살론(四殺論)이다.

우리나라 고등학생들은 도대체 6·25 사변의 '남침과 북침'의 의미도 구별을 못할 정도로 교육이 엉망인 것일까, 아니면 일부에서 우기고 또 그렇게 믿고 싶어 하는 대로 정녕 6·25 사변이 남한이 북한을 침략하는 바람에 일어난 전쟁으로 알고 있는 것일까?

2007년 평양에서 개최되었던 남북 정상회담에서 오고간 이야기가 알려지면서 온 나라가 시끌벅적하다. 와중에 오늘은 북경에서 한중 정상회담이 열린다.

욕심을 버리면 자신을 살리고
재산을 기부하면 이웃을 살리고,
정치를 잘하면 백성을 살리고,
학문과 교육을 잘하면 나라를 살린다.

한반도를 둘러싼 국제정세가 긴박하게 돌아가고 있는 이 즈음, 이런 사생론(四生論)을 갈파하면 어떨까.

바야흐로 그 어느 때보다도 '백성을 살리는 정치, 나라를 살리는 교육'이 절실히 요구되는 시점이 아닐는지.

(2013.06.27)

차 한 잔의 행복

벌써 7월의 마지막 주다.

유난히 지루한 장마와 무더위가 반복되는 후덥지근한 여름이다. 열흘 후면 입추이니 이 더위가 가실 것이라고 기대하면서 한 주일을 맞이하면 그나마 위안이 될까. 그렇지만 장마가 끝나면 곧 찌는 더위가 이어질 거라는 일기예보에 맥이 빠진다. 지금도 더운데 도대체 얼마나 더 덥길래 그런 예보가 들려오는 건지.

지난 일요일밤 국가대표팀 축구경기에서 일본한테 지는 바람에 온 국민의 불쾌지수만 올라가지 않았을까. 그러잖아도 일본 아베 총리가 우리나라를 비롯한 이웃나라 국민들의 심기를 자꾸 자극하고 있는 판에 축구라도 시원하게 이겨 주었으면 좋았을 것을, 국가대표팀 경기에서 일본한테 13년째 승리를 거두고 있지 못 하다니 이를 어찌해야 하나. 일본과 경기를 한다기에 오랜만에 텔레비전 앞에 앉았다가 혈압만 올라갔다.

하지만, 일체유심조라, 세상만사 마음먹기 달린 것이니,

맛있는 차를 마시며 그 향기와 더불어 우울한 기분을 떨치고 즐겁게 한 주를 시작하면 어떨까.

차 한 잔의 행복

맛있는 차를 마실 때
난 행복하다

혀가 있다는 것은
내가 살아 있다는 것
온몸이 있다는 것

눈이 있다는 것은
내가 살아 있다는 것
온몸이 있다는 것

그대 있어
이 세상 살아야 할 이유가 되거늘

(***이재항의 '커피 한 잔의 행복'에서 '커피'를 '차'로 바꿔 보았다.)

(2013.07.30)

가을의 길목에서

9월의 첫주이다. 유난히 무더웠던 여름의 끝자락이 물러가고 있다. 아침 운동길에 찾는 우면산에도 가을이 서서히 다가오고 있다. 길가에 핀 코스모와 나팔꽃, 그리고 누렇게 변하여 가는 억새가 그것을 말해 주고, 대성사 법당 처마에 달린 가녀린 풍경이 가을 하늘과 멋진 조화를 이룬다. 갑자기 서늘해진 날씨에 반바지 반팔 티셔츠가 철을 모르는 복장이 아닌가 하는 생각이 들 정도이다. 그래도 낮에는 여전히 기온이 많이 올라가니 건강에 유의할 일이다.

각종 정치, 경제, 사회적 문제로 더운 여름 내내 조용한 날이 없더니, 현직 국회의원이 주모자로 지목된 내란음모 사건이 터져 나라가 발칵 뒤집힌 형국이다.

　자유민주주의가 사회주의나 공산주의에 비하여 월등하게 훌륭한 제도라는 사실은 이미 구 소련과 동구의 몰락으로 역사적으로 증명된 것인데도, 대한민국에서 정작 마음껏 자유를 누리고 온갖 혜택을 받고 살면서, 아직도 공산주의의 망령에 사로잡혀 북한의 김씨 왕조를 숭모하고 추앙하는 사람들의 심사는 무엇일까.

　그들에겐 대한민국의 자유와 풍요보다는 북한의 질곡과 굶주림이 더 좋고 이상향이라는 것일까. 내가 쳐 놓은 나만의 울타리에서 한 발짝도 벗어나지 못하는 이유가 무엇일까. 참으로 이해할 수 없는 일이다.

　폐일언하고, 바야흐로 가을이 오고 있는 길목이다. 이 순간 차 한 잔 권하는 이 없다면 삶이 너무 무미건조할 것이다. 찻잔 속에 정을 담고 그리움을 담아 한 잔의 차를 권해볼거나.

(2013.09.04)

시월의 편지

　며칠 전 내린 얼마 안 되는 양의 비가 갑작스런 추위를 몰고 왔다. 가을이 왜 이리 더디게 지나가냐고 재촉하는 비였나 보다. 만일 진정 그렇다면 계절의 신이 너무 짓궂다는 생각을 떨칠 수 없다. 그러지 않아도 우리나라의 봄 가을이 자꾸 짧아져 가고 있어 아쉬운 판이니 말이다.

　하지만 세상 일은 늘 희비가 교차되기 마련이다. 며칠 전 추위를 대동하고 비가 온 대신 그 보상으로 그 다음 날 오전에는 류현진이 미국에서 대단한 활약상을 전해 오고 밤에는 국가대표 축구팀이 축구팬을 즐겁게 하여 주었다.

누군가 말한다. 이제 우리나라는 뚜렷이 구별되는 4계절이 있는 게 아니라 더 세분된 6계절이 있다고. 이름하여, 초여름, 한여름, 늦여름, 초겨울, 한겨울, 늦겨울. 이 말이 맞는 것 같기도 하고 아닌 것 같기도 해 다소 헷갈린다.

아무튼 목하 가을이 한창인 것만은 분명하다. 지난 주 토요일에 찾았던 연인산의 푸른 하늘은 실로 가늘 하늘의 진수를 보여 주었다. 한로(寒露)가 지나고 며칠 후면 상강(霜降)이다. 고개 숙인 억새 사이로 가을의 향기를 날라다 주는 금풍(金風)은 삽삽하고, 동방에 우는 실솔(蟋蟀)은 깊은 수심을 자아내는데, 창공의 홍안성(鴻雁聲)이 전해 오는 민 데 소식은 어떤 것일까.

당나라의 시인 장적은 낙양성에서 가을바람을 보고 문득 고향생각이 나 서둘러 집에다 편지를 썼지만,

秋思(추사)

洛陽城裏見秋風(낙양성리견추풍)
欲作家書意萬重(욕작가서의만중)
復恐悤悤說不盡(부공총총설부진)
行人臨發又開封(행인임발우개봉)

낙양성에서 가을바람을 맞으니
집에다 편지를 써야겠는데 생각이 만겹이라
서두르다 미처 다 쓰지 못한 것 같아 걱정되어
편지 전할 행인이 길 떠나기 전에 다시 한번 뜯어본다

　아침 산사의 처마 끝에 매달린 풍경을 스치고 지나는 가을바람을 본 범부는 받는 이 없는 시월의 편지를 허공에 띄워 본다.

　　　　　시월의 편지

　　　　　　　　　　-목필균-

　　　　　　깊은 밤
　　　　별빛에 안테나를 대어놓고
　　　　　　편지를 씁니다

　　　　　　　지금

　　　　　바람결에 날아드는
　　　　풀벌레 소리가 들리느냐고

온종일 마음을 떠나지 못하는
까닭 모를 서글픔이
서성거리던 하루가 너무 길었다고

회색 도시를 맴돌며
스스로 묶인 발목을 어쩌지 못해
마른 바람 속에서 서 있는 것이
얼마나 고독한지 아느냐고

알아주지 않을 엄살 섞어가며
한 줄, 한 줄 편지를 씁니다

보내는 사람도 받을 사람도
누구라도 반가울 시월을 위해
내가 먼저 안부를 전합니다.

(2013.10.19)

흔들리는 11월

어제가 소설(小雪)이다. 바야흐로 눈이 내일 정도로 겨울이 시작되는 때라는 것이다. 하지만 어제 새벽 여명이 밝아오는 우면산 산길에는 눈 대신 무서리가 반짝였다. 정작 상강(霜降)은 한 달 전에 지났는데 말이다. 아마도 한 송이 국화꽃을 피우기 위해서일 것이다.

그러고 보면 상강 후 입동(立冬)이 지나고 소설이 되도록 아직 큰 추위가 오지는 않았다. 우리 조상들은 "소설 추위는 빚을 내서라도 한다"고 했다. 이유인즉 소설에 추워야 보리농사가 잘 되기 때문이라고 한다.

그러나 요새는 농촌에서도 예전처럼 보리농사를 많이 짓지를 않으니, 이제는 "소설 추위는 빚을 내서라도 막는다"고 해야 할지 모르겠다. 그래도 손돌바람(孫石風)만큼은 불어야 하지 않을까.

손돌바람은 아니더라도, 인간사 모두가 고해이니 어디로든 가자고 등을 떠미는 바람이 상처 입은 가슴을 뚫고 지나가는 것은 막을 길이 없다. 정작 커다란 상처를 안겨 준 사람은 오히려 자기가 상처를 받은 양 목소리를 높인다. 하지만 그게 인간사이다. 뒷모습을 보이고 멀어져 가는 가을의 뒷자락이 아스라하다.

그나저나 연말이면 우리나라 가계빚이 1,000조를 돌파할 것이라고 한다. 우리나라 경제에는 언제나 봄볕이 들까. 모두가 힘을 모아 국태민안(國泰民

安)을 위한 '경제살리기'에 매달려도 모자랄 판인데, 신문을 펼치면 이마에 내 천(川)만 그려지니 답답하기 그지없다.

잔인한 11월이 지나가고 있다. 감기라도 걸리지 않게 조심할 일이다.

11월의 시

－이외수－

세상은 저물어
길을 지운다

나무들 한 겹씩
마음을 비우고

초연히 겨울을 떠나는 모습
독약같은 사랑도
문을 닫는다

인간사 모두가 고해이거늘
바람도 어디로 가자고
내 등을 떠미는가

상처깊은 눈물도 은혜로운데
아직도 지울 수 없는 이름들

서쪽 하늘에 걸려
젖은 별빛으로
흔들리는 11월

(2013.11.23)

세모의 기도

또 한해가 가 버린다고
한탄하며 우울해 하기보다는
아직 남아 있는 시간들을
고마워하는 마음을 지니게 해 주십시오

한 해 동안 받은 우정과 사랑의 선물들
나를 힘들게 했던 슬픔까지도
선한 마음으로 맞이하며
눈 오는 풍경 그려진 감사 편지 한장
사랑하는 이들에게 띄우고 싶습니다.

해야 할 일들 곧잘 미루고 작은 약속 소홀히하며
나에게 마음 닫아 걸었던 한 해의 잘못을 뉘우치며
겸손하게 길을 가렵니다

시간을 아껴 쓰고
모든 이를 용서하면
그것 자체가 행복일텐데,
이런 행복까지도 미루고 사는
저의 어리석음을 용서하십시오

똑같은 잘못과 후회를 매년 되풀이하지만,
그래도 달력의 마지막장을 넘기며
같은 다짐을 다시 하여 봅니다.
새해에도 열심히 살아야지요

보고 듣고 말할 것 너무 많아
멀미나는 세상이지만,
그래도 언제나 깨어 있어
맑은 마음 유지할 수 있도록
도와 주시옵소서

－이해인－

그야말로 다사다난했던 계사년이 저물어가고 있다. 동지도 지나고, 크리스마스도 지났다. 그런데 나라 안팎의 사정은 어느 하나 녹녹한 것이 없는 세모이다. 그래서 너나 없이 마음 편하게 기댈 언덕이 있는 삶을 기다리는 것이 아닐는지.

곧 갑오년이 시작된다. 120년 전 갑오년에는 비록 외세를 빌리기는 했으나 근대적 개혁(갑오경장)이 시작되었고, 60년 전 갑오년에는 6.25전쟁의 폐허에서 벗어나려는 재건의 삽을 떴다.
그로부터 60년만에 다시 돌아오는 갑오년, 하늘로 뻗치는 푸른 말의 기운을 받아 힘차게 질주하는 한 해, 순결한 눈과 맑은 마음을 늘 유지하는 한 해가 되길 바라는 소망을 품어 본다.

(2013.12.31)

통상임금

2013년 경제계를 뜨겁게 달군 문제 중의 하나가 통상임금의 범위를 어떻게 정할 것이냐 하는 것이었다. 그 중에서도 특히 상여금을 통상임금에 포함시킬 것이냐 여부가 핵심적인 쟁점이었다.

대법원에서는 9월 5일 TV로 생중계되는 가운데 전원합의 공개변론을 열었고, 그 후 논의를 거듭한 끝에 12월 18일 판결을 선고하였다.

아래는 이에 관한 언론기사이다.

*　*　*

大法 "정기 상여금도 통상임금"
(조선일보 2013. 12. 19.자)

– 노, 사측과 통상임금 합의했는데도 추가임금 과다 요구땐 '신의칙' 위반
– 노사가 서로 합의 안 했다면 3년내 미지급분 청구소송 가능

대법원은 18일 선고에서 지난 1년여간 통상임금 관련 사건으로 사회적 혼란이 컸던 점을 감안해 통상임금의 개념과 요건을 조목조목 제시했다. 또 정

기상여금 등을 통상임금에 포함한다고 밝히면서도, 이로 인해 기업에서 일순간에 벌어질 수 있는 혼란에 대비해 '신의칙(信義則)' 규정을 제시했다.

　재계와 노동계가 가장 주목했던 향방은 통상임금의 요건(要件)이다. 대법원은 이날 정기성(定期性)·일률성(一律性)·고정성(固定性) 등 세 가지가 통상임금의 요건이라고 밝혔다. 통상임금으로 인정받기 위해서는 이 세 가지가 동시에 만족되어야 하는데, 가장 핵심적인 쟁점은 고정성이다.
　고정성이란 근로자가 초과 근로를 할 때 임금 지급 여부가 업적이나 성과 등 추가적인 조건과 관계없이 확정적으로 지급되는 것을 의미한다.
　정기성은 어떤 임금이 한 달을 초과하는 기간마다 지급이 되더라도 정기적으로 지급되는지를 말한다. 재판부는 "정기적으로만 지급되면 통상임금이 될 수 있다"고 밝혔다.
　일률성은 '일정한 조건이나 기준에 드는 모든 근로자'에게 일률적으로 지급되어야 한다는 의미다.

　이날 선고로 지금까지 맺었던 노사협약이 뒤집혀 사업장별로 생길 수 있는 사회적 혼란에 대해서도 대법원은 해결 방안을 제시했다. 정기상여금의 경우에도 신의칙을 위반했다면 근로자는 추가 임금을 받을 수 없다고 밝힌 것이다.

　대법원은 ▲정기상여금이면서 ▲이날 선고 전 노사(勞使)가 '정기상여금은 통상임금에 해당하지 않는다'고 합의를 해 임금 조건을 정했을 경우에도 ▲근로자가 합의 무효를 주장하면서 추가 임금을 청구해 기업이 중대한 경영상 어려움을 초래했다면 신의칙에 위반한다고 설명했다.

　대법관 중 일부는 이런 다수 의견에 대해 이견을 보였다. 이인복·이상훈·김신 대법관은 "신의칙 위반의 근거나 기준에 합리성이 없기 때문에 신의칙

적용에 찬성할 수 없다"고 밝혔다. 김창석 대법관은 별개 의견을 통해 "상여금이나 1개월이 넘는 기간마다 지급되는 수당은 정기적·일률적·고정적으로 지급되는 것이라도 통상임금에 포함될 수 없다"는 의견을 제시하기도 했다.

대법원 관계자는 "통상임금과 관련돼 제기된 여러 법적 문제가 이번 판결로 해결될 것으로 기대한다"고 말했다. 하지만 임금협상 과정에서 노사가 '정기상여금이 통상임금에 포함되지 않는다'는 합의를 하지 않았다면, 민법상 임금 채권의 소멸시효가 3년이므로 최근 3년간의 임금 미지급분을 지급하라는 줄소송이 이어질 가능성도 있다.

(2013.12.31)

봄은 매화나무에 걸리고 (春在枝頭已十分)

갑오년 달력을 한 장 또 넘겼다. 올해도 벌써 1/6이 지났다.

어제가 3.1절이다. 비록 일제의 잔악한 총칼 앞에 좌절되기는 하였지만 평화를 사랑하는 한민족의 드높은 기상을 만방에 알리며 "대한독립만세!"를 외친 지 95년이 흘렀다.

과거 나치의 만행에 대하여 기회만 되면 사과하고 반성하는 독일과는 달리, 일본의 아베정권은 '우리가 무엇을 잘못했냐'며 '배째라'라는 식의 막가파적 행태를 보이고 있다. 더구나 그 정도가 나날이 심해지고 있다.

태산이 안개에 가렸다고 해서 동산이 되는 것이 아니고, 참나무가 비에 젖었다고 수양버들이 되는 것이 아닐진대, 진실을 애써 외면한 채 자꾸 손바닥으로 하늘을 가리려는 그들의 행태가 장차 우리에게 또다시 커다란 우환으로 닥쳐올지도 모른다. 눈을 부릅뜨고 경계를 하여야 할 일이다.

각설하고, 대동강물이 녹는다는 우수(雨水)가 어느새 지나고 나흘 후면 개구리가 겨울잠에서 깨어나 머리를 내미는 경칩(驚蟄)이다. 여러 날에 걸쳐 우리를 괴롭혔던 중국발 미세먼지가 마침내 걷힌 하늘이 모처럼 화창하다. 아마도 꽃샘추위가 한번쯤은 찾아와 어깨를 움츠리게 하겠지만, 이미 겨울은 모르는 사이에 기억의 저편으로 사라지고 있다.

　겨울이 모르는 사이에 가버리듯 봄도 부지불식간에 다가오고 있으리라. 그래서 어느 시인은 작심하고 그 봄을 찾아 길을 나섰다가 허탕을 치고 돌아와서는 정작 집에 이미 와 있는 봄을 발견하였다고 하였다.

探春(탐춘)

－戴益(대익)－

盡日尋春不見春(진일심춘불견춘)
杖藜踏破幾重雲(장려답파기중운)
歸來適過梅花下(귀래적과매화하)
春在枝頭已十分(춘재지두이십분)

날이 다하도록 봄을 찾아 헤맸건만 끝내 봄은 보지 못한 채,
지팡이 짚고 몇 겹의 구름을 얼마나 헤치고 다녔던가.

하릴없이 집으로 돌아오는 길에 매화나무 밑을 지나노라니,
아뿔싸, 봄이 그 나무가지 끝에 와 있은 지 이미 오래구나.

　어찌 봄만 가까이에 있겠는가. 진리도, 행복도 바로 곁에 있는데, 우매한
중생이 그것을 깨닫지 못한 채 엉뚱한 곳을 헤매며 미몽(迷夢)에서 깨어나
지 못하는 것이 아닐까.

　미세먼지가 사라졌다고 하지만 낮과 밤의 일교차가 큰 환절기이다. 건강
에 각별히 유념할 일이다.

　갑오년 3월의 첫 일요일에 쓰다.

(2014.03.02)

봄은 매화나무에 걸리고(春在枝頭已十分)　**271**

백화제방(百花齊放)

이상고온과 봄가뭄이 계속되는 가운데 지난 주말에 그나마 빗방울이 보여 다행이었다. 그 빗방울을 맞은 꽃송이는 아플까?

서울에서는 1922년 기상관측을 시작한 이래 처음으로 3월에 벚꽃이 피었다고 한다. 목련, 개나리, 진달래, 벚꽃이 한꺼번에 피는 백화제방(百花齊放)의 진풍경을 마냥 즐길 수만은 없을 듯하다. 이 땅에서 봄은 정녕 추억 속의 계절로 되는 걸까? 정말 그렇다면 그 다음에 어떤 변화가 또 일어날지 두렵다.

하지만 그것이 인간이 파괴한 자연에 대한 업보라면 순순히 받아들여야 할 것이다.

그나저나 3월의 마지막 일요일, 북한산 둘레길 8구간 구름정원길(불광동 한산생태공원 상단 ~ 진관동 진관생태다리 앞. 총 5.2km)에서 바라본 북한산의 모습이 참으로 아름다웠다.

강추이다.^^

찬비 내리고

-나희덕-

우리가 후끈 피워냈던 꽃송이들이
어젯밤 찬비에 아프다 아프다 아프다 합니다
그러나 당신이 힘드실까봐
저는 아프지도 못합니다

밤새 난간을 타고 흘러내리던
빗방울들이 또한 그러하여
마지막 한 방울이 차마 떨어지지 못하고
공중에 매달려 있습니다.

떨어지기 위해 시들기 위해
아슬하게 저를 매달고 있는 것들은
그 무게의 눈물겨움으로 인하여
저리도 눈부신가요

몹시 앓을 듯한 이 예감은
시들기 직전의 꽃들이 내지르는
향기 같은 것인가요

그러나 당신이 힘드실까봐
저는 마음껏 향기로울 수도 없습니다.

(2014.04.01)

담박영정(澹泊寧靜)

　세월호의 참사와 지방선거의 열풍 때문인가, 그런 날이 있는지 없는지 모르게 지난 2일에 단오가 지나갔다. 한 해 중 가장 양기가 왕성하고 아름다운 때라 해서 예로부터 천중지가절(天中之佳節)이라고 불렸는데, 그 말이 그만 무색해졌다. 전 같으면 각종 언론에서 창포로 머리를 감고, 그네를 뛰고, 수리떡을 해 먹고…. 등등 세시풍속이 어떻다며 기사를 내보내고, 유네스코 지정 세계무형문화재인 강릉단오제에 관한 사진도 올렸을 텐데, 올해는 완전히 세인의 관심 밖으로 내밀린 형상이다.

　앞으로 4년간 지방정부를 이끌어갈 사람들을 뽑는 선거가 확실히 중요하긴 한 모양이다. 그런데 막상 투표율은 60%를 넘지 못하니, 이를 어떻게 해석하여야 할까?

　삼국지를 보면 촉나라 황제 유선에게 두 번째 출사표를 올리고 위나라를 정벌하러 나선 제갈공명(諸葛孔明)은 오장원(五丈原)에서 위나라의 사마중달과 전투를 벌이다 병이 들어 생을 마감한다. 서기 234년, 그의 나이 53세 때이다. 그는 죽기 전에 어린 아들(8세)을 훈계하기 위하여 총 86자의 편지를 쓴다. 그것이 바로 계자서(誡子書)이다. 여기에 아래와 같은 글이 나온다.

夫君子之行(부군자지행)

靜以修身 儉以養德(정이수신 검이양덕).

非澹泊無以明志(비담박무이명지),

非寧靜無以致遠(비영정무이치원).

무릇 군자의 길은

고요함으로 수신하고 검소함으로 덕을 쌓는 것이다.

마음이 맑고 담백하지 않으면 큰 뜻을 밝힐 수 없고,

마음이 평온하지 않으면 원대한 이상을 펼칠 수 없다.

박근혜 대통령이 작년 6월 중국을 방문했을 때 청화대에서 연설하면서 인용하여 유명해진 말인 '담박영정(澹泊寧靜)'이라는 사자성어(四字成語)가 바로 여기서 유래한다. 인간이 100년을 산다고 해도 길고 긴 역사의 흐름 속에서는 결국 한 점에 불과하므로, 모름지기 바르고 진실 되게 사는 것이 중요하다는 의미를 내포하고 있다.

온(?) 국민의 관심사였던 지방선거가 끝났다. 개표 결과를 놓고 여야(與野) 할 것 없이 손익계산서 뽑기에 여념이 없을 것이다. 언론에서는 향후의 정국구도를 전망하면서 벌써 차기 대권주자 후보군을 나열하고 있다. 6개월 앞을 내다보기도 어려운 판에 참으로 성급하다는 생각을 지울 수 없지만, 누구든지 큰 뜻을 밝히고 원대한 이상을 펼치고자 한다면 제갈공명이 설파한 '담박영정(澹泊寧靜)'의 정신을 늘 간직하여야 하지 않을까 싶다.

문득 연암(燕巖) 박지원(朴趾源)이 아들에게 적어 주었다는 여덟 글자가 생각난다. '인순고식 구차미봉(因循姑息 苟且彌縫)'이 바로 그것이다. 박지원은 아들에게 이 여덟 글자를 적어 보이면서 "세상만사가 이 여덟 글자로부터 잘못된다"고 하였다. 인순(因循)은 내키지 않아 머뭇거림을 말하고, 고식(姑息)은 낡은 습관이나 폐단을 벗어나지 못하고 눈앞의 안일만을 추구하는 것을 의미하며, 구차(苟且)는 말이나 행동이 떳떳하지 못함을 가리키고, 미봉(彌縫)은 임시변통으로 잘못을 덮는 것을 일컫는다.

한양대 국문과의 정민 교수는 이 여덟 글자 '인순고식 구차미봉(因循姑息 苟且彌縫)'을 다음과 같이 풀이한다.

세상일은 쉬 변한다. 사람들은 해오던 대로만 하려 든다. 어제까지 아무 일 없다가 오늘 갑자기 문제가 생긴다. 상황을 낙관해서 그저 지나가겠지, 별일 없겠지 방심해서 하던 대로 계속하다 일을 자꾸 키운다. 이것이 인순고식(因循姑息)이다. 당면한 상황은 갑자기 생긴 것이 아니다. 인순고식의 방심이 누적된 결과다. 차근차근 원인을 분석해서 정면 돌파해야 한다. 하지만 없던 일로 하고 대충 넘기려 든다. 문제가 해결되지 않고 차곡차곡 쌓인다. 어쩔 수 없으니 한 번만 봐달라는 것이 구차(苟且)이고, 그때그때 대충 꿰매 모면해서 넘어가는 것이 미봉(彌縫)이다.

'담박영정(澹泊寧靜)'의 정신으로 큰 뜻을 밝히고 원대한 이상을 펼치려고 하는데 '인순고식 구차미봉(因循姑息 苟且彌縫)'이 발목을 잡아서는 안 될 일이다.

오늘도 대성사 부처님 앞에 머리를 조아리며 올리는 기도가 간절하다.

"부처님, 이 나라가 태평하고 백성이 편안케 하여 주시옵소서"

(2014.06.06)

천장지제 궤자의혈
(千丈之堤 潰自蟻穴)

참으로 무더운 날씨가 계속 이어지더니 마침내 서울 하늘에도 큰 비가 내려 더운 대지를 조금이나마 식혀 주었다. 지난 18일이 초복(初伏)이고 어제가 대서(大暑)이었으니 더운 것이 이상할 것은 없지만, 그래도 계속되는 무더위에 뭔가 심상치 않다는 생각을 지울 수 없다. 여름이면 어김없이 찾아오던 장마가 올해는 실종된 것인지, 이번에 중국으로 향한 태풍이 몰고 온 비를 제외하면 여간해서 비다운 비를 구경하기 힘들었다.

세월호가 침몰한 지도 딱 100일이다. 그 사이에도 일산의 상가가, 서울과 부산의 지하철이 범부들의 가슴을 쓸어내리게 하더니, 최전방 군부대에 근무하던 임병장의 총기난사에 이어 급기야 소방헬기가 추락하여 탑승자 전원이 사망하고, 기차가 정면충돌하는 사고까지 발생하였다. 그야말로 화불단행(禍不單行)이다.

그런가 하면 지난 17일 우크라이나 상공에서는 말레이시아 항공의 여객기가 미사일에 격추되어 승객과 승무원 298명 전원이 사망하는 사건이 일어났고, 그로 인해 미국, 유럽 등의 서방과 러시아가 대립하는 신(新) 냉전의 시대가 도래하였다는 말까지 나온다.

이러니 "아니 더울 수 있겠느냐" 이다.

"형체가 있는 것 중에 큰 것은 반드시 작은 것에서 생긴다(有形之類 大必起於小).

오래 존속하는 것 중에 많은 것은 틀림없이 적은 것으로부터 비롯된다(行久之物 族必起於少)."

그래서 노자는

'천하의 어려운 일은 반드시 쉬운 일에서 생기고, 천하의 큰 일은 언제나 사소한 일에서 시작된다'

고 했다(故曰 天下之難事必作於易 天下之大事必作於細).

무릇 사물을 제어하려는 사람은 그 사소한 것부터 시작하는 법이다(是以欲制物者於其細也).

노자는 또

'어려운 것을 도모하려면 쉬운 것부터 하고, 큰 것은 사소한 것에서부터 시작한다(故曰 圖難於其易也 爲大於其細也)'

고 말했다.

천장 높이의 둑도 개미구멍으로 말미암아 무너지고(千丈之堤 以螻蟻之穴潰),

백 척짜리 큰 집도 굴뚝 틈에서 나온 불똥으로 인해 타버린다(百尺之室 以突隙之烟焚).

중국 전국(戰國)시대의 사상가 한비자(韓非子), 그는 너무 비범한 것이 오히려 화근이 되어 한 때 동문수학했던 이사(李斯)에 의해 죽임을 당했다. 위 글은 그 한비자(韓非子)가 설파한 '천장지제 궤자의혈(千丈之堤 潰自蟻穴)'의 내용이다. 법가(法家) 사상가가 노자의 말을 인용한 것이 이채로운데, 매사에 보잘 것 없는 사소한 게 원인이 되어 큰 일이 일어남을 경계하고 있다.

계속되는 경기 침체와 각종 사고, 툭하면 미사일과 방사포를 쏘아대는 북한의 도발, 주변 국가들의 우려를 애써 무시하며 집단자위권을 내세워 군사 대국의 길에 매진하는 일본 아베정권의 폭주, 서방과 러시아의 신(新) 냉전 등 우리의 국내외적 환경은 어려움이 첩첩산중이다. 어느 하나 소홀히 다루었다가는 어디에서 '천장지제 궤자의혈(千丈之堤 潰自蟻穴)'의 불똥이 튈지 모른다. 너나 할 것 없이 모두 정신을 바짝 차릴 일이다.

태풍이 몰고 온 비가 다 내리고 나면 다시 찜통더위가 시작되지 않을까.
일주일 후면 전국 15개의 선거구에서 보궐선거가 치러진다. 선거 결과가 어떻게 나오든, 선거 후 상생하는 모습을 국민에게 보여 준다면 그야말로 한 줄기 시원한 소나기가 되지 않을까.

(2014.07.24)

이혼시 퇴직금의 재산분할

퇴직금은 근로자가 직장에서 퇴직할 때 비로소 수령한다. 따라서 근무하고 있는 동안에는 받을 수 없다. 따라서 직장에 근무하는 사람이 이혼할 때 이미 퇴직한 상태라면 모를까 아직 근무하고 있다면 그가 장차 퇴직할 때 받을 퇴직금은 재산분할의 대상이 되지 않는다는 것이 그동안의 대법원 판례였다.

그런데, 이혼할 당시를 기준으로 결혼 때부터 그 때까지 적립되어 있는 퇴직금 상당액은 부부가 협력하여 형성한 재산으로 볼 수 있다는 점에서 이를 재산분할의 대상에서 완전히 배제하는 것은 문제이다.

이 점에 관하여 논의가 분분하였는데, 2014. 7. 16. 대법원 전원합의체 판결로 논란에 종지부를 찍었다. 아래는 그 관련 기사이다.

대법 "미래의 퇴직금·퇴직연금도 이혼할 때 나눠야"
(연합뉴스 2014. 7. 16.자)

– "임금의 후불적 성격이어서 분할 대상"…향후 이혼소송에 적용

(서울=연합뉴스) 이신영 기자 = 이혼할 때 미래에 받게 될 퇴직금이나 퇴직연금도 배우자에게 나눠줘야 한다는 대법원 첫 판결이 나왔다.

대법원 전원합의체(주심 민일영 대법관)는 16일 교사 A(44)씨가 연구원 남편 B(44)씨를 상대로 낸 이혼 및 재산분할소송에서 원고 일부 승소로 판결한 원심을 깨고 사건을 대전고법으로 돌려보냈다.

대법원은 퇴직일과 수령할 퇴직금·연금 액수가 확정되지 않았으면 재산분할 대상에 포함할 수 없다고 결정했던 기존 관례를 깨고 미래에 퇴직 후 받게 될 금액도 이혼할 때 나눠 가져야 한다고 결정했다.

대법원은 이혼소송의 사실심 변론이 끝난 시점에서 퇴직할 때 받을 수 있는 퇴직급여 상당액을 분할 대상으로 삼으라는 기준을 제시했다.

고령화 사회로 접어들어 퇴직금과 연금의 중요성이 커진 만큼 앞으로 이혼 소송에도 많은 영향을 줄 것으로 풀이된다.

대법원은 "퇴직금과 퇴직연금은 임금의 후불적 성격이 포함돼 있어 부부 쌍방이 협력해 이룩한 재산으로 볼 수 있는 만큼 이혼할 때도 분할해야 한다"고 판단했다.

대법원은 "이혼 시점에 퇴직급여가 확정되지 않았다는 이유만으로 이를 재산분할에 포함하지 않는 것은 재산분할제도의 취지에 맞지 않고 실질적 공평에도 반한다"고 설명했다. 대법원은 또 "재산 분할 대상에 포함하지 않는 경우 혼인생활의 파탄에도 불구하고 퇴직급여를 수령할때 까지 이혼시기를 미루도록 사실상 강제하는 결과가 초래될 수 있다"고 밝혔다.

대법원은 이어 이혼할 당시 부부 중 어느 한 쪽이 이미 퇴직했다면 퇴직금을 일시금으로 받은 경우에만 분할 대상에 포함했던 종전 관례도 변경했다.

부부 한쪽이 이혼 시점에서 이미 퇴직해 매달 퇴직연금을 받고 있는 경우 그가 앞으로 수령할 퇴직연금도 재산분할 대상에 포함해야 한다고 결정한 것이다. 대법원은 이런 경우에는 퇴직연금수급권과 다른 일반재산을 구분해 개별적으로 분할 비율을 정하는 것이 타당하다고 봤다.

이어 분할 비율을 정할 때는 재직기간에서 혼인기간이 차지하는 비율, 당사자의 직업과 업무내용, 가사나 육아부담 분배 등 상대 배우자가 실제로 기여한 정도를 종합적으로 고려해 정하라고 기준을 정했다.

A씨는 14년간의 결혼생활을 끝내고 2010년 남편 B씨를 상대로 이혼 소송을 냈다.

남편은 항소심에서 아내가 앞으로 받게 될 퇴직금도 나눠달라고 주장했다. 아내의 퇴직금은 1억원, 남편의 퇴직금은 4천만원 가량이었다.

항소심은 미래의 퇴직금은 분할 대상이 아니라는 과거 판례에 따라 이를 받아들이지 않았지만, 대법원은 사건을 전원합의체에 회부하고 지난달 공개변론을 연 바 있다.

(eshiny@yna.co.kr)
(출처 : http://www.yonhapnews.co.kr/bulletin/2014/07/16
/0200000000AKR20140716127552004.HTML?from=search)

(2014.07.26)

메추라기와 대붕

길이 끝나는 곳에서 새로운 길이 시작된다. 지난 4일은 한 여름의 끝인 말복이자 동시에 가을의 시작을 알리는 입추였다. 그래서인가, 이날 아침은 마치 가을날씨처럼 선선하고 하늘도 청명하였다. 산책 나선 우면산의 아침 오솔길이 참으로 오랜만에 쾌적하였다. 참나무시들음병이 더욱 퍼져나가고 있는데, 방제담당자들이 낮잠을 자는지 그대로 방치되어 있는 흉한 모습만 빼고 말이다.

침체된 경제와 각종 사고로 어려움을 겪고 있는 나라 사정도 날씨만큼이나 상쾌해지면 얼마나 좋을까. 더위가 가고 가을이 오거든 모두 일일시호일(日日是好日)이 되기를 기대, 아니 기도한다.

아래는 갑오년 입추 다음날 아침에 읽은 글이다.

"메추라기는 꼭 대붕을 꿈꾸어야 하는가?"

〈장자〉 책머리에는 유명한 대붕(大鵬)이야기가 나온다.

북쪽 깊은 바다에 곤(鯤)이라는 물고기가 살았다. 물고기는 매우 커서 길이가 몇 천리가 되는지 알 수 없었다. 이것이 변하여 붕(鵬)이라는 새가 되었다. 그 새는 등이 몇 천리인지 알 길이 없을 정도로 크다. 이 새가 기운을 모아 남쪽 바다로 날아가면, 파도가 일어 삼천리 밖까지 퍼지며, 여섯 달 동안 구만리를 날고 나서야 비로소 내려와 쉰다. 이런 대붕을 보고 메추라기가 밑에서 비웃는다.

"저 새는 저렇게 날아서 어디로 간단 말인가? 나는 한껏 뛰어올라 봐야 곧 내려앉고 말아서 이 나무에서 저 나무로 옮겨갈 뿐인데, 도대체 대붕은 무엇 하러 쓸데없이 저렇듯 높이 날아 멀리 가려고 할까?"

여기서 우리는 메추라기를 비웃을지 모른다. 대붕의 높은 뜻을 어찌 메추라기가 알겠는가. 그러나 입장 바꿔 생각해 보자. 메추라기로서는 나무 사이를 날아만 다녀도 충분하다. 작은 날개로 몇 천리를 날아간다 해서 뭐 대단한 이익이 생길 리 없다. 작고 좁은 공간을 날아다녀도 메추라기는 자유롭고 행복하다고 느낀다. 그러면 된 것 아닌가? 뭐 하러 메추라기가 대붕을 꿈꾸어야겠는가?

이 이야기를 우리 일상에 비추어 보자. 상대방이 나의 깊은 뜻을 모른다고 속상해 하지 마라. 중요한 것은 상대방의 행복이다. 내 말을 따르면 많은 돈을 번다고 해도, 그렇게 해서 상대방이 꼭 행복해진다는 법은 없다. 돈이 많으면 행복하리라는 믿음은 내 생각일 뿐이다. 적은 수입으로도 지금 삶에 만족한다면, 상대방의 모습을 지금 그대로 인정해 주는 것이 필요하다. 남들이 어떻게 보건, 자신은 지금 그대로가 편하고 좋단다. 그렇다면 그는 자기에게 어울리는 삶의 길을 가고 있는 셈이다. 모든 사람이 꼭 대붕(大鵬)이 되어야 할 필요는 없다. 내가 보기에 정말 좋은 기회인데도 상대방이 받아들이려 하지 않는가? 그렇다고 흥분하지 말고 한발 물러서서 생각하자. 상대방은 자기 그릇에 맞는 생활을 하고 있을 뿐이다.

"좌망(坐忘)과 심재(心齋), 마음을 여는 첫걸음"

사람은 누구나 자신에 비추어 상대를 이해한다. 예를 들어보자. 개는 신음하는 다른 개를 보며 마음 아파하지 않는다. 그러나 인간은 다르다. 옆 사람이 배를 움켜잡고 있으면, 어쩔 줄 몰라 하며 도울 길을 찾는다. 심리학자 니콜라스 험프리(Nicholas Humphrey)는 그 이유로 '내면의 눈(inner eye)'을 내놓는다. 사람은 자신에 감정에 비추어 상대방을 이해한다는 것이다. 인상 쓰며 식은땀 흘리는 얼굴을 보며, 자기가 그런 표정을 지을 때 느꼈던 아픔을 떠올린다. 그리고 상대방이 느낄 고통을 떠올린다. 이처럼 '내면의 눈'은 자기감정에 비추어 상대를 이해하는 것이다.

그런데 그 배려하는 마음 탓에 상대는 곤혹스러울 때도 있다. 다시 〈장자〉에 나오는 구절을 들어보자.

옛날에 바닷새가 노나라로 날아왔다. 노나라 임금은 몸소 이 새를 종묘(宗廟) 안으로 모시고 와서는 술을 권했다. 아름다운 궁궐에 음악을 울리고, 소와 돼지, 양고기를 대접했다. 그럼에도 새는 당황해하며 근심할 뿐이었다. 고기 한 점 먹지 않고 술 한 잔 마시지 않은 채, 사흘 만에 숨을 거두었다. 사람을 기르는 식으로 새를 키웠던 탓이다.

장자는 또 이렇게도 말한다.

사람은 습한 곳에서 자면 허리가 아프고 몸이 굳는다. 그러나 미꾸라지에게는 그 곳이 좋다.

사람은 고기를 먹고, 소는 풀을 뜯으며, 올빼미는 쥐를 좋다고 삼킨다. 이 가운데 하나를 올바른 식습관이라고 할 수 있을까? 물론 아니다. 사는 방식이 모두 다른 까닭이다. 인간관계도 그렇다. 사람들은 저마다 자기가 살아가는 방식이 있다. 상대방이 그렇게 살아가는 데는 다 이유가 있다. 내가 모르는 합리적인 부분이 상대의 태도에는 숨어 있다. 나에 비추어 상대방을 이해하려 할 때는 이 점을 놓치기 쉽다.

그래서 장자는 좌망(坐忘)과 심재(心齋)를 강조한다. 좌망이란 앉아서 잊어버린다는 뜻이다. 심재는 마음을 비우라는 말이다. 마음을 비우고 감정을 털어버려야 한다. 고집 센 상대와 오래 맞서면, 자신도 고집불통이 되어 있기 십상이다. 남들 눈에는, 자신이나 상대방이나 벽창호이긴 마찬가지일 때도 많다. 진정한 이해는 자신을 비울 때야 이루어진다. 내 방식대로 상대를 '해석'하고 대해서는 안 된다. 상대의 눈에 세상이 어떻게 비칠지를 먼저 생각해야 제대로 된 관계를 맺을 수 있다.

"조삼모사(朝三暮四), 말만 바꿔도 마음이 통한다."

〈장자〉에는 유명한 '조삼모사(朝三暮四)'의 이야기도 담겨 있다. 모두 같은 것임을 알지 못한 채, 죽도록 한쪽만 고집하는 태도를 가리켜, '아침에 셋'이라 한다. 이 무슨 말인가?

원숭이 기르는 사람이 도토리를 나누어 주며 말했다.
"아침에 셋, 저녁에 넷을 주겠다."
이 말에 원숭이들은 모두 화를 냈다. 그러자 그가 다시 말했다.
"그러면 아침에 넷, 저녁에 셋을 주지."
그러자 원숭이들은 다 기뻐했다.

조삼모사는 어리석은 사람을 빗대는 이야기로 들린다. 곰곰이 따져보면 이 일화(逸話)는 고집불통들과의 대화법이기도 하다. 장자는 모든 일에는

도(道)가 있다고 믿는다. 도란 '순리(順理)대로 산다'는 말과 다르지 않다. 세상 일은 마땅히 가야할 곳으로 흐를 수밖에 없다. 고집불통들과 왜 다투는지를 떠올려 보라. 싸우는 듯하지만, 혹시 둘 다 똑같은 말을 하고 있지는 않은가? 표현이 서로 조금 다를 뿐인데도, 입장차이가 태산만큼이나 크다고 착각하는 경우가 종종 있다. 범죄자가 아닌 한, 사회생활에서 순리를 따르지 않는 이들은 거의 없다. 다친 자존심에 매달리느라, 정작 둘은 같은 논리를 펴고 있음을 깨닫지 못한다.

'말꼬리 잡기'는 감정 상하는 싸움에서 흔히 나타난다. 그렇다면 상대방에게 익숙하고 거부감 없는 말과 논리로 내 생각을 펼쳐보도록 하자. 말만 바꾸고도 성난 원숭이들을 기쁘게 하지 않았던가. 입성이 바뀌면 사람이 달라 보인다. 말과 글도 그렇다. 상대에게 친숙한 말과 논리로 설득시켜 보라. 고집불통일수록 한 쪽으로만 세상을 보는 법이다. 그들이 보는 쪽에 맞추어 생각을 건네 보자.

"내가 끼어들 자리가 없도록 하라."

태초(太初)에는 혼돈(混沌)이라는 왕이 세상의 가운데를 지배했다.
혼돈은 남쪽과 북쪽 바다 임금을 정성껏 대접했다.
감격한 두 임금은 혼돈에게 보답할 길이 없을까 고민했다.
"사람에게는 모두 일곱 구멍이 있어서 보고, 듣고, 먹고, 숨 쉽니다. 혼돈에게는 이것이 없습니다. 그러니 구멍을 뚫어주도록 합시다."
혼돈의 몸에는 하루에 한 개씩 구멍이 뚫렸다.
7일째가 되자, 혼돈은 죽고 말았다.

이 또한 〈장자〉에 나오는 이야기다. 고집불통들은 앞뒤가 꽉 막혀있다. 이들이 좀 열린 마음으로 세상을 넓게 보았으면 좋겠다. 그런데 옹고집이 천사

성격으로 바뀌면 고집불통들은 과연 행복해질까? 그네들은 억센 성격 덕분에 힘든 세상을 잘 버티고 있는지도 모른다. 고집불통을 상대하다 보면, 나역시 외골수 논리로 흐르기 쉽다. 사람은 욕하면서 닮는 법이다. 먼저 한발물러서, 상대를 이해하려고 해 보자. 그러려면 나를 먼저 비우고 상대의 생각에 익숙해져야 한다.

그래서 장자는 "(나의 생각 속에) 내가 끼어들 자리가 없도록 하라"는 말까지도 서슴지 않는다. 조삼모사 등 〈장자〉의 이야기 속에는 막힌 대화를 풀어주는 비법들이 오롯이 담겨 있다. 풀리지 않는 인간관계 때문에 마음 태운다면 〈장자〉를 펼쳐들 일이다.

(2014.08.13)

최고법원의 길

　대법원은 우리나라 사법체계에서 최고법원이다. 그래서 법치국가에서 국민생활, 국가기관의 활동 등을 둘러싸고 논란이 큰 사건, 이른바 국민적 관심사가 되는 사건의 해결방향을 제시할 책무를 지닌다.

　그런데 그 대법원에 연간 접수되는 사건이 3만6,000 건 가량 된다. 대법원장은 전원합의에 회부된 사건에만 관여하므로, 실질적으로 12인의 대법관이 이 많은 사건을 처리하여야 한다. 이런 사실을 처음 듣는 사람들은 십중팔구 "그게 도대체 말이 되느냐"는 반응을 보인다. 그리고 그런 상황에서 위에서 본 것과 같은 역할을 하기가 쉽지 않을 것이라는 것은 누구나 짐작한다. 그러면 어찌할 것인가?

　아래는 이를 전면적으로 다룬 특집기사이다.

1인당 상고심 사건 하루 10건… "제대로 볼 시간도 없어"
(동아일보 2014. 8. 11.자)

　- [기로의 대법원, 갈 길을 묻다]〈1〉하루종일 서류 검토…상고심에 치이는 대법관

《올해는 근대 사법제도가 도입된 지 120년째, 1948년 대한민국 헌법 공포로 대법원이 최고 사법기관이 된 지 66년째 되는 해다. 하지만 '사법개혁의 알파에서 오메가'로 불리는 대법원의 현실은 척박하다. 1987년 민주화 이후 '국민 인권의 보루'로 거듭났으나 지금의 대법원은 '사건의 홍수' 속에서 허우적거리고 있다. 동아일보는 국민의 시각에서 대법원의 현실과 선진 사법제도를 진단하고, 미래의 바람직한 대법원의 길을 모색하는 시리즈를 연재한다.》

"국민들이 책상에 가득 쌓인 기록을 보면 걱정할 것 같아 미리 치워뒀어요. 해결해야 할 사건이 너무 많아 숙고할 시간이 절대 부족합니다."

지난달 30일 오후 3시 서울 서초구 대법원 7층. 사건 기록으로 가득할 거라는 예상과 달리 김소영 대법관(49·여)의 사무실이 깔끔하게 정리돼 있던 데는 이런 이유가 있었다. 그는 역대 네 번째이자 최연소 여성 대법관이다.

11월이면 취임 2주년을 맞는 김 대법관은 인터뷰 내내 신중한 태도를 보이면서도 "현행 상고심 제도를 개선할 필요가 있다"고 밝혔다. 그를 비롯한 전현직 대법관들로부터 들은 내용을 바탕으로 대법관의 근무 실태를 들여다봤다.

○ "아무리 시간 투입해도 숙고할 시간이 모자라"

김 대법관의 일상은 매우 단순했다. 한 달에 한 번 가량 열리는 전원합의를 제외하곤 오전 8시 반 무렵 출근해 줄곧 기록을 검토한다. 점심은 외부 일정이 없을 때는 대법관 3층 구내식당을 주로 이용한다.

최근 상고심 접수 사건은 연간 4만 건에 육박할 정도로 급증했다. 지난해 대법원에서 접수한 상고심 사건 수는 3만6110건으로 2002년(1만8600건)

보다 두 배 가까이로 늘었다. 산술적으로 연간 대법관 1인당 약 3009건, 매달 250건, 주 6일을 근무해도 하루 평균 9.6건을 해결해야 한다. 이 때문에 각종 사건 자료들이 12명(대법원장과 법원행정처장 제외)의 대법관실 탁자를 한가득 채우고도 모자라 대법관실 한쪽에 마련된 응접탁자까지 점령한 지 오래다.

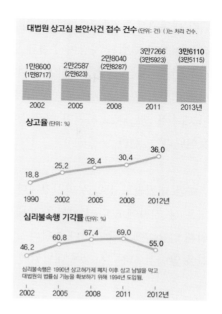

대법원 상고심 본안사건 접수 건수 (단위: 건) ( )는 처리 건수.

1만8600 (1만8717)	2만2587 (2만623)	2만8040 (2만8287)	3만7266 (3만5923)	3만6110 (3만5115)
2002	2005	2008	2011	2013년

상고율 (단위: %)

18.8	25.2	28.4	30.4	36.0
1990	2002	2005	2008	2012년

심리불속행 기각률 (단위: %)

46.2	60.8	67.4	69.0	55.0
2002	2005	2008	2011	2012년

심리불속행은 1990년 상고허가제 폐지 이후 상고 남발을 막고 대법원의 법률심 기능을 확보하기 위해 1994년 도입됨.

"대법관 근무는 '다시 한 번 사법시험을 준비하는 것과 비슷하다'고들 합니다. 저 역시 사용할 수 있는 최대한의 시간을 쓰고 있습니다. 최종 판단을 해야 한다는 심리적 부담감 속에서 조금 더 생각하고 결정할 사건들이 있는데 이런 틈을 거의 주지 않고 매일 매일 사건이 올라오죠."

사건 기록을 들고 출퇴근하는 일은 일상이 됐다. 보통 오후 8시경 퇴근할 때 일감을 보자기에 싸서 가져가 집에서 다시 기록을 검토한다.

그러다 보니 돋보기 하나로는 불편했다. 이를 안쓰럽게 바라보던 남편이 돋보기안경을 3개나 사줬다. 본의 아니게 가정에는 소홀할 수밖에 없다. 그의 자녀들은 "주말에 단 2시간만이라도 우리를 위해 시간을 달라"고 조를 정도다.

김 대법관은 "주말에도 하루는 꼭 출근한다. 대법관 주차장은 일요일에도 절반 이상의 대법관 차량이 주차돼 있다. 이런 상태로는 2, 3년이 지나도 해결이 안 된 사건이 생길 수밖에 없다"고 말했다. 김지형 전 대법관은 "밤 12시까지 기록과 씨름하는 게 일상이었다"며 "혹자는 '재판연구관들이 일을 많이 해주지 않느냐'고 하지만 연구관이 생산한 보고서를 검토하는 일도 더욱 늘어난다"고 했다.

다른 대법관도 상황은 마찬가지다. 한 현직 대법관은 토요일에 등산을 다녀온 날 저녁에도 다시 기록을 꺼내든다. 시간을 빼앗긴 만큼 보충을 하기 위해 일요일에도 출근한다고 한다. 집이 경기도인 한 대법관은 아예 출근 시간을 앞당겨 오전 7시경에 대법원에 도착해 업무를 시작한다.

○ 격무에 건강 이상…'대병원' 별칭까지

퇴임을 앞둔 대법관은 신임 대법관에게 축하를 전하면서도 "크게 봐야 한다. 그러려면 건강을 잃으면 안 된다"고 조언한다. 고된 업무 속에서도 몸을 챙기라는 얘기다. 김 대법관은 "최근 시력이 많이 나빠졌다. 요즘은 가끔 귀가 먹먹할 때가 있다"고 했다.

많은 대법관이 크고 작은 병으로 병원 신세를 지거나 수술을 받는다.

김 대법관도 근무 1년 만에 시력이 나빠졌다. 다른 현직 A 대법관은 재임 중 안경을 네 번이나 바꾸고 도수를 높여야 했다. A 대법관은 대상포진에 걸려 극심한 고통에 시달렸고, 현직 B 대법관은 지난해 눈에 실핏줄이 터졌지만 한동안 충혈된 눈으로 출근해 기록을 검토해야만 했다.

비문증에 걸린 대법관도 적지 않다. 비문증은 눈앞에 먼지나 벌레 같은 뭔가가 떠다니는 것처럼 보이는 안과 질환. 이상한 소리가 들리는 이명뿐 아니라 어지럼증을 호소했던 전현직 대법관도 여럿이라고 한다. 건강이 좋은 사람이 거의 없어 대법원이 아니라 '대병원'이 될 지경이라는 얘기까지 나온다.

대법관들의 건강을 우려한 대법원 측이 대법관실에 운동기구를 마련해 주기도 했지만 별 도움이 되진 않았다. 김 대법관은 행정처가 내실에 마련해 준 연습용 자전거를 한두 달간 매일 20~30분 이용했지만 요즘은 시간이 부족해 그만뒀다.

김 대법관은 "(업무 도중 운동을 하면) 생각의 흐름이 끊긴다고 느껴지고 그만큼 결론을 내는 사건 수도 줄어드는 것 같아 잘 안 하게 됐다"며 "그 대신 가끔 한강에서 자전거를 타거나 수영을 하며 체력 관리를 한다"고 말했다.

○ **현행 상고심 제도에 대한 변화 필요 공감**

김 대법관이 해결한 사건 가운데 정말 대법원에 올 만할 정도로 풍부한 법리 검토가 필요하다고 느낀 사건은 매달 20~30건 정도다. 그는 "법률심이 원칙인 상고심에 올라온 사건에서도 따져보면 결국 '때렸다' '안 때렸다' '때렸지만 상처가 안 났다'는 등 사실관계만 다투는 사건이 많다"고 했다. 실제로 대법원의 파기환송률은 5~7%대에 그친다.

사건이 폭주하다 보니 대법원장과 대법관 12명이 모여 합의하는 전원합의체를 활성화하기가 쉽지 않다. 김 대법관은 "소부(대법관 4인으로 구성된 소재판부)에서 선고한 사건 중 청소년 동성애 사건과 여교사 출산휴가 중 육아휴직 신청 사건 등은 사실 전원합의체에서 다뤄 봤으면 했던 사건"이라며 "전원합의는 1개 사건에 대법관 12명이 매달려야 하고 검토와 자기논리, 다른 사람을 설득할 논리까지 생각해야 하는 만큼 신중해질 수밖에 없다"고 말했다.

김 대법관은 대법원이 전원합의체 판결을 중심으로 사회적 방향을 제시하는 정책법원 기능을 제대로 할 수 있도록 돌파구가 필요하다고 지적했다. 그는 "대법원에 사건이 많다는 걸 대외적으로 알리고 싶지는 않다"며 "하지만 현행 상고심 제도로는 정작 사회적으로 큰 논란이 있거나 신속한 대응이 필요한 사건을 해결하는 데 어려움이 있다"고 했다. 지금의 대법원은 권리구제 기능과 정책법원 측면 모두 만족시키지 못하는 어정쩡한 상황에 놓여 있다는 얘기다.

김 대법관과 별도로 인터뷰에 응한 전직 대법관 5명도 여기에 대체로 공감했다. 차한성 전 대법관은 "건국 초기 권리구제에 주요 역점을 뒀던 현행 사법시스템 체제에서 한 발 더 나아가 조금 더 선진화된 사법시스템을 모색할 때가 됐다"고 말했다. 김용담 전 대법관도 "대법원의 힘은 '원 벤치(전원합의체)'에서 나온다"며 "한 개의 재판부에서 다양한 격론이 맞붙어야 의미가 있다"고 했다.

또 다른 전직 대법관은 "대법관들이 사건을 빨리 뗀다고 해결될 일은 아니고, 대법관 부담을 덜어준다고 해결될 일도 아니다"라며 "1, 2심 신뢰 방안을 비롯해 전체 사법 시스템에 대해 근원적인 접근도 함께 이뤄져야 한다"고 지적했다.

(장관석 jks@donga.com·신나리 기자)

* * *

"전원합의실 문지방 닳게 해야"… 최고법원 위상찾기 첫발
(동아일보 2014. 8. 12.자)

― [기로의 대법원, 갈 길을 묻다]〈2〉언론에 첫 공개 대법원 11층 '전원합
  의실' 보니

서울 서초구 서초대로 대법원에는 대법관들만 출입할 수 있는, 그것도 한
달에 한 번만 출입을 허락하는 곳이 있다. 바로 '전원합의실'이다. 판사들도
경외하는 곳이다 보니 서로 어디인지 알려 하지도 않으며, 외국 최고법원 재
판관이 오더라도 쉽게 공개하지 않는다.

대법원은 최근 동아일보에 전원합의실 전경을 사법사상 처음으로 공개했
다. 전원합의실은 대법원 11층 대법원장실 옆에 있는 113m² 크기의 방이다.
원탁테이블, 의자 13개가 있고 테이블에는 마이크가 설치돼 있다.

언뜻 보면 여느 회의장과 다를 바 없어 보인다. 그러나 이곳은 서로 다른
대한민국 구성원의 시각과 견해가 대립과 갈등하고 한데 섞이는 '용광로' 같
은 공간이다. 여성에게 종중원 자격을 인정해 양성 평등의 가치를 확인하고,
성전환자의 성별 정정을 적법하다고 판결해 사회적 소수자를 보호할 길을
마련한 곳도 전원합의실이다.

[언론에 처음으로 공개된 서울 서초구 서초대로 대법원 11층 전원합의실 내부 전경. 그림 앞 정면으로 보이는 자리가 대법원장이 앉는 곳이다. 판결을 선고하는 대법정에서는 대법원장을 중심으로 일렬로 나란히 앉는 데 반해 활발한 의견 개진이 필요한 전원합의실은 원탁에 둘러앉는 형태로 꾸며져 있다. 대법원 제공]

○ "한 해 사건 3만여 건 중 전원합의 처리는 0.06%뿐"…전원합의체 '실종 현상'

전원합의체는 최고 법률심으로서 국민 생활이나 기본권에 큰 영향을 끼치는 사건을 놓고 대법원장과 대법관 12명(법원행정처장은 제외)이 심도 있는 토론을 거쳐 판결한다. "이것이 법률이다"라고 판단해 법해석에 통일성을 기하고 입법상 흠결을 법해석으로 메우기도 한다. 대법관 사이에 치열하게 이뤄진 토론은 다수의견, 소수의견, 별개의견 등으로 기록돼 우리 사회의 현 주소를 그대로 드러내고 나아갈 방향을 제시한다.

전원합의체는 최고법원에 역할과 존재가치를 부여하는 중요한 제도지만 정작 우리나라에선 활성화되지 못했다. 전원합의실의 문(門)도 통상 매달 셋째 주 목요일 한 번만 열릴 뿐이다. 전원합의체의 중요성을 강조해 '이용훈 코트(court·법정)'라는 미국식 별명이 붙은 이용훈 전 대법원장이 재임하던 2011년 17건을 처리한 정도다.

양승태 현 대법원장은 '전원합의를 1년에 100건 이상 하겠다'는 내부 목표를 세운 것으로 알려졌으나 활성화되지 못했다. 취임 직후인 2012년 전원합의체의 사건 처리 건수는 28건으로 가장 많았으나 지난해에는 22건으로 전체 처리 건수(3만5115건)의 0.06%에 불과했다. 대법원 재판은 전원합의체가 원칙인데 소부(대법관 4인으로 구성된 소재판부) 선고가 사실상 100%에 가까워 전원합의체 '실종 현상'이 생긴 것이다. 예외가 원칙을 압도하고 있는 셈이다.

그 이유는 소부에 시시각각 쌓여가는 사건 더미에 파묻힌 나머지 대법관들이 전원합의체로 사건을 회부하는 데 방어적인 자세를 보이는 데 있다. 서로 시간이 없다는 사실을 알고 있어 다른 대법관들에게 일감을 주기 부담스러워 하는 것이다. 박시환 전 대법관은 "사건 하나로 몇 시간 격론을 벌이는 전원합의체와 소부에서 사건을 해결하는 것에는 사건 처리의 밀도와 농도에 질적인 차이가 있다"며 "소부에서 끊임없이 사건을 처리하다 보면 정작 중요한 쟁점이 들어있을 것 같은 사건이 있어도 추가로 숙고할 시간이 없을 때가 많았다"고 했다.

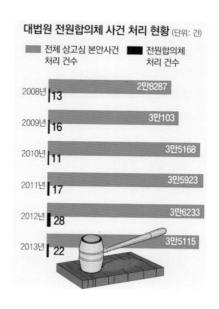

대법원 전원합의체 사건 처리 현황 (단위: 건)

■ 전체 상고심 본안사건 처리 건수 ■ 전원합의체 처리 건수

연도	전체 상고심 본안사건 처리 건수	전원합의체 처리 건수
2008년	2만8287	13
2009년	3만103	16
2010년	3만5168	11
2011년	3만5923	17
2012년	3만6233	28
2013년	3만5115	22

이 때문에 전원합의는 필수불가결한 사안에 한정돼 열리는 상황이다. 국민 생활과 밀접한 관계가 없더라도 전문적인 민사사건에서 기술적 문제로 판례를 변경할 필

요가 있을 때 전원합의체가 열릴 때가 많다. 대법관들은 여러 소부에 비슷한 사건이 있을 경우 대법관들이 쟁점과 내용을 공유한 다음 판결을 내리기도 하지만 이는 일종의 '고육지책'이다. 미국 연방대법원이 브라운 대 교육위원회 판결로 미국 내 극심한 흑백차별의 벽을 무너뜨리고, 한낱 성폭행 사건인 '미란다 사건'에서 형사사건의 절차적 정당성이 지닌 가치를 확인하며 국민권리 보호에 앞장선 것과 크게 대비된다.

강한승 변호사는 "상고허가제로 운영되는 미국 연방대법원이 내리는 판결수는 100건이 채 안 되지만 심리할 사건을 숙고 끝에 선정하고 판결하는 만큼 시민 권리 증진에 기념비적인 역할을 하는 판결이 나온다"며 "우리 대법원에서 전원합의를 활성화하고 영혼이 담긴 의견을 나누는 것은 현행 상고심 제도하에서는 어렵다"고 지적했다.

○ "전원합의체 활성화해야 최고법원 위상 회복"

민법학계 권위자로 6년간 대법관 생활을 거치고 퇴임을 앞둔 양창수 대법관은 동료들에게 대법관 생활의 어려움을 털어놓으면서도 가장 즐겁고 인상 깊은 시간으로 전원합의를 했을 때를 꼽았다고 한다. 활발하고 자유로운 토론이 열리고 때로는 고성이 오가지만, 조직 구성원들이 동등한 위치에서 치열한 토론을 벌이는 이런 합의체는 대한민국 어디에서도 찾아보기 어렵다는 것.

그럼에도 전원합의의 과정은 쉽지 않다. 주심 대법관이 충분한 검토 끝에 사건을 전원합의체라는 '밥상'에 올리면 그때부터 격론이 벌어진다. 대법원장과 최후임 대법관인 조희대 대법관 사이에서도 토론이 벌어진다. 양창수 대법관과 김소영 대법관은 대학 사제지간이지만 의견이 일치되는 경우는 많지 않다고 한다. 차한성 전 대법관은 "대법원 식당에서도 토론과 설득 작업이 계속될 정도로 다수의견을 차지하기 위해 치열한 논쟁을 한다"며 "수차례 전원합의를 거쳐 다수의견과 반대의견 등 대법관 의견을 포함하려면 판결문을 최소한 10번은 고쳐야 한다"고 말했다.

판례를 변경할 필요가 없고 대법관 간 의견 일치가 된 사건이더라도 국민적 관심이 있는 사건이라면 대법원의 전원합의체 기능을 적극 활용해야 한다는 의견도 설득력을 얻고 있다. 예를 들어 재벌 총수들이 기업을 사금고화한 사건에서도 대법원 전원합의체가 풍부한 검토를 벌여 결론을 내린다면 국민과 기업에 던지는 메시지가 커 건강한 기업 운영을 유도할 수 있다는 얘기다.

(장관석 jks@donga.com·신동진 기자)

* * *

서열 떠나 "그 발언 취소하세요, 나도 대법관이오" 격론
- [기로의 대법원, 갈 길을 묻다]전원합의실 난상토론 어떻게
- "법 잘몰라 그런 소리" 반박에… 토론도중 자리 박차고 나가기도

"그 발언 취소하세요. 나도 같은 대법관이오."

전현직 대법관들은 전원합의체에서 상대방을 설득하기 위해 격론을 벌이다 서로 감정이 상하는 일도 많았다고 했다. 특히 이른바 '독수리 오형제'로 불린 진보 성향 대법관이 근무한 이용훈 전 대법원장 시절에는 더 치열한 논쟁과 설전이 벌어졌다.

몇 해 전 토론 도중 일부 대법관이 "실정을 모르고 하는 소리다" "그렇게 말한다면 판사도 아니다" "적어도 양식 있는 판사라면…"이라는 발언을 했다고 한다. 이때 한 대법관이 격앙된 반응을 보이며 "발언을 취소하라"고 요구했고, 이에 해당 대법관이 사과했다고 한다.

토론 도중 한 대법관이 다른 대법관으로부터 "노동법을 잘 몰라서 그런 주장 하는 것 아니냐"는 취지의 논박을 당하자 자리를 박차고 나간 일도 있었다. 결국 이 대법관은 한 달 뒤 열린 전원합의에서 "노동법을 모른다는 얘기를 듣고 새롭게 연구해 봤는데, 여전히 해당 대법관의 견해는 잘못된 것 같다"고 맞받았다는 후일담도 있다.

대법원 전원합의체는 매달 셋째 주 목요일 오전 9시 반에 시작된다. 전원합의실에 대법관들이 모두 입장하면 보고를 받은 대법원장이 대법원장실과 연결된 전용문으로 입장한다. 책상에는 각종 기록과 보고서가 가득해 반대편 대법관의 얼굴이 잘 보이지 않을 때도 있다.

대법관들은 오전 내내 사건을 놓고 의견을 나누다 낮 12시 반 무렵 대법원 3층 식당에서 함께 식사를 한다. 이어 오후 2시에는 지난달 결론을 낸 전원합의 판결을 1층 대법정에서 선고한다. 선고가 끝나면 다시 전원합의실에서 저녁때까지 합의를 계속한다. 전원합의가 오후 8시를 훌쩍 넘기는 일도 있다.
전원합의를 녹음하거나 녹화하는 건 허용되지 않는다.

합의할 때는 나이나 기수와 관계없이 난상토론이 벌어진다. 최종 의견을 표명할 때는 13명 중 가장 후임 대법관부터 선임 대법관 순으로 발표한다. 자유로운 의견을 표명할 수 있도록 배려한 조치다. 대법원장은 가장 마지막에 의견을 밝힌다. 대법원장 의견 표명 전에 다수의견이 결정되면 대법원장은 통상 다수의 의견에 따른다. 의견이 6 대 6으로 갈릴 때는 대법원장은 캐

스팅 보트를 쥐게 되지만 이때도 의견을 밝히기보다는 한두 차례 합의를 다시 거친다고 한다.

전원합의가 끝나면 대법관들은 저녁 식사를 함께한다. 김용담 전 대법관은 "치열한 논쟁을 벌인 만큼 함께 화합하는 성격의 자리지만 감정이 채 가시지 않은 것으로 보이는 대법관들이 보일 때도 있다"고 전했다.

(장관석 jks@donga.com·신나리 기자)

＊　＊　＊

美 "2심이면 충분" 상고심 엄격 제한… 중대사건만 다뤄
(동아일보 2014. 8. 13.자)

- [기로의 대법원, 갈 길을 묻다]〈3·끝〉상고남발 막을 방법 없는 유일한 나라, 한국

"개인과 개인 사이의 정의를 세우는 데는 두 번의 재판이면 충분하다. 세 번째 재판(상고심)은 그 사건에서 누가 이기는가보다는 더 높은 차원의 문제가 관련된 경우에 한정해야 한다."

미국 27대 대통령을 지낸 10대 연방대법원장 윌리엄 태프트(1857~1930)가 남긴 법언이다. 미국 상고심의 역사는 태프트 연방대법원장 이전과 이후로 나눌 정도로 그는 미국 사법사에 큰 발자국을 남겼다.

○ 선진국, 상고심 개혁으로 국민 기본권 확립

취임 첫해 그의 상고심 개혁 의지는 단호했다. 당시 상고심 재판에 걸리는 평균 시간은 시작부터 마무리까지 5년. 대법원이 사건 더미 속에 파묻혀 있다가는 국가와 국민에게 중대한 의미가 있는 판결을 놓칠 수 있다는 판단 아래 의회를 설득해 '상고허가제'를 처음 도입했다.

이후 재판의 홍수로부터 해방된 미 연방대법원은 미란다 원칙 고지, 1인 1표제 허용, 흑백 차별 철폐 등 기념비적인 판결들을 잇달아 내놓았다. 지금도 연간 상고허가 신청사건은 1만 건을 넘지 않으며 70여 건만 전원합의 판결의 대상이 된다.

상고심 사건 폭증 문제는 민주적 사법체계를 운영하는 나라들이 모두 경험한 일이다. 미국 독일 등 사법 선진국들은 다양한 제도 개선으로 풀어냈고, 대법원이 '최고 정책법원 기능'과 '사법서비스에 대한 국민의 만족도'라는 두 마리 토끼를 잡는 데 성공했다.

상고허가제는 이 가운데 가장 일반적이고 이상적인 방안으로 손꼽힌다. 미국은 상고허가신청이 들어오면 '룰 오브 포(Rule of 4)', 즉 9명의 대법관 가운데 4명이 동의해야만 대법원의 상고심이 열린다. 이 중 98% 정도가 만장일치로 기각된다고 한다. 대니 전 미국 뉴욕 주 브루클린지원 형사수석부장판사는 "미국 국민에게 연방 대법원은 국민의 인권을 확실히 표현해줄 수 있는 곳이며 공권력의 기본권 침해를 어디까지 허용할 수 있는지 뚜렷하게 표현해주는 기관이라는 믿음이 있다"고 말했다.

영국은 2009년 대법원을 새로 설치하면서 기존에 있던 상고허가제를 그대로 유지했다. 일반 공중에게 중요한 법적 쟁점을 포함하고 있어 대법원이 심리해야 한다고 인정할 때 상고를 허가한다. 독일은 민사사건에 2002년부터 상고허가제를 전면 적용했다. 대법원 관계자는 "독일은 2002년 이후 폭발적 증가세를 보이던 상고심 사건 접수가 2004년 3633건, 2011년 3357건으로 진정 추이를 보이고 있다"고 말했다.

이웃 나라 일본은 상고심 사건 수가 우리의 절반에도 못 미치지만 최고재판소로 올라오는 사건을 선별하는 '상고수리제'를 운영하고 있다. 헌법 위반이나 기존 판례에 저촉될 때는 상고가 인정되지만 그 외에는 중요한 법령 해석이 쟁점이 될 때만 최고재판소 재량으로 상고 수리 여부가 결정된다. 이호원 연세대 법학전문대학원 교수는 "상고수리제가 도입된 이후 일본은 최고법원으로 가서 모든 것을 끝낸다는 의식을 바꾸는 데 성공했다"고 말했다.

○ 대법원이 제 역할 하면 국민 전체 권리 증진

우리나라에도 최고법원인 대법원의 기능을 강화하면서도 국민의 재판받을 권리까지 보장하려는 다양한 시도가 있었지만 대부분 수포로 돌아갔다. "재판받을 권리를 침해하려는 것이냐" "대법원이 '힘 있고 돈 있는 자'의 사건만 처리하겠다는 말이냐"는 우려가 나왔기 때문이다.

상고허가제는 1981년 도입됐지만 권위주의적 발상 아래 시행됐다는 국민 불신으로 1990년 폐지됐다. 이에 앞서 고등법원에 상고부를 둔다는 논의도 진행된 적이 있었지만 이 역시 소송가액을 기준으로 사건을 나누다 국민 법감정에 맞지 않아 철회됐다. 대법원 관계자는 "결국 한국은 '상고남발 필터링' 제도가 없는 사실상 유일한 나라가 돼 버렸다"고 지적했다. 상고에 부적합한 사건을 종결하는 '심리불속행 기각' 제도가 있지만 기록을 검토한 다음 결론을 내기 때문에 큰 효과는 없는 실정이다. 한 전직 대법관은 "당시 대법관들이 여러 전원합의 판결로 국민 권익을 보호하는 판결을 내렸다면 '상고허가제'가 불신을 받고 제도가 폐지되는 일은 없었을 것"이라며 "적극적으로 국민 기본권 신장에 나서지 않은 대법원과 역대 대법관들도 반성해야 한다"고 말했다.

이 같은 실패를 경험했지만 이제는 한국 사회의 전체 기본권을 보장할 수 있는 선진 사법시스템을 마련하기 위한 사회적 합의를 이끌어낼 때가 됐다는 지적이 나온다.

법조계 관계자는 "'미란다 원칙'의 주인공 미란다는 밤길에 여성을 뒤따라가서 성폭행하거나 미수에 그친 연쇄 성폭행범이었다"며 "어찌 보면 단순 성범죄에 불과한 사건에서 중요한 형사 절차적 의미를 찾아낸 것은 미국 연방대법원이 최고법원으로서 제 기능을 할 수 있었기 때문"이라고 말했다.

(신나리 journari@donga.com·신동진 기자)

* * *

우리 현실에 맞는 '상고심 다이어트' 대안은

상고허가제 효과적이지만 반감 커… 3심 제한않는 상고법원 신설 유력

서울 서초구 서울고등법원 청사 용지에는 '사연이 있는' 건물 하나가 있다. 2007년 준공된 서울고법 별관 건물로 건설 초기만 해도 대법원과 별도로 상고심(3심) 사건을 전담해서 다룰 '고등법원 상고재판부'를 염두에 둔 것이었다. 하지만 17대 국회에서 '대법원과 고법 상고부가 각기 다룰 사건을 나눌 객관적 기준이 무엇이냐'라는 논란에 부딪히면서 무산됐다. 결국 이 별관 건물은 현재 서울고법 행정재판부 청사로 사용되고 있다.

'상고심 재판은 대법원이 맡는 게 능사인가'라는 질문은 수십 년 동안 풀리지 않는 고민거리다. 세계 각국도 자국 실정에 맞게 여러 형태로 상고심 제

도를 운영하다 보니 '유일한 최선의 정답'은 나타나지 않았다. 그러는 사이 한 해 3만6000건이 넘는 사건이 대법원으로 몰려들었고 이제는 더이상 미루기 어려운 숙제가 됐다.

국민들은 대법원에 상고심이 몰려 사건 처리가 늘어지고 충실한 심리를 받지 못하는 문제를 해결해야 할 필요성에는 공감하고 있다. 대체로 △대법관 증원 △상고심 사건을 대법원이 취사선택하는 '상고허가제' △상고심 전담 법원을 별도로 설치하는 '상고법원' 등이 대안으로 거론된다.

대법원 개혁에 관한 대안들

개선안	상고허가제	고법 상고부
개요	대법원이 상고심 재판을 진행할 사건을 걸러내는 제도	고법 부장판사가 경미한 사건의 상고심 담당
장점	• 강력한 필터링 효과로 무분별한 상고 예방 • 하급심 상고사건 처리 부담 없음	• 전국 5개 고법에 분포해 접근성 높음 • 상고심 재판 보장
단점	• 상고를 인위적으로 제한해 '재판청구권' 침해 논란 • 3심제 국민정서 설득 어려움	• 2, 3심 변화 인식 약함 • 5개 고법에서 판례 동일 어려움 • 고법의 상고사건 처리 부담
시행 사례	1981~1990년 9년간 시행했다가 폐지	17대 국회서 두 차례 논의됐지만 입법 실패

개선안	상고 법원	대법관 증원
개요	대법관 이외의 경륜 있는 법관으로 구성된 별도의 법원 설치	현재 12명인 대법관(법원행정처장 제외) 수를 20~50명으로 늘리는 방법
장점	• 대법원 기능 강화 • 뚜렷한 심급 차이 • 상고심 재판 보장	• 과중한 재판 업무 분산 가능 • 모든 사건의 최고법원 심리 보장
단점	• 서울 등 특정지역 설치로 접근성 낮음 • 대법원과 역할 분담 문제 발생	• 전원합의체 운영 어려움 • 소수 증원 시 효과 미미 • 대법관 인사 청문회 상시화
시행 사례	대법원장 산하 사법정책자문위원회가 6월 건의	18대 국회 사법제도개혁특위 소위서 20명 증원 주장

상고 남발을 막는 가장 강력한 방안은 미국 영국 독일 등 선진국에서 운영하는 상고허가제다. 이 제도는 국내에서도 1981~1990년 9년 3개월간 운영됐으나 "재판을 받을 권리를 침해한다"는 반발로 폐지됐다. '대법원 판단을 꼭 받아보겠다'는 요구가 강한 국민 정서를 넘기가 어려웠던 것이다. 최종심은 최고법원인 대법원에서 이뤄져야 한다는 고정관념이 그만큼 강하다.

　　현재 12명인 대법관(법원행정처장 제외) 수를 대폭 늘리는 방안도 거론된다. 하지만 이는 근본적 해결책이 아닌 '언 발에 오줌 누기'에 불과하다는 지적에 힘이 실린다. 상고 남발의 근본 원인은 하급심에 대한 불만족에서 비롯되는데 대법관을 증원하면 우수한 판사들이 1, 2심이 아닌 대법원으로 몰리면서 하급심을 오히려 약화시킬 소지가 크다는 것이다. 대법원에 소(小)재판부만 늘어나 판결이 서로 엇갈리고 전원합의체 기능이 무력화되면 사회전체의 근본적 가치선택에 대한 판단을 내리는 최고법원으로서 역할도 할수 없다. 박시환 전 대법관은 "전원합의체 기능은 최고법원이라는 대법원이가진 가장 중요한 역할"이라며 "대법관 수를 늘리는 것은 전원합의체 활성화에도 도움이 되지 않으며 하급심을 강화하려는 사법개혁의 취지에도 맞지않다"고 지적했다.

　　그래서 대법관에 버금가는 풍부한 경륜과 실력을 갖춘 고위 법관들로 별도 법원을 만들어 상고심 재판을 전담시키는 '상고법원'을 두는 방안이 유력한 대안으로 떠오르고 있다. 3심 재판을 받을 기회를 보장하면서도 최고법원으로서의 역할도 제대로 하는 일종의 절충안이다.

(신동진 shine@donga.com·장관석 기자)

(2014.08.23)

도박으로 거액을
날린 것은 누구 책임?

2006년 도박을 소재로 한 영화 "타짜"가 개봉되어 684만 명이나 되는 관객이 영화관을 찾았다. 그로부터 8년이 지나 그 영화의 속편이라 할 다시 "타짜2"가 개봉되었다. 두 영화는 물론 전문 도박꾼들의 이야기이므로 범부들과는 상관이 없다.

그렇지만 도박은 일확천금을 꿈꾸는 인간 본성의 모습과 멀리 떨어져 있는 것이 아니다. 이제 곧 한가위명절인데, 오랜만에 만난 일가친척들이 차례상을 물린 후 옹기종기 모여 앉아 고스톱을 즐기는 모습은 우리 주위에서 흔히 볼 수 있는 풍경이다. 물론 대부분 "일시오락의 정도"에 그치므로 도박을 처벌하는 형법상의 문제가 발생할 일은 없으나, 예로부터 도박 때문에 전답을 다 팔아버리고 패가망신한 사람들의 이야기가 심심하지 않게 전해 오는 것도 사실이다.

그뿐이랴, 카지노, 경마장, 경륜장, 경정장 등이 이미 합법화되어 지금도 수많은 사람들이 일확천금을 노리고 그 곳을 찾고 있다. 그리고 복권 판매대는 여전히 사람들로 붐빈다.

그래서 도박을 마약에 비유하기도 한다. 마치 마약처럼 한번 발을 들여놓으면 중독되기 쉽고, 그렇게 되면 여간해서는 끊기 어려운 것이 도박이라는 것이다.

그런데 그런 도박을 하다가 거액의 돈을 날리면 누구의 책임일까. 특히 합법화된 대규모 도박장인 카지노에서 이런 일이 벌어지면 어떻게 되는 것일까.

이에 관하여 대법원은 2014. 8. 21. 전원합의체 판결로 도박할 한 사람의 책임임을 선언하였다. 아래는 이에 관한 언론기사이다.

"도박으로 231억 날린 건 본인 … 카지노는 책임 없다"
(중앙일보 2014. 8. 22.자)

- "과도한 베팅 안 막아" 소송 자산가
- 1심 28억, 2심 21억 "카지노서 배상"
- 대법에선 "본인 책임져야" 뒤집어

카지노에서 규정한도를 넘어 과도한 베팅을 했던 자산가가 "고객보호의무를 소홀히 했다"며 카지노 업체를 상대로 돈을 돌려달라고 요구한다면 지급해야 할까.

대법원 전원합의체(주심 김소영 대법관)는 21일 정모(67)씨가 강원랜드를 상대로 낸 손해배상 소송에서 "자기 책임으로 도박을 했다면 결과도 감수해야 한다"며 원고 패소 취지로 사건을 서울고법으로 돌려보냈다. 원고 일부 승소판결을 내렸던 1심과 2심 결론을 뒤집은 것이다.

중소기업 대표였던 정씨가 도박에 빠진 건 2003년 4월. 강원랜드를 처음 찾은 그는 그날 700만원을 잃었지만 일주일 뒤 두 번째 방문에서 2280만원을 땄다. 피 말리는 승부 끝에 찾아오는 기쁨을 맛본 그는 점차 중독의 길을 걸었다.

좀 더 스릴을 느끼기 위해 1회 베팅한도가 1000만원인 최상위 VIP회원 전용 룸을 이용하기 시작했다. 이마저도 부족해 수수료를 받고 대리베팅을 해주는 속칭 '병정'을 고용했다. 예약실 이용인원이 최대 6명인 만큼 한 번에 6000만원씩 베팅이 가능해졌다.

3년간 200억원 이상을 날리자 아들이 나서 강원랜드에 출입제한 요청서를 보냈다. 하지만 아들을 설득해 전화로 출입제한 요청을 철회토록 하고 강원랜드 직원에게 사정해 출입을 허락받았다. 그러나 카지노를 이기기에는 역부족이었다. 결국 333회에 걸쳐 총 231억원을 날렸다.

재산의 상당액을 날리고서야 정신을 차린 정씨는 2006년 말 "도박중독에 빠진 고객을 보호하지 않고 한도를 초과한 베팅을 묵인해 사행성을 부추겼다"며 강원랜드를 상대로 소송을 냈다. 1, 2심 재판부는 강원랜드 측 책임을 일부 인정했다. 카지노 측이 대리베팅을 묵인했고 편법적 방법으로 출입제한조치를 풀어줬다고 판단했다. 1심은 손실액의 20%인 28억여원, 2심은 15%인 21억여원을 배상하도록 했다.

하지만 대법원의 판단은 달랐다. 사법절차의 근간인 '자기책임의 원칙'에 따라 명시적 법규 위반이 없었다면 도박으로 입은 손실은 본인이 책임져야 한다는 취지다. 재판부는 "카지노 이용자가 손실을 보는 게 사회 통념상 용인될 수 없을 정도에 이르렀다고 볼 사정이 없는 한 업체의 손해배상 책임을 인정해서는 안 된다"고 밝혔다. 하급심이 불법행위의 근거로 제시한 대리베팅에 대해서는 "해당 조항의 위반으로 행정적 처분은 받을 수 있겠지만 이를 어겼다고 고객보호의무를 소홀히 했다고 볼 수는 없다"고 밝혔다.

대법원이 도박으로 본 손실의 책임소재를 엄격히 판단함에 따라 제도나 법령 정비가 시급하다는 지적도 나온다. 곽금주 서울대 심리학과 교수는 "중독으로 발생한 피해를 배상받기 힘들어진 만큼 도박 중독에 빠지지 않게 업체 측 책임을 강조하는 선제적 장치 마련이 필요하다"고 지적했다.

（박민제 기자）
（출처 : http://article.joins.com/news/article/article.asp?total_id
＝15605506&cloc＝olink｜article｜default）

（2014.09.06）

포대화상의 미소

한가위명절 연휴가 끝나는 마지막 날이다. 사람마다 생각이 다르겠지만, 연휴기간이 다소 길다는 느낌이다.

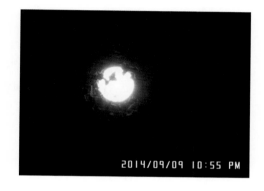

2014/09/09 10:55 PM

추석날이 백로(白露)였는데, 가을이라기보다는 아직은 여름이라는 표현이 더 적절할지 모르겠다. 그래도 그제에 이어 어제 밤 보름달(슈퍼문)도 실로 장관이더니 오늘 아침의 우면산 둘레길은 가을 정취를 물씬 풍겼다.

어제 밤 플라타나스 나뭇잎 사이로 자태를 드러낸 보름달의 모습이다. 무결점의 둥근 달보다는 무엇인가 부족해 보이는 듯한 것이 더 멋지고 호감이 간다.

몇 년 전 집중호우로 산사태가 났던 우면산의 계곡인데, 지금은 수크령과 억새가 장관을 연출하고 있다. 점점 색이 변하여 가고 있어 이달 말쯤에는 억새의 하얀 깃털이 바람에 흩날리지 않을까 싶다.

우면산 둘레길을 강아지와 함께 걷고 있는 어느 시민의 뒷모습이다. 서리 풀 범부도 이 길이 너무 좋아서 이른 아침이면 그냥 무념무상으로 걷고 또 걷는다. 맨발로 걷는 분들도 종종 눈에 띈다.

아침이슬을 머금은 온갖 꽃들이 반갑게 인사하며 객을 맞이한다. 코스모스, 나팔꽃, 들국화…. 이 길을 걷다보면 산과 사람이 일체가 되는 느낌이랄까, 딱히 무엇이라고 한마디로 표현하기 어렵지만, 정체 모를 희열로 가슴이 채워진다. 그런데 오늘 아침에는 한기가 느껴졌다. 곧 긴 소매 옷을 입어야 할까 보다.

대성사 법당에 매달린 풍
경(風磬)이다.

"성불사 깊은 밤에 그윽한
풍경소리…"

굳이 노래말을 읊조리지 않아도, 깊은 밤이나 이른 아침 산사의 풍경(風
磬)은 그윽하기 그지없다. 바람이라도 불면 물고기가 종을 건드려 귓전을 울
리는 풍경소리에 비록 찰나일망정 몸과 마음이 청정해진다.

"부처님, 부디 이 나라가 태평하고 백성이 편안케 하여 주시옵소서~"

법당에 꿇어앉아 석가여래에게 삼배를 올리는 범부의 소박한 기도가 오늘
도 목의 울대를 타고 이어진다.

대성사 마당에 있는 포대
화상(布袋和尙)의 넉넉한 모
습이다. 마치 한가위의 둥글
고 풍성한 보름달을 연상케
한다. 특히 그의 미소가 보는
이의 마음을 저절로 흐뭇하
게 한다. 세상사의 번뇌에 짜
증내지 말고 여유를 찾으라
고 넌즈시 교시하는 듯하다.

화상은 중국 후량(後梁)의 선승으로, 늘 커다란 포대를 가지고 다니며 동냥한 음식이나 물건을 넣어 두었다가 헐벗고 굶주린 사람들에게 나누어 주었다고 한다. 중생구제를 몸으로 실천한 것이다. 화상의 배꼽에 손을 대고 세 바퀴 돌리며 소원을 빌면 이루어진다고 한다. 그냥 그렇게 믿고 싶은 마음의 표현일 테니 시비를 논할 일은 아니리라.

아침 저녁으로는 쌀쌀하지만 낮은 여전히 한여름을 방불케 한다. 일교차가 큰 이럴 때일수록 건강에 유념할 일이다.

(2014.09.10)

사랑하는 마음으로

갑오년의 달력이 마지막 한 장 남았다. 섣달의 시작과 함께 찾아온 추위가 매섭다. 이상난동이라고 할 정도로 따뜻했던 날씨가 언제 그랬냐는 듯 눈보라와 함께 찾아온 동장군이 수은주를 영하 10도 안팎으로 급전직하하게 만들었다. 거위털이다 오리털이다 하며 각종 패딩을 쏟아내는 의류업체들은 살판이 나겠지만, 엄동설한이 싫은 범부에게는 동장군이 그리 반갑지 않다.

기온이 영하로 내려갈수록 가치를 발휘하는 것은 탁자 위에 인 따뜻한 차 한잔이 아닐까. 어디선가 가수 조용필의 아련한 노래가 들려오는 듯하다.

바람 속으로 걸어 갔어요 이른 아침에 그 찻집
마른 꽃 걸린 창가에 앉아 외로움을 마셔요
아름다운 죄 사랑때문에 홀로 지샌 긴 밤이여
뜨거운 이름 가슴에 두면 왜 한숨이 나는 걸까
아~ 웃고 있어도 눈물이 난다 그대 나의 사랑아

이 겨울 거리에는 올해도 어김없이 구세군의 자선냄비가 등장하였다. 십시일반으로 모인 성금이 주위의 힘든 이웃에게는 커다란 사랑으로 전달될 것이다.

어느 시인이 읊은 아름다운 시구가 생각난다.

사랑하는 마음으로 살자.
감사하는 마음으로 살자.
사랑하기에도 모자라는 목숨
감사하기에도 모자라는 목숨일진대
짧은 인생길에서 언성을 높이지 말고
서로의 가슴에 못질일랑 하지 말자.

즐거워하는 마음으로 살자.
이해하는 너그러움으로 살자.
즐거워하기에도 모자라는 목숨
서로를 이해하기에도 모자라는 목숨일진대
그 짧은 삶의 길에서
애달픈 마음으로 살지 말지니…

누구에게나 한번뿐인 짧은 생을 위하여
슬픈 일일랑은 서로 감싸주고
즐거운 일일랑은 서로 나누어야 하리니…

사랑하기에도 모자라는 목숨
감사하는 마음으로도 모자라는 목숨
아낌없는 마음으로 오늘을 살자.
그 뜨거운 마음으로 오늘을 가자.

(2014.12.07)

한 해를 보내며(次古韻)

    2014년의 마지막 날이다. 정말로 말 그대로 다사다난했던 갑오년이 가고 푸른 양의 을미년이 다가오고 있다. 갑오년의 해나 을미년의 해나 다 똑같은 해일 뿐 다른 해일 리가 없지만, 그래도 내년이면 32년간 몸담았던 법원을 떠나는 범부에게는 새해가 열리는 느낌이 다르기만 하다.

    마침 한 해를 보내는 소감을 구구절절이 피부에 와 닿게 그려낸 시가 있어 필부의 심정을 그 시에 담아 한 해를 마무리한다.

    꽃 피는 새 봄이 오면 붕우(朋友)와 함께 술동이를 비워볼까.

        한 해를 보내며

        -성호(星湖) 이익(李瀷·1681~1763)-

      골짜기로 가는 긴 뱀처럼
      서둘러 해가 넘어가는 때라
      눈앞으로 지나가는 세월을 보며
      오랫동안 상념에 젖어 있다.

나이 든 얼굴은 움츠러들어
귀밑머리엔 서리가 내려앉고
추위가 기세등등한 가운데
나뭇가지엔 눈이 얹혀 있다.

글 읽는 사람으로
스스로 힘써야 할 뿐
청산 밖 세상사를
어찌 알겠는가?

아름다운 약속을 남겨
술동이를 가득 채워 놓고
꽃을 피우는 첫 번째 바람이 불
그날을 기다리노라.

次古韻

赴壑脩鱗日不遲 (부학수린일부지)
年光閱眼久尋思 (연광열안구심사)
衰容縮瑟霜添鬢 (쇠용축슬상첨빈)
寒意憑凌雪在枝 (한의빙릉설재지)
黃卷中人須自勉 (황권중인수자면)
靑山外事也何知 (청산외사야하지)
十分盞酒留佳約 (십분잔주유가약)
會待花風第一吹 (회대화풍제일취)

성호(星湖) 이익(李瀷·1681~1763) 선생이 한 해가 저물어가는 세밑에 쓴 시이다.

세밑에는 잊고 지냈던 세월의 흐름이 의식 속에 들어오고, 나이와 건강과 해놓은 일이 자연스럽게 떠오른다. 즐겁고 아름다운 상념에 젖어들 수 있다면 얼마나 좋으랴마는 대개는 주름살 깊어진 얼굴처럼 아쉬움과 한탄이 앞서기 마련이다.

성호 같은 철인(哲人)도 청산 밖 세상일은 모른다고 했다. 남이나 세상일에 관심을 돌릴 여유가 없는 필부로서는 자기 자신에게나 집중할 밖에. 꽃피는 봄에나 다시 세상 밖으로 나갈 여유를 찾을 수 있으려나.

그 때 쯤에는 술동이의 술도 잘 익으리라.
하여
勸君更進一杯酒(권군갱진일배주, 그대에게 한 잔의 술을 권하노라)를 할 거나.

(2014.12.31)

몽중유
(夢中遊. 꿈속에서 노닐다)

　2015년 새해가 시작되었나 싶었는데, 벌써 한 달이 훌쩍 지나갔다. 을미년의 1/12 이 이미 역사의 뒤안길로 갔다는 이야기다(아직은 입춘 전이니 정확히는 을미년이 아니라 갑오년이라고 해야 하나).

　24절기의 마지막인 대한(大寒)이 열흘 전에 지나고 이제 닷새 후면 새로운 24절기가 시작되는 입춘(立春)이다. 그렇게 겨울이 가고 봄이 오고 있다. 하지만 그 봄이 왔나 싶으면 어느새 다시 여름을 말할 것이다. 그리고 가을과 겨울을…. 그래서 돌고돌아 되풀이되는 사계절을 노래한 판소리 단가 '사철가'도 생겨나고….

　문득 학명선사(鶴鳴禪師. 1867-1929)의 시 '夢中遊(꿈속에서 노닐다)'가 떠오른다.

　　　　　莫道始終分兩頭(막도시종분양두)
　　　　　冬經春到似年流(동경춘도사연류)
　　　　　試看長天何二相(시간장천하이상)
　　　　　浮生自作夢中遊(부생자작몽중유)

묵은해니 새해니 분별하지 마시게.
겨울 가고 봄이 오니 해가 바뀐 듯하지만,
보시게나, 저 하늘이 달라졌는가?
어리석은 중생들이 꿈속에서 노닌다네.

세계적인 경기침체가 계속 이어지는 가운데, 연초부터 나라 안팎이 어수선하다. 내일 열릴 아시안컵 축구대회 결승전에서 우승의 승전보가 올리면 그나마 일말의 위안이 되려나. 하여 성원을 보내는 마음은 범부만이 아닐 것이다. 하지만 이 또한 욕심에서 비롯된 몽중유(夢中遊)이니 그 욕심마저 비워야 하는 걸까? 그런데 그 욕심을 버리고 꿈에서 깨어나기가 어디 그리 쉬운가.

이런 이야기가 있다.

어떤 젊은이가 수도원에 입회하겠다고 찾아오자, 수도원의 나이 든 수사가 언제든지 세상을 떠날 수 있는 순례자의 자세로 살 수 있는지 알아보려고 그에게 물었다.

"너에게 금화 세 닢이 있다면 그것을 기꺼이 가난한 사람들에게 나누어 주겠느냐?"
"그럼요, 마음으로부터 모두 주겠습니다."

"그러면 은화 세 닢이 있다면 그것은 어찌 하겠느냐?"
"그것도 기쁘게 나누어 주겠습니다."

"이제 마지막으로 물겠다. 동전 세 닢이 있다면 어찌 하겠느냐?"

"그것만은 안 되겠습니다!"

이상하게 생각하며 수사가 물었다.
"아니, 그건 왜?"

그러자 젊은이가 말했다.

"현재 제가 가진 게 바로 그 동전 세 닢이거든요."

(2015.01.30)

서울에서 테러라니…

지난 5일이 정월 대보름이었다. 하필이면 달과 지구의 거리가 멀리 떨어진 때에 정월 대보름을 맞는 바람에 보름달이 '슈퍼 문(Super Moon)'은 고사하고 평소의 보름달보다도 작았다. 쥐불놀이를 하면서 소원을 빌기가 쑥스러울 정도였다. 정월 대보름달이 작으면 한가위 보름달은 반대로 '슈퍼 문(Super Moon)'이 될 거라니 기대해 볼까.

대보름이 지난 바로 다음날인 6일은 경칩(驚蟄)이었다. 한 해가 바뀐 후 이날 하늘에서 첫 번째 천둥이 치니 겨울잠 자던 개구리가 그 소리에 놀라 잠에서 깨어나 땅 밖으로 나오는 날이다. '칩(蟄)'이라는 글자는 본래 '겨울잠 자는 벌레'를 뜻하고, 겨울잠 자는 동물이 개구리만 있는 게 아닌데도, 언제부터인가 '경칩(驚蟄)' 하면 사람들은 으레 개구리를 유독 떠올린다. 하긴 친숙한 개구리를 놔두고 징그러운 뱀을 떠올릴 수는 없을 것이다.

아무튼 경칩을 즈음하여 겨울의 찬 대륙성 고기압이 약화되고 기온이 날마다 상승하며 마침내 봄으로 향하게 된다. 그래서인가 요사이 며칠 기승을 부리던 꽃샘추위가 신기하리만큼 물러갔다. 어제 오늘 낮에는 오히려 평년 기온을 능가할 정도였다. 그런데 추위가 완전히 퇴각하는 것은 아닌 모양이다. 내일부터 다시 기온이 내려간다고 하니…. 그렇지만, 한 마리 제비가 온다고 해서 바로 봄이 되는 것은 아닐지라도 그 제비가 전한 봄소식은 결국 우리 곁에 다가 오는 법이다.

이처럼 계절은 바야흐로 봄이 오는 길목이고 만물이 소생할 판국인데, 경칩날 아침 리퍼트 주한 미국대사가 서울 한복판에서 테러를 당하는 끔찍한 일이 벌어졌다. 62년간 이어져 온 간통죄의 위헌 결정, 국회에서 통과되자마자 위헌시비에 휩싸인 '부정 청탁 및 금품 등 수수의 금지에 관한 법률'(소위 '김영란법')의 제정, 어린이집 CCTV 설치를 의무화하는 법률의 불발 등으로 그러잖아도 어수선하던 차에 이건 또 무슨 대형악재인가. 국태민안을 빌고 빌어도 모자랄 판에 이런 어처구니없는 행동이 국익에 무슨 도움이 될까. 21세기 IT 세상이 시작된 후 하루가 다르게 변모하는 세상에서 아직도 1980년대에 시계를 고정시켜 놓은 사람들은 도대체 무슨 생각을 하며 사는 걸까. 이와 관련하여 북한에서 내놓았다는 논평은 더더욱 가관이다. 언제나 세상을 똑바로 보려나….

창밖의 햇살이 포근한 느낌으로 다가온다. 겨울의 엄동설한이 아무리 맹위를 떨쳐도 때가 되면 물러가고 따뜻한 봄이 오듯, 이 모든 소란이 가라앉고 우리 사회가 안정이 될 날이 올 것이라고 기대하며 경칩을 전후한 하루를 보내는 것이 범부의 삶의 지혜가 아닐는지….

(2015.03.08)

호국영령

　6월이 시작되었다. 잔인한 달 4월이 지나가나 했더니 1년 중 나머지 열한 달과도 바꾸지 않는다는 아름다운 달 5월도 마저 가버렸다. 참으로 유수 같은 세월이다. 경칩에 글을 쓴 이래 춘분, 청명, 곡우, 입하, 소만이 다 지나도록 작은 글조차 쓸 엄두를 내지 못하였다. 곧 망종(芒種)마저 다가온다. 더 늦으면 안 될 것 같다.

　망종은 대개 6월 5일 또는 6일이다. 올해는 6일이다. 현충일과 같은 날이다. 현충일은 왜 망종과 겹칠까? 현충일이 공식적인 추모일로 지정된 것은 6.25사변의 참화가 끝나고 3년이 지난 1956년의 일이다. 우리 옛 조상들은 24절기 중 망종에 제사를 지내는 풍습이 있었는데, 1956년의 망종이 6월 6일이었다. 그래서 현충일이 6월 6일이 된 것이라고 한다. 처음에는 6.25사변 전사자를 추모하는 날이었는데, 그 후 순국선열을 추모하는 날로 범위가 넓어졌다.

　이처럼 현충일은 전쟁의 종료와 연관되어 지정되었는데, 이는 우리나라만이 아니라 외국의 예도 비슷하여 흥미롭다. 큰 전쟁을 겪고 나면 아무래도 그 전사자의 공로를 기리고 추모하는 것이 인지상정 아닐는지. 예컨대, 미국 현충일인 메모리얼 데이(Memorial Day)는 매년 5월의 마지막 주 월요일로 올해는 5월 25일이었다. 미국 메모리얼 데이는 남북전쟁(1861~1865년) 종전 3년 후인 1868년 5월 30일에 북군 출신의 존 로건 장군이 전사한 북군 장

병 무덤에 꽃을 장식하라고 포고령을 내린 데서 비롯됐다는 것이 정설이다. 무덤에 꽃을 장식한다는 뜻에서 '데커레이션 데이(Decoration Day)'로도 불린다. 영국은 제1차 세계대전 종전일인 1918년 11월 11일과 가까운 일요일을 현충일인 '리멤브런스 데이(Remembrance Day)'로 기린다고 한다.

세계가 경제전쟁에 돌입한 지 벌써 한참 되었고, 한반도를 둘러싼 국제정세가 한 치 앞을 내다보기 힘든 상황인데, 청년실업은 계속 늘어나고 그나마 경제 버팀목이던 수출마저 줄어들고, 업친 데 덮친다고 메르스의 공포가 전국을 강타하는 마당에 사회 각 분야에서 극한대립만 벌어지고 있는 우리의 현실을 돌아보면 암담해진다. 아침신문을 펼치기가 겁난다. 현충일이 있는 호국보훈의 달을 맞이하여 우리 모두 호국영령께 정말 간절히 기도하면 어떨까?

"호국영령이시여, 부디 이 나라를 굽어살피사 나라가 태평하고 국민이 편안케 하여 주시옵소서!"

봄이 실종된 후 때 아니게 30도를 웃도는 복지경 날씨가 이어지고 있다. 15도가 넘는 일교차에 건강에 각별히 유의해야겠다.

(2015.06.04)

바람 피운 배우자의
이혼 소송 50년 만에 인정되나

민법 제840조는 제1호에서 제5호까지 재판상 이혼사류를 열거한 후 제6호에서 "기타 혼인을 계속하기 어려운 중대한 사유가 있을 때"를 규정하고 있다. 여기서 혼인을 계속하기 어려운 중대한 사유가 무엇인지, 그러한 사유만 있으면 이혼이 허용되는 것인지가 문제된다. 특히 혼인을 계속하기 어려운 중대한 사유를 야기한 측에서 먼저 이혼을 청구하는 것이 허용되는 것인지를 둘러싸고 오랫동안 논란이 이어져 왔다. 그러한 사유를 야기한 측의 청구는 허용되지 않는다는 것이 이른바 유책주의이고, 그러한 사유가 인정되는 이상 그 책임의 소재를 불문하고 이혼이 허용되어야 한다는 것이 파탄주의이다.

미국, 영국, 독일, 프랑스, 중국 등 현재 세계적인 입법의 추세는 파탄주의로 기울어져 있고, 법률에서 따로 규정하고 있지 아니한 일본은 판례가 이를 취하고 있다.

우리나라는 그 동안 대법원 판례가 유책주의를 고수하여 왔는데, 근래 하급심에서 파탄주의를 택한 판결들이 적지 않게 선고되고 있고, 대법원 또한 예외적으로 유책 배유자의 이혼청구를 받아들이고 있다. 그러면 장차 우리는 과연 어느 쪽을 택할 것인가가 문제이다. 대법원에서는 전원합의체에서 이를 심리함에 있어 2015. 6. 26. 대법정에서 공개변론을 열어 양쪽 전문가의 의견을 청취하였다. 아래는 이와 관련된 신문기사이다.

* * *

바람 피운 배우자의 이혼 소송 50년 만에 인정되나

(조선일보 2015. 6. 27.자)

"파탄된 혼인 관계를 유지하는 것은 부부를 비롯해 관련된 사람들 모두에게 고통을 줄 뿐입니다."(원고 측 김수진 변호사)

"잘못이 없는 배우자와 자녀를 먼저 보호해야 합니다. 법원은 가족을 지키는 마지막 보루가 돼야 합니다."(피고 측 양소영 변호사)

26일 오후 2시 서울 서초동 대법원 대법정. 양승태 대법원장을 비롯한 대법관 13명이 들어서기 전에 이미 방청석 180자리가 가득 찼다. 이날 대법원 전원합의체는 혼인 파탄에 주된 책임이 있는 유책 배우자가 이혼을 청구할 수 있는지에 대해 공개변론을 열었다.

이번 사건은 15년간 아내와 별거하며 다른 여성과의 사이에서 미성년 혼외(婚外) 자녀를 둔 남편 백모(68)씨가 법적 아내 김모(66)씨를 상대로 낸 실제 이혼 소송이다. 대법원은 "1965년 축첩을 한 남편이 낸 이혼 청구는 받아들일 수 없다"고 판결한 이래 50년간 잘못이 있는 배우자의 이혼 청구를 기각하는 유책주의(有責主義)를 고수해왔다. 반대 입장은 실질적으로 혼인 관계가 파탄 났다면 일단 이혼을 받아들여야 한다는 파탄주의(破綻主義)다.

파탄주의를 주장하는 백씨 측 김수진 변호사는 "유책주의가 남편이 불륜을 저지른 뒤 본처를 쫓아내기 위한 '축출(逐出) 이혼'을 억제해 과거 여성과 가정을 보호하는 데 기여해왔음을 부인할 수는 없지만, 이제는 더 이상 축출 이혼이 문제 되는 시대가 아니다"며 "유책주의를 엄격하게 고수할 경우 상대방의 잘못을 입증하는 과정에서 오히려 반목과 증오만 키우게 된다"고 주장했다.

이화숙 연세대 로스쿨 명예교수는 "한국 여성들은 더 이상 일방적 피해자나 약자의 지위에 머물러 있지 않고, 양육권과 친권에 부와 모는 동등한 권리를 갖고 있어 파탄주의로 전환할 수 있는 여건이 성숙돼 있다"며 "약자를 보호하는 장치를 마련하면 충분히 파탄주의를 받아들일 수 있는 상황"이라고 말했다.

반면 아내 김씨 측 변호인인 양소영 변호사는 "부정행위를 한 사람이 '이제는 혼인이 파탄 났으니 해방시켜 달라'며 권리를 남용하는 것을 법이나 판례로 보호할 수는 없다"며 "유책 배우자의 인권보다는 상대 배우자와 자녀의 행복추구권, 생존권이 절실하다"고 지적했다.

조경애 한국가정법률상담소 법률구조부장은 "여전히 이혼을 강요당하는 사람의 상당수는 경제적으로 열악한 상태에 있는 여성이고, 대부분 미성년 자녀 문제로 이혼을 거부하고 있다"며 "판례가 파탄주의로 전환될 경우 사회적 혼란이 클 것"이라고 말했다.

양 대법원장은 "유책주의냐 파탄주의냐의 문제는 많은 국민이 주목하는 문제"라며 "오늘 변론을 기초로 해서 연구·토의·소통을 거쳐 적절한 결론을 낼 것"이라며 공개변론을 마쳤다.

(출처 : http://news.chosun.com/site/data/html_
dir/2015/06/26/2015062602509.html)

(2015.06.28)

코스모스

지난 주 주말(18일) 아침에 우면산의 서울들레길을 가다가 코스모스를 발견하고 휴대폰으로 찍은 사진이다. 그런데 코스모스가 본래 언제 피는 꽃인가. 문득 아래 노랫말을 떠올린다.

코스모스 한들한들 피어있는길
향기로운 가을길을 걸어 갑니다
기다리는 마음같이 초초 하여라
단풍같은 마음으로 노래 합니다.
길어진 한숨이 이슬에 맺혀서
찬바람 미워서 꽃속에 숨었나
코스모스 한들한들 피어있는길
향기로운 가을길을 걸어 갑니다

가수 김상희가 1967년에 부른 "코스모스 피러 있는 길"이라는 노래이다. 그 당시 코스모스가 핀 계절은 분명 가을이었다. 그런데 지금은 초복과 중복 사이의 한여름에 코스모스가 피다니….

과일들이 철을 앞당겨 시장에 나오는 것은 비닐하우스를 이용한 재배 덕분이라고 하지만, 산기슭에 핀 코스모스가 철을 앞당겨 개화하는 것은 무슨 조화일까. 시원한 가을에 필 꽃이 더운 여름에 피는 것을 보면 지구온난화 때문은 아닐 것 같고, 뭔가 모르지만 이상기후 때문이 아닐는지.

그런데 이상한 것으로 치면 어디 복지경에 피는 코스모스뿐이랴. 봄부터 시작한 가뭄이 여름까지 이어져 장마철에도 비를 구경하기 어렵지 않나, 그에 덮쳐 느닷없이 '며루치'인지 '메르스'인지 헷갈리는 사우디 발 중동호흡기증후군이 온나라를 뒤집어 놓아 경제를 어렵게 하지 않나, 국제 투기자본이 우리나라의 대표적인 기업 중 하나를 좌지우지하려 하지 않나, 그리스가 그야말로 포퓰리즘에 젖은 복지 남발로 국가부도 사태를 맞아 유럽연합(EU)에서 탈퇴하니 마니 하면서 전세계 주식시장을 출렁이게 하지 않나, 일본의 아베 정부는 과거사 부정도 모자라 안보법까지 제정한다면서 우리의 신경을 자극하지 않나, 우리 주위에는 온통 비정상이 넘쳐나고 있다.

이번 주 들어 흐린 날이 이어지더니 마침내 비가 내리고 있다. 제발 비가 흠뻑 내려 메마른 대지를 충분히 적셔 주었으면 좋겠다. 아울러 그것을 신호로 모든 비정상이 정상으로 돌아갔으면 하는 바램을 띄워 본다.

코스모스야, 서두르지 말고 좀 참았다가 청량한 가을에 피렴~

(2015.07.25)

꽃들의 숨소리

새벽길을 나선 사람은 안다
안개 속에서 조용히 잠이 든
꽃들의 숨소리가 얼마나 정갈한지
꽃이름 따라 향기는 다르지만

어쩜 그리도 숨소리는
하나되어 어우러지는지
듣는 사람의 가슴에
또 하나의 흐름을 만들어 준다

살아왔던 날들도
살아야 할 날들도
저토록 가식 없이
맑았으면 좋으련만

안타까운 세상살이
꽃보다 더 흔들릴 때도 많다.

－박우복－

입추도 지나고 그저께 말복도 지났는데 여전히 무덥다. 전국이 찜통에 들어간 듯하다. 복날은 하지(양력 6월 22일)로부터 셋째 경일(庚日)을 초복(初伏), 넷째 경일(庚日)을 중복(中伏)이라 하고, 입추 지나서 첫째 경일을 말복(末伏)이라고 한다. 통상 중복과 말복 사이가 열흘인데, 올해처럼 20일이 되면 월복(越伏)한다고 한다. 결국 초복부터 기산하면 말복까지 30일이 되고 그만큼 여름이 길고 덥다는 말이 된다.

참으로 신기하게도 월복하는 값을 하려는지 올여름이 유난히도 무덥고 길다. 그런데 월복을 해서 여름이 길고 무더운 건가, 아니면 여름이 길고 무더워서 월복을 하는 건가, 아니면 이도 저도 아닌데 단지 필부의 마음이 그렇게 느끼는 건가? 육조스님이 계시기라도 하면 여쭤보련만….

이른 새벽 우면산 산책길도 무덥기는 마찬가지인데, 그 길에서 만난 꽃들은 더운 내색을 하지 않는다. 이름 모를 그 꽃들은 어제도 오늘도 그저 조용히 자기 모습을 잃지 않고 정갈한 숨소리와 향기로운 자태를 유지하고 있는데, 그 꽃들을 바라보는 산객의 마음은 안타깝게도 자꾸 흔들린다.

법복 속의 32년을 포함하여 지나온 60년과 앞으로 다가올 얼마일지 모를 시간들이 시인의 말처럼 가식없이 맑으면 좋으련만, 아마도 너무나 요원한 이야기가 아닐까 싶다.

꽃들과 같은 청정과 평정이 어렵다면 이제까지 그랬던 것처럼 남은 날도 "마음으로 정성을 다하여 구하면 비록 가운데 적중하지는 못하더라도 멀리 떨어지지는 않는다(心誠求之 雖不中 不遠矣)"는
대학(大學)의 구절을 떠올리며 지내는 것도 삶의 지혜가 아닐는지.

(2015.08.14)

귀거래혜(歸去來兮)

　백로(白露)가 지나면서 나날이 가을이 우리 곁에 다가옴을 피부로 느낀다. 이른 아침 우면산 등산로에는 흰 이슬을 머금은 가을꽃들이 만발하여 길손의 발걸음을 상쾌하게 한다. 지난 여름 그리도 찌는 듯 맹위를 떨치던 더위가 물러가고 아침 저녁 불어오는 금풍(金風)에 옷깃을 여미면서 계절의 변화를 새삼 실감한다. 이렇게 때가 되면 갈 것은 가고 그 자리를 새로운 것이 메우게 되니, 이야말로 자연의 거스를 수 없는 섭리이고, 또한 인간사도 마찬가지가 아닐는지.

　32년 전 1983. 9. 1.에 시작하였던 필부의 법관생활도 이제 때가 되어 곧 막을 내린다. 그래서 정들었던 서리풀을 떠나려니 발걸음이 쉽게 떨어지지 않지만, 흐르는 세월의 수레바퀴에 당랑거철(螳螂拒轍)할 수는 없는 일. 그래서 도연명의 시구 일부를 떠올린다.

歸去來兮(귀거래혜)
田園將蕪胡不歸(전원장무호불귀)

자, 이제 돌아가자
고향 전원이 황폐해지려 하는데 어찌 돌아가지 않겠는가.

策扶老以流憩(책부노이류게)
時矯首而遐觀(시교수이하관)

지팡이에 늙은 몸 의지하며 발길 멎는 곳에서 쉬다가
때때로 머리 들어 먼 하늘을 바라본 후.

引壺觴以自酌(인호상이자작)
眄庭柯以怡顏(면정가이이안)

술단지 끌어안고 나 홀로 자작하다
뜰 안의 나뭇가지 바라보며 웃음지으련다.

(2015.09.13)

퇴 임 사

　지난 1월 1일 새벽 대법원장님을 모시고 법원산악회에서 대관령 능경봉으로 신년 일출산행을 한 적이 있습니다. 그 때 체감온도 영하 30도를 오르내리는 강추위 속에서 동해바다 위로 떠오르는 붉은 해를 바라보면서 천지신명께 간절히 기도하였습니다. 제가 9월 16일까지 대법관으로서 남은 임기를 무사히 마치고 영광스럽게 퇴임할 수 있게 하여 달라고 말입니다. 그 기도 덕분인지 모르겠으나 오늘 저는 지난 32년간의 법관생활을 마무리하기 위하여 이 자리에 섰습니다.

　이러한 영광스럽고 귀한 자리를 마련하고 참석해 주신 존경하는 대법원장님과 여러 대법관님을 비롯한 법원 가족 여러분께 깊이 감사드립니다. 여러분의 진심 어린 도움이 있었기에 오늘의 제가 있을 수 있었습니다.

　특히 제가 6년간 대법관으로 근무하는 동안 지근거리에서 저의 머리와 손과 발이 되어 충심으로 저를 도와주신 신동훈 부장판사님을 비롯한 전속조와 공동조의 재판연구관님들, 김인숙 비서관님을 비롯한 비서실 식구들의 헌신적인 노고에 각별히 감사하다는 말씀을 드립니다. 여러분과 함께 일할 수 있어 즐겁고 행복하였습니다.

　아울러, 처음 법관으로 임용된 이래 지금까지 오랜 기간 묵묵히 저를 믿고 따라준 가족들에게도 이 자리를 빌려 진정 고마운 마음을 전합니다. 가족들의 후원이야말로 저의 법관생활에서 가장 든든한 후원목이었습니다.

저는 6년 전인 2009. 9. 17. 대법관으로 취임하면서 다산 정약용 선생의 '송사를 처리함에 있어 근본은 성의를 다하는 데 있다(聽訟之本 在於誠意)'는 말씀을 인용하면서, 국민이 대법관에게 부여한 소명과 책무를 열과 성을 다하여 수행하겠다고 다짐하였습니다. 지금 이 자리에서 그 취임 당시의 약속을 잘 지켰냐고 스스로에게 자문할 때 선뜻 그렇다고 대답할 자신은 없습니다.

그렇지만 바람풍(風)자를 놓고 나이 든 훈장님은 '바담풍'이라고 읽더라도 어린 학동은 '바람풍'이라고 읽어야 하듯이, 저는 후배 법조인들에게 '청송지본은 재어성의'라는 다산 선생의 가르침을 다시 한 번 일깨워 드리고자 합니다.

무릇 재판은 당사자의 말을 듣는 것이 핵심이어서 청송(聽訟)이라고 하였고, 그 청송을 함에 있어서는 성심을 다해야 한다는 것입니다. 당사자의 말을 성심을 다하여 들을 때 비로소 올바른 판단을 할 수 있으며, 그렇게 되면 신(神)이 아닌 이상 설사 100% 적중하지 못한다 하더라도 정답에서 크게 벗어나지는 않을 것입니다(心誠求之 雖不中 不遠矣).

이처럼 성심을 다하여 들은 후 판단을 옳게 함에 있어서는 '공자명강(公慈明剛)'이 요구됩니다. 공정함, 자애로움, 명백함, 그리고 굳셈이 그것입니다. 공정하면 치우치지 않고, 자애로우면 모질지 않으며, 명백하면 능히 환히 밝힐 수 있고, 굳세면 단안을 내릴 수 있습니다(公則不偏 慈則不刻 明則能照 剛則能斷). 공정을 잃은 자애는 봐주기나 편들기가 되고, 명백하지도 않은 채 굳세기만 하면 독선과 아집으로 흐르게 됩니다. 실로 법을 다스리는 사람에게 필수적인 덕목이라고 할 것입니다.

근래 우리 사법제도에 대한 국민의 신뢰도를 둘러싸고 설왕설래가 이어지고 있습니다. 사법에 대한 신뢰를 높이기 위해서는 사법부의 종사자들뿐만 아니라 정치권을 비롯하여 모든 국민이 함께 노력하여야 하겠지만, 무엇보다도 일선에서 재판에 임하는 법관들이 성의를 다하여 당사자의 말에 귀 기울이고 이를 토대로 올바른 결론을 내린 후, 어법에 맞고 알기 쉽게 작성한 판결문으로 판결을 선고함으로써 당사자로 하여금 승복케 하는 것이 사법에 대한 신뢰를 높이는 지름길이 아닐까 합니다.

당사자들이 재판을 받기 위하여 법정에 들어서서 재판장을 처음 보았을 때 풍기는 엄숙한 분위기, 법대 앞에서 재판장을 마주하였을 때 피부로 느끼는 온화함, 논리정연한 진행 후에 내리는 합리적인 결론(望之儼然, 卽之也溫, 聽其言也厲), 무릇 법대 위에 앉은 판관은 이 세 가지 덕목을 갖추고 법정을 이끌어가야 할 것입니다. 나아가 이러한 덕목을 갖춤으로써 모름지기 '선배에게는 편안함을 주고, 동료에게는 믿음을 주고, 후배에게는 본보기가 되는(老者安之 朋友信之 少者懷之) 법조인'이 되시기 바랍니다.

사법에 대한 신뢰를 높이기 위하여 이처럼 법관들이 노력을 기울이는 것 못지않게 사법제도 또한 이를 뒷받침하여야 합니다. 그런 점에서 지금 대법원에서 추진하고 있는 하급심 심리강화방안은 시의적절한 조치라고 할 것입니다.

그런데 대법원은 어떻습니까.

현재의 사건 증가추세라면 올 연말까지 대법원에 대략 42,000건의 사건이 접수될 것으로 예상됩니다. 이는 대법관 12인이 처리하기에는 너무나도 벅찬 수치입니다. 가히 살인적입니다. 대법관들과 재판연구관들이 아무리 '월화수목금금금'으로 일해도 이미 한계를 넘어섰습니다. 사법 신뢰를 운위하는 것 자체가 사치스러울 수 있다는 생각마저 들게 합니다.

최고법원으로서의 대법원의 기능을 제대로 구현하고 국민의 권리를 적정하게 구제하기 위하여는 선진 외국의 예에서 보듯이 상고제한이 가장 바람직하지만, 그것이 불가능한 우리의 딱한 현실에서는 현재 국회에 계류 중인 '상고법원안'만이라도 하루빨리 통과되어야 할 것입니다. 일부에서 제기하듯이 직역이기주의를 내세워 반대할 때가 아니라고 할 것입니다. 지금은 그렇게 한가로운 상황이 아닙니다. 최선이 아니면 차선이라도 길을 찾아야 합니다.

존경하는 법원가족 여러분,

'법조인' 하면 떠오르는 이미지 중의 하나가 '무미건조함'이 아닐까 합니다. 출근해서는 하루 종일 사건기록과 씨름하고 늦게 퇴근해서는 TV나 보다가 잠을 청하는 생활을 계속하다 보면 무미건조해지지 않을 수가 없습니다.

저는 기회가 있을 때마다 후배 법조인들에게 취미생활을 할 것을 권해 왔습니다. 오늘 이 자리에서도 다시 한 번 그 말씀을 드리고 싶습니다. 저는 등산도 하고, 판소리도 배우고, 서예도 배우고 하였지만, 이런 것에 국한할 것이 아닙니다. 무엇이든 좋습니다. 창극, 오페라, 뮤지컬, 음악회, 발레, 전시회, 영화, 연극, 박물관 탐방, 여행… 등등 우리 주변에는 무미건조한 법조인의 삶을 보다 풍요롭게 해 줄 수 있는 것이 널려 있습니다.

많은 시간이 필요한 것도 아닙니다. 1주일에 두 시간만 투자를 하십시오. '시간이 없는 것이 아니라 마음이 없다'는 것을 유념하시기 바랍니다.

이러한 취미생활과 아울러, 우리 주위의 어려운 사람들에게 눈을 돌릴 수 있어야 합니다. 사회가 나날이 각박해지면서 여러분의 따뜻한 손길을 기다리는 사람들이 의외로 많다는 것을 아셨으면 좋겠습니다. 대접을 받으려고만 하지 말고 조금이나마 베풀 줄도 아는 훈훈함을 보여주시기 바랍니다. 이는 빠르면 빠를수록 좋습니다.

과거는 고정되어 있지 않다고 합니다. 우리가 현재를 어떻게 사느냐에 따라 과거는 바뀐다고 합니다. 그래서 과거는 현재의 위치에서 재발견되고 재해석되며 재창조된다는 것입니다.

오늘 이 자리에서 돌이켜 본 저의 지난 32년은, 법정 안에서는 헌법따라 법률따라 양심따라, 법정 밖에서는 산따라 길따라 마음따라 지내온 여정으로 떠오릅니다. 저의 지나온 법원생활이 보람 있고 아름다웠던 것으로 재해석되고 어느 시인의 말처럼 그리워지기까지 하는 것은 제가 법관으로서 최고의 영예로운 지위인 대법관이라는 자리에서 임기를 마치고 퇴임하기 때문이 아닐까 합니다. 그렇지만 이제는 그 모든 것을 내려놓으려고 합니다. 그동안 두 어깨에 짊어졌던 무거운 짐을 벗어놓고 홀가분하게 법원 문을 나서려고 합니다. 그러면서 노래하고 싶습니다.

자, 이제 돌아가자.
고향 전원이 풀에 덮여 무성해지려 하는데 어찌 돌아가지 않겠는가
(歸去來兮,
田園將蕪胡不歸.)

그동안 저를 아껴 주신 법원 가족 여러분께 다시 한 번 깊이 감사드립니다.
여러분의 무궁한 발전을 진심으로 기원합니다.
안녕히 계십시오.

2015. 9. 16.
대법관 민 일 영

(2015.09.18)

법창에 기대어 1
봄은 매화나무에 걸리고

초 판 발 행	2023년 10월 20일
초판2쇄발행	2023년 12월 22일
글 쓴 이	범의거사(凡衣居士)
기 획	김 경 미
발 행 인	정 상 훈
디 자 인	신 아 름
펴 낸 곳	미디어북

서울특별시 관악구 봉천로 472
코업레지던스 B1층 102호 고시계사

대 표 02-817-2400   팩 스 02-817-8998
考試界 · 고시계사 · 미디어북 02-817-0419

정가 18,000원   ISBN 979-11-89888-66-4   03810

미디어북은 고시계사 자매회사입니다